アメリカン・モダニズムと大衆文学——時代の欲望／表象をとらえた作家たち

目次

序——アメリカン・モダニズムと大衆文学のつながり

藤野　功一

第一次世界大戦後のアメリカにおける文学生産の状況を考える時、注目すべきは、消費の拡大と情報社会の発展とともに強まった書き手と大衆との結びつきだろう。世界に先駆けて生産性を向上させ、華やかな雑誌広告とともに新たな消費文化を成立させた二〇世紀初期のアメリカでは、名のある出版社が競って大衆市場に向けた雑誌を創刊し、雑誌の作品掲載から得られる収入が作家の生活を支えるまでになった（アール 八七、クワーク 九八）。ことに大戦後は、ローレン・グラスが『作家産業』（二〇〇四年）で論じたように、マクスウェル・パーキンズ、ベネット・サーフ、ホレイス・リバライト、アルフレッド・クノップといった著名な編集者や出版業者が若く才能のある作家たちを見出して市場に売り込む仕組みを作り上げる（二一）。彼らはモダニズム作家の文芸作品を低俗な大衆文学とは一線を画する高尚なものとして提供しながらも、同時に、メディアを介して作家個人をこれまでよりもはるかに広範囲の読者とつなげることに貢献した。二〇世紀の「高尚な文化の伝統が浅く、大いに発達した大衆文化が広く人々の間に行き渡ったアメリカ」（グラス 六八）では、たとえその目標が高尚な文学を作り出すことであったとしても、モダニズム作家たちは大衆に受け入れられるように自己演出をおこない、うつりかわる社会と時代を描写し、大衆文学の要素も取り入れた作品をより幅広い読者に提供できるように戦略を立てつつ売り出すことに適応しなければならなかった。こうしてみると、十九世紀から強調されつづけ、そしておそらくは今でも根強く残っている高尚な文学と低俗な大衆文学という区別は、かならずしもアメリカン・モダニズムをつくりだした作家や出版関係者の実態に沿ったものとは言えないだろう。

それでは、二〇世紀前期から中期にかけて、大衆市場とマスメディアが急速に拡大するなか、アメリカのモダニズム作家たちはどのように大衆文学の要素を取り入れ、時代の欲望／表象をとらえようとしたのか。本書は、この問いから出発して、ガートルード・スタイン、F・スコット・フィッツジェラルド、アーネスト・ヘミングウェイ、ウィリアム・フォークナーといったいわゆるアメリカン・モダニズムの作家たちの作品と、これらのモダニズム文学から大きな影響を受けたジェイムズ・エイジー、リチャード・ライト、ラルフ・エリスンの作品、そしてこの時代に作家としての成功を目指しながらも、高い評価が与えられないままに現在に至っている女性作家のゼルダ・フィッツジェラルドの作品を考察した論集である。ここで取り上げる作家たちが作品を生み出した一九一〇年代から五〇年代までは、いわゆるアメリカのモダニズム作家として私たちがすぐその名前を思い浮かべる作家たち、スタインやスコット・フィッツジェラルド、ヘミングウェイ、フォークナーらが高尚な文学の担い手としての名声を得ようと悪戦苦闘した頃に始まり、ついには彼らが文学的名声を得て、フォークナーとヘミングウェイがそれぞれ一九四九年と一九五四年にノーベル賞を受賞するまでの時代である。それと同時に『クライム・ミステリーズ』や『ダイム・ディテクティブ』といった五セントから二五セントで買える様々なパルプ雑誌《マガジン》が雑誌売りのスタンドにひしめき合い、そのけばけばしい表紙で大衆読者を引きつけた時代であった（ドローネ 一七九、スミス 一九–二〇）。さらに、三〇年代の大恐慌の時代には、政府主導の芸術家・作家を雇用する目的の連邦美術計画（FAP：Federal Art Project）と全米作家計画（FWP：Federal Writers' Project）により援助を受けた画家、写真家、作家達が台頭し、いままで無視されてきた大衆の多様な姿が記録された。この援助によって物書きとして延命できたライトは『アメリカの息子』（一九四〇年）を出版して注目すべき黒人作家として成功し、また、政府の社会活動に協力して黒人の現実の声の記録に深く関わったエリスンは、のちにその経験を生かして代表作『見えない人間』（一九五二年）を生み出した。エイジーと写真家のウォーカー・エヴァンズによる『我らが有名人を讃えよう』（一九四一年）にも、全米作家計画において育まれた大衆ドキュメンタリーへの志向が強く反映されている（ガードナー 一二〇）。

この時代に編集者は格調高い雑誌と大衆雑誌の両方を手がけるようになり、たとえば二〇世紀前半のアメリカを代表する編集者のH・L・メンケンとジョージ・ジーン・ネイサンは『スマート・セット』や『アメリカン・マーキュリー』を一流の知的雑誌《スマート・マガジン》として刊行して、そこにエズラ・パウンド、ジェイムズ・ジョイス、スコット・フィッツジェラルドやフォークナーなどの才気溢れる作品を掲載しつつ、同時に『パリジャン』や『ブラック・マスク』などの「ジャンク」な大衆向けの雑誌を刊行して儲けを出した（G・ダグラス 七七–七八）。モダニズム作家たちは、高い芸術性を目指す文学者として振る舞いつつも、メディアにおいては有名人をもてはやすセレブリティ文化のなかでいかにも大衆受けするような自己演出を行い、実際の作品でも、男女の甘いロマンスの筋立てや、ハードボイルド探偵小説の文体、あるいはギャングの支配する暗黒街の恐怖や、荒野を切り開く開拓者の神話といった大衆小説の要素を巧みに取り入れた（スロトキン 二八〇、三一六、アール 九一、マッキャン 九三–九四）。モダニズム作家たちは金のために書かれた作品を軽蔑したものの、実際には世の中で「成功する術」を身につけていたのであり、その結果、彼らの描いた作品は、同時代の広範な読者を惹きつけ、「価値のある商品」となった（ギャロウ 二〇、デトマール 五）。スタインからフォークナーに至るモダニズム作家は、大衆の欲望をつかむ努力を意識的に行うことによって、その作品と自分たちの作家としての価値を高めた。逆に言えば、こういった作業を意識的にうまくやってのけることができなかった作家、たとえばゼルダ・フィッツジェラルドは、スコットの妻という立場のまま、作家としての評価を確立することができなかった。モダニズム文学の評価において、作者の自己演出の才能が後々まで続く文学的名声に大きくかかわっていたとするなら、おなじように文学生産に貢献したにもかかわらず、自己演出に失敗したがゆえに名声を与えられなかった作家の文学をどう評価するかという問題も、あらためて考える必要があるだろう。

そのいっぽうで、いわゆる「失われた世代」としてひとくくりにされるモダニズム作家たちからやや遅れて作家としてのキャリアを積み始めたエリスンは、一九三〇年代以降の黒人の新たな表象を通じて作家としての成功を収めた作家だった。エリスンは、白人のモダニズム作家たちの作品を検討してみて、描かれた黒人の人物像があまりにお粗末で、それらの人物像に文学的、あるいは倫理的な価値をあたえるには支障をきたすほどであることを発見し、黒人の口承民話の要素を織り交ぜた新たなアメリカにおける黒人表象に取り組んだ（ジャクソン 二四八）。エリスンがその対象となる大衆の表象をとらえる際に重要な役割を果たしたのが、一九三〇年代にニューディール政策の一環として始まった、雇用促進局（WPA：Works Progress Administration）による全米作家計画（FWP）である。このプロジェクトは貧窮する作家に資金援助を行いながら、アメリカ各地の大衆の姿を記録することを主な目的とした。エリスンはこのプロジェクトの一環として行われた黒人の口述史の聞き取り調査で、自分のことを「見えない人間」だと語る人物に出会っており、この経験が彼の代表作『見えない人間』のルーツとなったようだ（ドハーティ　七九）。エリスン自身「全米作家計画に加わったことは私にとってアフリカ系アメリカ人の文化についての知識を広げることになった」と語っている（バッツ　三六）。

現在、アメリカのモダニズムと大衆文学との関係を考えることによってはっきりとしてくるのは、芸術的な高みを目指した作家達が、同時に大衆文化・大衆市場との強いつながりのなかで独自の文学を作り上げてきたという事実である。ダグラス・マオとレベッカ・L・ワルコウィッツが二〇〇八年に発表した論文「ニュー・モダニスト・スタディーズ」で指摘しているように、近年の研究は、「モダニズム芸術は単に大衆文化をおとしめるのではなく、むしろその形式を自らのものとして吸収し、作り直した」（七四四）ものであり、それと同時に「モダニズムの作家たちは自分たちの芸術を真剣さ、現代性、あるいは名声といったものと結びつけることによって、自分たちの芸術の観客を作り出した」（七四四）ことを明らかにしてきた。ここ十数年のモダニズム文学とその美学を受け継ぐ作品の研究によって、二〇世紀前半の作家たちが、いかにして大衆の欲望と表象をみずからの文学の中に取り入れて、彼らの作品を作り出したかの実態が明らかになりつつある。

1 「大いなる分断」をめぐる批評史

批評史を振り返ってみると、一九七〇年代末から一九九〇年代の前半まで、アメリカにおけるモダニズムと大衆文化との間のつながりは、大量消費社会の拡大と、それにより消費者としてひとくくりにされてゆく大衆の存在を前提に研究されてきた。フレドリック・ジェイムソンが一九七九年に発表した「大衆文化における物象化とユートピア」は、モダニズムの時代以降、高尚な文化と大衆文化のあいだに横たわる分断が失われ、どちらも高度に発達した資本主義社会に飲み込まれたため、それらの相互関係の考察の必要性が高まったことを指摘して、現在でも高く評価されるべき論文だが、同時にその論調は、大衆を単なる消費者としてのみ考える傾向も顕著に示している。資本主義のもと、人間のあらゆる営みが商品化し、人々の心理の奥底にある理想郷《ユートピア》への願いまでも含めた感性の画一化が二十世紀に入ってから急速に進んだ点に注目したジェイムソンは、複製技術が発達して、様々な芸術が印刷、録音、録画、撮影されて複製生産されるようになると、「もっとも低劣な大衆商品」の中にも、そして「モダニズムの古典的作品」の中にも、同じように確かに、人々を消費者として一括《ひとくく》りにしてしまう効果が抗い難く存在することになると考えた（一四七―四八）。ジェイムソンの発想は大きな影響を与え、一九八六年にアンドレアス・ヒュイッセンがこれまた著名な『大いなる分断の後に』を刊行して、「二〇世紀の資本主義は文化を経済活動のもとに包括し、経済と文化を『再び一体化』した」（二一二）と述べた際も、そこで注目されたのは経済の発展が文化を含むあらゆる生産物を商品化する状況であった。こうして、高度に発展した資本主義――ジェイムソンはこれを「後期資本主義」と呼んだ――のなかで、より少数の資本に独占された大企業による文化の商品化と、それによって画一化されてゆく一般大衆という構図の中にあらゆる人々の活動が含まれることが主張された。

いわゆる「新マルクス主義者」（デトマール 六五）のジェイムソンとヒュイッセンの議論が前提としていたのは、ヴァルター・ベンヤミンの「複製技術の時代における芸術作品」（一九三六年）とホルクハイマーとアドルノの『啓蒙の弁証法』（一九四四年）が示す、文化活動が経済的寡占と政治的な世論誘導に利用される状況への危機感である。ヨーロッパにおける大資本の寡占と国家のファシズム化に危機感を抱いていたベンヤミンは、技術の発達による文化の複製によって「芸術の自律性の輝きが永久に失われた」（二一八）状況は、文化というソフト・パワーを使って大衆を単一の嗜好や意見に染め上げたいと願う大資本家やファシズム的な国家権力に好都合であることを見抜いた。ほんらいなら、だれもが自分のつくりだした生産物をそのまま人々に届けられる関係を手に入れ、自分の意見を自由に述べる権利があるというのに、大資本家やファシズム的な国家権力は複製技術をさらに発達させ、そのような権利のかわりに映画などでまやかしの「表現の機会を与え」て本質的な問題から目をそらすように大衆の反応を「組織化」し、大衆を自分に好都合なように画一化して、経済的な資本の寡占と大量消費、あるいはファシズム的な国家に賛同する国民に仕立て上げて、社会を変革しようとする意欲を人々から失わせようとするのだ、とベンヤミンは考えた（四一）。ホルクハイマーとアドルノも、文化産業によって、それぞれの個人が「見かけだけは自由である」ようでも、実際には「社会の経済的、社会的装置」の支配下にいることを暴こうとした（一五五）。文化産業が少数の資本家によって経済的に支配され、人々が既製品を消費するだけの存在になると、誰もが似通った生活をすることが「自由」ということになってしまって、人々は「何であれ、与えられたもので満足しなければならない」ということを教え込まれ、娯楽は、その中で自分自身を忘れたいという「諦念を助長」して「考える主体は撲滅される」ことになる（一六七、一四二、一四九）。こうしてホルクハイマーとアドルノは、発達し続ける資本主義社会において人々が「自分自身を、情動の内部に至るまで文化産業が提供するモデルに見合った効率的装置に仕立てようとする」という傾向を帯びてしまうことに警鐘を鳴らした（一六七）。

ベンヤミン、ホルクハイマーとアドルノ、そしてまたジェイムソンやヒュイッセンは、もっぱら経済に重点を置いていたマルクスの視点に修正を加え、複製技術の発展とともに文化が政治経済と渾然一体となって消費者の生活と情動に深く入り込んでいる点に注目して、高度に発達した資本主義と文化産業が人々の生活に引き起こす変化を記述している。時代の移ろいとともに刻々と変化してゆく社会と文化の諸相をとらえる彼らの目は鋭く、そしてどちらかといえば悲観的だ。マルクスの理想を継承した彼らは、いつかは資本主義の発展の果てに資本家による「資本主義的私的所有」（マルクス九二九）の寡占が終わりを迎え、生産手段の共有のもとで労働者自身が自己労働にもとづく生活活動の「個人所有を達成する」（マルクス 九二九）ことを夢見ているのに、二〇世紀前半の消費文化と二つの世界大戦のただなかで彼らが目にするのは、文化活動さえも味方につけて巨大化する資本と国家権力であり、大量生産と大量消費によって陥った経済の歪みのツケを戦争によって解消しようとする状況であった。そしてホルクハイマーとアドルノが言うように、文化産業がつくりだす「ステレオタイプ」の表現は、消費者の思考までも画一化し、現行の「体制をやみくもに存続させ」、その「変革不可能性」を正当化するばかりのように思われた（一四八）。しかも、たいへん残念なことなのだが、こうして大資本による生産手段の独占と、消費文化の拡大を資本主義社会の発達の必然と考えると、どうしても、大量消費社会のなかでうつりかわる世相のなかで派手派手しく目につく商品や、あるいは人口に膾炙し、ベストセラーとして世の中に出回った文学作品、あるいは世論に影響を与えた芸術のみを文化現象としてもっぱら論じることになってしまい、彼らの議論――ことにジェイムソンとヒュイッセンの議論――は結局、批判すべきだったはずの資本主義に抵抗しうるような論理や方法を見出すことができずに、消費文化が目の前でますます発展していることを認めざるをえない傾向を強く帯びてしまう。

注意しなければならないのは、マルクスの思想にもとづく彼らの世界観には、依然として、生産手段を奪われ、賃金と引き換えに労働力を売り渡し、消費の側にのみ立たされている大衆という固定観念があり、その発想からすると、大衆は常に生産手段を独占した一部のブルジョア・エリートによって導かれるという構図に行きつかざるを得ないという点だろう。ジェイムソンやヒュイッセンの影響が強かった一九九〇年代前半までは、このような発想に基づいて消費社会に重点を置いた文学研究が盛んであった。たとえば、トマス・ストリーキャッシュの『モダニズム、大衆文化とプロフェッショナリズム』においても、重視されたのは「プロフェッショナルな訓練を受けたエリートが台頭して、どのように新しい社会的、心理的な方法で消費社会を導いていったか」（一四）を研究することであった。また、スザンヌ・クラークが『センチメンタル・モダニズム』（一九九一年）で、女性作家をモダニズム作家として評価した際にも、クラークは高尚なエリート文化と大衆文化との分裂（一六）を前提としたうえで、それまで大衆文化の側に押し込められていた女性作家たちを新たにモダニズム作家という範疇に含めようとした。これらの研究は、ジェイムソンやヒュイッセンの議論を引用し、消費文化のなかで高尚な文化と大衆文化の分断が曖昧になってきたことを強調してはいる。ところが、その前提にあるのが、やはり情報の発信を行う少数のエリートとそれを受容する無数の消費者という構図であるために、モダニズムの時代において「大衆」の範疇に入っていた人々の一部が「エリート」の範疇へとのし上がっていった――そしてその結果、高尚な文化と大衆文化の境目が曖昧になった――という事実を示すことができただけで、そのすがたかたちが変わりこそすれ、高尚な文化と大衆文化の分断が引き続き存在することを再確認することに終わってしまったのである。

2　文学生産と市場の開拓

商業化された文化産業の消費者――あるいは自分の労働力さえ商品化して売り渡さざるをえない労働者――という一方的な見方で人々の行動を追っていると、みずからが批判的に論じているはずの消費資本主義の論理にからめとられて、かえって目の前で生きる人々の日々の生産活動の成功と失敗の具体的な歴史を評価するための有効な論理をなかなか見いだせないものだ。ベンヤミンからヒュイッセンまでの議論、そしてそれらの影響下にあったいわゆるポストモダンの時代の批評に欠けていたのは、二〇世紀にまだまだ発達途上の段階にあった、情報化社会における個人の情報生産とその市場開拓との関係を積極的に評価する視点である。たとえばエズラ・パウンドは自分の新たな芸術を売り出すにあたって、ボードレールやマラルメとつながりがありそうなフランス語でそれを「イマジズム」と命名し、そこに作者にしかわからない秘密めいた内容があることを匂わせ、一般読者のことなど気にもしない、というふりをした（デトマール 一七―一八）のだが、それは自分の芸術を高く売り込み、自分の作品に相応しい販路を切り開くためだった。パウンドは「広告の天才」（デトマール 一八）であり、革新的な新しい運動を宣伝するためにも、「パウンドの広告とプロパガンダを広める才能はモダニズムが芸術として生まれるのに必要なもの」だった（デトマール 三四）。あるいは、出版者のアルフレッド・ハーコートがガートルード・スタインの最初の自伝をアメリカでベストセラーにしたときは、パリで若い前衛芸術家、作家たちを教えみちびいた「著名なアメリカ女性」という触れ込みでスタインを大々的に宣伝し（ギャロー 二九）、市場開拓のために、一目で特徴がわかるような作者紹介、市況の判断、当世流行の美意識などを複雑に絡み合わせながら彼女の本を売った。

文化と資本を一部のエリートと巨大資本に独占されたものとして考えると、つい私たちは、たとえばエリン・A・スミスのように、「当時のモダニズム作家たちが、文学的伝統における個人の才能がどうあるべきかという問題に熱中して、孤高の芸術家／創作者の典型を演じたのとは対照的に、三文小説家たちは、芸術家というよりは製造業者として、工場の労働者と同じように作ったものに応じて金をもらっていた」（二一）と考えて、文学生産の状況を考えるときもやはり高尚なモダニズム作品の書き手と大衆文学の書き手を分断してしまいがちだ。だが、第一次世界大戦後から、はやばやとその劣悪な労働条件がブロードウェイの舞台や娯楽映画の主題になって広く認知されているにもかかわらず（エーリッヒ 七―八）、作家、脚本家、あるいはジャーナリストといった情報生産の現場に立とうとする者は後を絶たなかった。こういった志願者を突き動かしていたのは、ブルジョア・エリートになって名声や金銭を手に入れようという欲望よりもむしろ、どのようなかたちであれ情報の送り手となることへの、損得勘定を超えた喜びであっただろう。モダニズム文学であろうと大衆文学であろうと、作者が出版社とともに新たな読者を獲得してゆく過程は、いずれにせよ情報を発信しようとする人間がその販路を見つけ出して市場を開拓し、個人が自分の手に情報の生産手段を持ちえたことにいくばくかの満足を覚える道のりであることにかわりはない。

文学生産とその市場開拓の現場をよりこまやかに見ようとする研究が主流となるのは、一九九〇年代の後半からである。ケヴィン・J・H・デトマールとステファン・ワットが編纂した論集『モダニズムをマーケティングする』（一九九六年）は、一見すると消費文化のなかで商品化されたモダニズム文学を研究対象にしているように見えるが、むしろこの論集が注目したのは、作家と出版社がどのように市場を切り開き、作家たちがいかに自分たちを芸術家として自己演出して、高尚とされたモダニズム作品と大衆読者を結びつけようとしたかという点であった（八）。こうした文学生産の現場のより実証的な研究によって、すでに名声が確立しているモダニズム作家ばかりではなく、黒人系作家、女性作家、性的マイノリティーの作家の努力を評価することも可能になる。『モダニズムをマーケティングする』の第一部がいわゆる著名なモダニズム作家と出版社が手を携えて市場開拓を行った過程の研究に当てられ、第二部のほうでアフリカ系アメリカ人作家がいかにして——特にアカデミックな教育の場で——その社会的地位を獲得したかの研究に当てられているのは、その後のモダニズム文学研究の流れを象徴的に示しているだろう。一九九〇年代後半以降のモダニズム研究は、一方ではローレン・グラスの『作家産業』(二〇〇四年)、ジョナサン・ゴールドマンの『モダニズムはセレブリティ文学である』(二〇一一年)、ティモシー・W・ギャロウの『セレブリティの作家たち』(二〇一一年)などにより、著名なモダニズム作家がいかに成功裏にその市場開拓を行って名声を得たかの研究がなされる一方で、それらの代表的モダニズム作家に比べると、どうしても周辺に押しやられてしまう作家たちがどのようにその文学生産をなしとげたかを評価する研究にも力が注がれた。フェイ・ハミルの『二つの大戦間における女性、セレブリティ、そして文芸文化』(二〇〇七年)は、『ヴァニティ・フェア』などの雑誌に作品を掲載し、時代の寵児となりながらも、一九世紀以来の「大衆文化は女性のものであり、まじめな、権威ある文化は男性のものだ」(ヒュイッセン 四七)という抜きがたい偏見のために、作家としては低い評価しか与えられなかったドロシー・パーカーやアニータ・ルースらの女性作家の「文学生産と受容の状況」(二一四)を分析した。また、アーロン・ジャフィは『モダニズムとセレブリティ文化』(二〇〇五年)で、名の知れ渡ったモダニズム作家の作品は「無償で行われた他の人々の貢献、特に女性による貢献」に頼って成立していることを強調している(九六)。これらの研究は、実際に自分の作品の販路を切り開こうとする作家たち、その作家周辺の人々、そして出版者たちの単に経済的な損得勘定にとどまらない文学生産への努力を明らかにしており、すでに名声を得た作家に対してばかりでなく、そこまでの評価を与えられなかった作家に対しても、ひとしく文学生産にかかわる存在としての価値を認めようとしている。

3　作家たちのセレブリティ化とミドルブラウ

アン・ダグラスも述べているように、一九二〇年代はそれまでの「歴史上のほとんどのルールを打ち壊し、既存の価値観の破壊を文化的な活動として確立した」時代であった（四八一）。だが、それは同時に、芸術家個人が社会との新たなつながりを作り出すことに努力した時代でもあった。アメリカのモダニズム作家たちは、既存の価値観に頼ることなく、独自の文学をつくりだし、それに金を出してくれる出版社、自分に協力してくれる人々と編集者、そして消費者である読者を見出そうとした。若手作家たちの作品は、まずは最初『リトル・レビュー』や『ダイアル』などの小出版社による前衛雑誌《リトルマガジン》に掲載され（アール 九三）、次に作家がさらにひろい読者を獲得し、その名声を確立するにあたっては、知的雑誌として名高い『スマート・セット』や『アメリカン・マーキュリー』に彼らの短編が採用されることが必要になる。そしてより「上質」で「高級」（ハミル「上質」一三五）な雑誌である『ヴァニティ・フェア』や『エスクァイア』、そして『ニューヨーカー』に彼らの作品や顔写真が掲載されることが、その名声を確固としたものにするにあたって大きな要因となった。急速に広がるマスメディアを通じて、モダニズムの作家たちは、顔の見える文学生産者として読者の前にあらわれる。

　このころ、彼らの作品を受け入れる読者のほうはどうであったか。少々意地悪な言い方をすると、一九二〇年代の半ばごろからマスメディアの広がりとともにモダニズム文学受容の主流をなしてきたのは、自分から先頭に立って時代を切り開くわけでもなく、さりとて時代遅れになりたくもない、そこそこ趣味がよく、そして教養があると思いたがる中間層の読者であった。イギリス作家のヴァージニア・ウルフは、イギリスにもよくいる、こういう少々見栄っぱりで中途半端な道徳心と感傷趣味をあわせ持った人々を揶揄して「ミドルブラウ」と呼んだが、その言葉がアメリカにも輸入されて、実際よりも良く見せようとする「気取り」と「上昇志向」を持つ読者が「ミドルブラウ」と呼ばれた（ハミル『女性』五一七）。ハミルは、こういう「ミドルブラウ」の読者の本質にあるのは「その作家が名声を得ているかどうかという意識とない交ぜになった作品の評価」をもとに作品を読む、自意識に満ちた態度だ、という、なかなか興味深いコメントを述べている（ハミル『女性』五三）。

作品を読む時に作者自身が名声を得ているかどうかを意識し、まるで品定めでもするかのように作者本人に対してもその視線を注ぐミドルブラウの読者を相手にしたモダニズム作家たちが、自分たちの置かれた立場にかなりの戸惑いを感じたのは当然のことだろう。たとえばスタインは自分が作り出した作品によって名声を得られることを熱望してはいたが、自分の自伝の宣伝のためにパリからアメリカへと渡った時には、自分の作品よりもむしろ彼女自身に大衆の関心が向けられることに困惑して「アメリカの人たちは私の作品よりもずっと私自身に興味を抱いているようだけれど、どうしてそんなことになるのだろう。私の作品がなければ誰も私になんか興味を抱かないのに、私の作品より私のほうに興味を抱くなんて、どうかしてる。」と愚痴を言った（ミックス　九五）。また、一九二〇年代に名声を手にしたスコット・フィッツジェラルドにしろヘミングウェイにしろ、自分たちが成し遂げた名声とともに人々から自分たち自身に注がれる視線にはどこかしら「居心地の悪さ」を感じていた。（ヘプバーン　五八、アームストロング　一二四四）。たしかに彼らはマスメディアと大衆のおかげで、文化的セレブリティになった――センセーショナルな言動をあえて行うことによって、「大衆に人気のあるセレブリティ」として「名声を得た大衆文化の典型」(グラス 四)となり、当時急速に広まっていったマスメディアを通じて、幅広い大衆に向け、その肖像写真や言動を様々な形で流通させた。スコット・フィッツジェラルドのハンサムな横顔、釣りに興じるヘミングウェイ、あるいはいかにも南部紳士らしく気取って写真に納まるフォークナーの姿が、もしも多くの人々の心にいまだに印象深く残っているとしたら、それは彼らが、メディアを通して大衆の心に自分たちの姿を一種の偶像として焼き付けることに成功したということでもある。だが、メディアに対して鋭敏な感覚を持つモダニズム作家たちは、情報手段の急速な広がりの中で、ときにはスキャンダラスな言動によって人々の注目を集めることが、かえって本人の社会的地位を押し上げるという、現代にもつながる問題含みのシステムのなか、自分たちの作品と自分たち自身の姿を拡大再生産するメディアのはらむ問題をさめた目で見ていた。マオとワルコウィッツが「現在の私たちが認識している情報の危機は、モダンの時代の幕開けの頃から全く変わっていない」(七四六)と述べたように、現代マスメディアのセンセーショナルな言説や、ソーシャル・ネットワーク上での双方向の情報のやり取りのなかで感じられる、メディアをつうじて個人が不特定多数の人々とつながる時に感じる危機感は、すでに二〇年代のモダニズム作家たちがはやばやと感じていたものであった。

4 一九三〇年代以降の作家と大衆

好景気の波に乗った一九二〇年代には、個人経営の出版社と作家が結びついて市場開拓にいそしんだが、一九二九年の株価大暴落につづいて一九三〇年代の大恐慌の時代になると、出版社の経済状態にも余裕がなくなりはじめ、文学生産の現場に政府が介入する。収入の道を失った作家の側からの切実な要求に応えて、ニューディール政策のもと、アメリカ政府は一九三五年に雇用促進局（WPA）の指導のもとに連邦美術計画（FAP）と全米作家計画（FWP）をたちあげた。これらのプロジェクトによって政府は芸術家や作家たちに固定給を与え、彼らは絵画、写真、旅行記やそのほかの政府に委託された作品や記録文書を作成し、同時に、より自由な創造的な実験作も同時に書くことができた。このプロジェクトが継続した八年間の間に、FWPは六六〇〇人の作家を雇い、その中にはゾラ・ニール・ハーストン、リチャード・ライト、ラルフ・エリスンなどの黒人作家が含まれていた（ドハーティ七八、N・テイラ 二九七）。ただし、政府から給与をもらいながらも、これらの作家は「現状の政治状況を批判する小説を書き、そうするために小説の形式を革新した」（ドハーティ 七九）という点は注目すべきだろう。全米作家計画は、雇用促進局の他のプロジェクトと同じように、「アメリカをたたえようとする愛国的な精神の高揚のために」ではなく、もっと実際的に作家を「貧困から救う」ために行われた（D・テイラ 一二）ために、作家たちの活動には表現の制限が政府によって加えられることはなかった。政府の援助を受けているにもかかわらず、むしろ作家たちは自分の作品の直接の読み手である大衆に受け入れられるかどうかをもっぱら考え、大衆からの目線に立った国家体制への批判を行った。ライトが出世作『アメリカの息子』を出版した際にも、そのスキャンダラスな内容によって大衆の注目を集めつつ、若い黒人男性の犯罪を生み出すアメリカという国の歪みが批判的に描き出されている。

一九三〇年代の不況は人々の芸術に対する見方をより政治的にしたと同時に、より民主的な方向へと推し進めた。芸術はもはや少数の人間にとっての贅沢品ではなく、むしろ「芸術と日常生活とのつながり」が重視され、文化活動として芸術と広く接することが、アメリカの人々にとって「教育的、社会的、経済的利益」になると考えられた――グリーヴはこれを「ミドルブラウ的な芸術の定義」(三)と呼んでいるが、この時期にアメリカでは教育のシステムと一体化したミドルブラウの文化的土壌が育成され、教育課程で読まれることを前提とした作品の文学的評価のシステムが作り上げられてゆく。芸術活動はエリーティズムや神秘化の傾向との関連を断ち切って、むしろ多くの人々が、創作者として、そして同時に消費者として、芸術活動に参加するよう促すことで発展する(グリーヴ 八三―八四)と考えられ、教育を通じて、無数のアメリカ市民が政府に代わるアメリカの芸術と文学のパトロンとなった(グリーヴ 一三五)。同時に、大衆は、ひとりひとりがそれぞれ尊厳ある顔を持つ人間の集まりとしてとらえられ、文学や芸術の重要なモチーフとなり、スタインベックの『怒りの葡萄』(一九三九年)、ライトの『千二百万人の黒人の声』(一九四一年)、エイジーとエヴァンズの『我らが有名人を讃えよう』(一九四一年)における大衆表象は真剣な批評の対象となった。

文学生産への努力という部分に目を向けると、二〇世紀前期から中期における黒人文学運動の持続性を評価することも可能になる。いまでも、しばしば文学史の記述において、黒人文学の隆盛したハーレム・ルネッサンスの期間を一九二〇年代の一〇年間に限ってしまう記述がみられるが、このような厳格な時代区分は黒人作家による文学生産の実態にはそぐわない(エリオット 七九三)。商品として広く売り出された文学作品にのみ注目すると、たしかに一九三〇年以降、経済的不況のために黒人文学を積極的に売り出す出版社は少なくなり「一九三三年には大手の出版社からは黒人作家の作品はほとんど全く出版されなくなった」（モット 二五三）ことは事実だが、実際には、黒人作家による作品は一九三〇年代において「全体的な小説の出版が縮小する中にもかかわらず、ひろい範囲での出版社や雑誌によって、一九二〇年代よりもより多くの文学作品や美術作品が発表されてきた」（ハチンソン 八）のであり、現在では、一九二九年の「株価大暴落によって、黒人文学に貢献してきたハーレム・ルネッサンスは滅んだという最も頑強な神話」は過ちだったと考えられている（ハチンソン 八）。むしろ、ハーレム・ルネッサンスは、黒人が「アメリカ文化への恒久的な貢献への地盤」（ハチンソン 八）を作り上げた時期であり、それにひきつづく一九三〇年代は、政府の経済的支援のもとに黒人芸術家、黒人作家たちが様々な文化教育活動に従事した時期であったと考えるべきだろう。継続する黒人文学運動の根強い努力によって、情報の送り手が情報の受容者を養成する関係が強まり、一九五〇年代にいたるまで、ハーストン、ライト、エリスンらのアメリカを代表する黒人作家たちが陸続と輩出する社会的土壌が作り上げられた。

モダニズムの時代の文学生産

ピエール・マシュレーが『文学生産の理論』で論じたように、文学作品とは、「それを生み出すに至った文学生産の歴史との関連」（五三）なくしては存在しえないものだ。アメリカの文学生産の歴史においては、作家が名声を得ることは、文学生産の手段を所有する個人がより広大な市場を獲得することと同義であった。特定の階級に対しての販路が確立していないアメリカでは、不特定多数の大衆に向けての市場の拡大は欠かせない。そして文学生産者として市場を開拓するためには、大衆の欲望に敏感になり、同時に、拡大する経済活動の中で文化人的な地位を確立するために、大衆へ訴えかける作家としての個性的要素を、たとえスキャンダラスになろうとも、前面に押しださざるをえない。わかりやすく作家のイメージを確立することが名声と結びつき、その名声への見通しそれ自体が彼らの作り出す作品にも影響を与える。ハミルも述べるように、「作家が自分のイメージを通して自分の文学を宣伝するというのが、この時代に急速に発達した商業戦略」(四)であり、自分をどのように見せるかということが、同時に自分の文学のスタイルを決定することにもなったために、大衆の欲望を反映した彼らの作家としての名声はモダニズム作家のテクスト生産とのちのちの文学史上の評価にまで影響を与えた(ジャフィ 三)。文学作品というものが、自律的で、自足した存在ではなく、むしろ経済活動、政治、そして教育機関までもが含まれた情報の送り手と受け手のあいだの双方向の関わりの中で生まれてくるものであることは、一九三〇年代以降のニューディール政策のもとでの文学活動と教育活動、あるいはハーレム・ルネッサンス以降の黒人文学運動においてより強調されることとなった。

この論集の各論はどれも、二〇世紀の前期から中期にかけての作家たちは自分たちの作品を手に取る大衆読者を意識して文学生産の営為を行ったという認識を共有している。結果としてその努力が実を結んだかどうか、たとえば文学史上で評価されたかどうか、あるいは商業的に成功したかどうかは様々であるにせよ、ここで取り上げられた作品はどれも、それが生まれた時代の欲望／表象をとりいれながら、市場開拓に努力した作家から生み出されたものであることにかわりはない。このような共通認識をもとに、この論集は、それぞれの論文が扱っている作家と作品の相互の関連も考慮に入れつつ、時代の流れに沿って読めるようにした。

各論の概略を述べよう。早瀬論文は、二〇世紀初頭の商業化するアメリカ文化のなかで自己を売り出すことに成功したガートルード・スタインの文学を見直し、モダニズム文学と大衆文化との融合を実践したスタインの芸術観を明らかにしつつ、アメリカン・モダニズムの切り開いた新たな側面を浮き彫りにする。高橋論文は、スコットの妻としてたびたび言及されながらも、独立した作家としてはこれまでほとんど注目されることがなかったゼルダ・フィッツジェラルドの短編作品を、実験的、多層的な魅力をもつモダニズム的テクストとして評価している。千代田論文は『楽園のこちら側』以来、流行作家の道を突き進んだスコット・フィッツジェラルドが、『グレート・ギャツビー』でアイロニーの技法によって大衆性を脱し、さらに『夜はやさし』で、メロドラマ的な要素を物語の外枠に用いながら、実験的な言語のありようにまで突き進んだ軌跡を描き出す。中村論文は、『われらの時代に』と『日はまた昇る』の分析を通じて、ヘミングウェイの初期のモチーフを、当時の移民排除を目的とした法制定へと突き進むアメリカの優生学的傾向へと接続させ、二〇年代におけるヘミングウェイ文学の「大衆」意識を検証する。藤野論文は、一九三〇年代初頭の同時期に同じ出版社から出版された二つの作品、ギルマンの『ソブ・シスター』とフォークナーの『サンクチュアリ』を比較し、両作家のマスメディアにおける社会的位置づけとともにそれぞれの作品が大衆小説とモダニズム小説へと区別されてゆく過程を追う。樋渡論文はアメリカでフォークナーが「売り出される」きっかけとなった『ポータブル・フォークナー』における、フォークナーの「売れたい」という思惑と、彼の作家としてのプライドとの間にある葛藤、さらには編集者の思惑のドラマを描く。塚田論文は、ジェイムズ・エイジーとウォーカー・エヴァンスのフォト・テクスト『我らが有名人を讃えよう』を中心に、文学と写真というクロスメディア的視座から、「アメリカ」の視覚化、そしてフォト「テクスト」の意義を見出す。永尾論文は、リチャード・ライトの本来二部構成の自伝が、編集者などの意向を受けて第一部のみ『ブラック・ボーイ』として出版された経緯を辿りながら、自らの経験を語る文学的言語を模索しながら作家としてあるべき自己像を提示しようとしたライトの試みを論じ、黒人作家にとっての自己言及をめぐる葛藤を考察する。山下論文は、ブラック・モダニズムの代表作であるエリスンの『見えない人間』を、黒人大衆の多様な語りから紡ぎだされたテクストとしてとらえ、それに作者による幾多の改稿が加えられることによって、黒人文学の枠を乗り越えることを可能にした作品として論じている。いずれの論考も、アメリカン・モダニズムと大衆文学との垣根を取り払ったところに現れる時代の欲望と表象に注目する点では共通している。

モダニズム作家たちが直面していた情報の送り手とその受け手との結びつきは、現在ではインターネット、あるいはソーシャル・メディアを通じてさらに広く、実感を持って認識されるようになった。人々がみずからの手で情報を生産し、それがメディアに乗って拡散してゆくことがごく身近になった現在では、モダニズムの時代の作家がメディアを通じてどのように市場を開拓し、いかにして広大な読者とのあいだにつながりを見出したかは、いまだに興味深い主題である。マオとワルコウィッツは、メディアによる言葉とイメージの情報伝達の速度と拡散の度合いが飛躍的に高まり、「より遠くに、より広い範囲で、より多くの人々に」情報を伝達するようになったことによって言葉の使い方が変質してゆくその最前線での状況のただなかにあるものとしてモダニズム文学を記述しようとする試みが、今世紀に入ってから急速に高まったと論じ、「新たな情報世界の出現が二〇世紀初頭における歴史的発展の重要な一側面であったこと、そしてまた、それまでの数十年のモダニズム研究がこの事実を完全に無視していたことは明らかである」として、二〇世紀初頭の情報伝達の拡大の状況に近年のモダニズム研究は注目し始めた（七四三）と論じているが、それは同時に、モダニズムの時代の作家たちが独自の情報をどのような手段で読者に送り届けたかを、現代の視点でよりこまやかに検証する作業でもあるだろう。マシュレーは「一冊の書物は決して単独で現れるものではない。それはつねに、形をとるにあたって関係をもつ社会組織の全体にともなわれているのである」（五三）と述べた。この論集においても、個々の作家と作品の文学生産の実態を知ることにより、わたしたちは同時に、それらとアメリカ大衆社会がどのような関連にあったかを具体的に知ることへ至りたいと思う。

引用文献

Armstrong, Nancy. Afterword. Jaffe and Goldman 237-44.

Benjamin, Walter. "The Work of Art in the Age of Its Technological Reproducibility." Second Version. *The Work of Art in the Age of Its Technological Reproducibility, and Other Writings on Media*. Ed. Michael W. Jennings, et al. Trans. Edmund Jephcott, et al. Cambridge: Belknap, 2008. 19-55.（「複製技術の時代における芸術作品」第二稿

『ボードレール』野村修編訳 東京：岩波文庫、二〇〇一年)

Butts, J. J. "Pattern and Chaos: Ralph Ellison and the Federal Writers' Project." *American Studies* 54.3 (2015): 35-49. Web. Humanities International Complete.

Clark, Suzanne. *Sentimental Modernism: Women Writers and the Revolution of the Word*. Bloomington: Indiana UP, 1991.

Dettmar, Kevin J. H., and Stephen Watt, eds. *Marketing Modernisms: Self-Promotion, Canonization, Rereading*. Ann Arbor: U of Michigan P, 1996.

Doherty, Maggie. "Who Pays Writers?" *Dissent* 63.1 (2016): 77-87.

Douglas, Ann. *Terrible Honesty: Mongrel Manhattan in the 1920s*. London: Papermac,1997.

Douglas, George H. *The Smart Magazines: 50 Years of Literary Revelry and High Jinks at* Vanity Fair, The New Yorker, Life, Esquire*, and* The Smart Set. Hamden, CT: Archon Books, 1991.

Drowne, Kathleen Morgan, and Patrick Huber. *The 1920s*. Westport: Greenwood, 2004.

Earle, David M. "Magazines." *Earnest Hemingway in Context*. Ed. Debra A. Moddelmog. Cambridge: Cambridge UP, 2012. 86-96.

Ehrlich, Matthew C., and Joe Saltzman. *Heroes and Scoundrels: The Image of the Journalist in Popular Culture*. Urbana: U of Illinois P, 2015.

Elliott, Emory, ed. *Columbia Literary History of the United States*. New York: Columbia UP, 1988.

Galow, Timothy W. *Writing Celebrity: Stein, Fitzgerald, and the Modern(ist) Art of Self-Fashioning*. New York: Palgrave Macmillan, 2011.

Gardner, Sarah E. *Reviewing the South: The Literary Marketplace and the Southern Renaissance, 1920-1941*. Cambridge: Cambridge UP, 2017.

Glass, Loren. *Authors Inc.: Literary Celebrity in the Modern United States, 1880-1980*. New York: New York UP, 2004.

Goldman, Jonathan. *Modernism Is the Literature of Celebrity*. Austin: U of Texas P, 2011.

Grieve, Victoria. *The Federal Art Project and the Creation of Middlebrow Culture*. Urbana: U of Illinois P, 2009. Print.

Hammill, Faye. "In Good Company: Modernism, Celebrity, and Sophistication in *Vanity Fair*." Jaffe and Goldman 123-36.

—. *Women, Celebrity, and Literary Culture between the Wars*. Austin: U of Texas P, 2007.

Hepburn, Allan. "Imposture in *The Great Gatsby*." Jaffe and Goldman 55-70.

Horkheimer, Max, and Theodor W. Adorno. *Dialectic of Enlightenment*. Trans. John Cumming. New York: Continuum, 1995.（『啓蒙の弁証法——哲学的断層』徳永 恂訳 東京：岩波文庫、二〇一五年）

Hutchinson, George, ed. *The Cambridge Companion to the Harlem Renaissance*. Cambridge: Cambridge UP, 2007.

Huyssen, Andreas. *After the Great Divide: Modernism, Mass Culture, Postmodernism*. Bloomington: Indiana UP, 1986.

Jackson, Lawrence. "'The Aftermath': The Reputation of the Harlem Renaissance Twenty Years Later." Hutchinson 239-253.

Jaffe, Aaron. *Modernism and the Culture of Celebrity*. Cambridge: Cambridge UP, 2005.

Jaffe, Aaron, and Jonathan Goldman, eds. *Modernist Star Maps: Celebrity, Modernity, Culture*. Surrey: Ashgate, 2010.

Jameson, Fredric. "Reification and Utopia in Mass Culture." *Social Text* 1 (1979): 130-48.

Kazin, Alfred. *On Native Grounds: An Interpretation of Modern American Prose Literature*. San Diego: Harvest, 1995.

Mao, Douglas, and Rebecca L. Walkowitz. "The New Modernist Studies." *PMLA* 123.3 (2008): 737-48.

Macherey, Pierre. *A Theory of Literary Production*. Trans. Geoffrey Wall. London: Routledge, 1978.（『文学生産の理論』内藤陽哉訳　東京：合同出版　一九六九年）

Marx, Karl. *Capital: A Critique of Political Economy*. Vol. 1. Trans. Ben Fowkes. New York: Penguin, 1990.（『資本論』上下 今村仁司他訳　東京：筑摩書房二〇〇五年）

McCann, Sean. *Gumshoe America: Hard-Boiled Crime Fiction and the Rise and Fall of New Deal Liberalism*. Durham: Duke UP, 2000.

Mix, Deborah M. "Gertrude Stein's Currency." Jaffe and Goldman 93-104.

Mott, Christopher M. "The Art of Self-Promotion; or, Which Self to Sell? The Proliferation and Disintegration of the Harlem Renaissance." Dettmar and Watt 253-74.

Mullen, Bill V. "Richard Wright: *Native Son*." *A Companion to Modernist Literature and Culture*. Ed. David Bradshaw and Kevin J. H. Dettmar. Malden, MA: Blackwell, 2006. 499-506.

Quirk, William J. "Living on $500,000 a Year: What F. Scott Fitzgerald's Tax Returns Reveal about His Life and Times." *American Scholar* 78.4 (2009): 96-101.

Strychacz, Thomas. *Modernism, Mass Culture, and Professionalism*. Cambridge: Cambridge UP,1993.

Slotkin, Richard. *Gunfighter Nation: The Myth of the Frontier in Twentieth-Century America*. Norman: U of Oklahoma P, 1998.

Smith, Erin A. *Hard-Boiled: Working-Class Readers and Pulp Magazines*. Philadelphia: Temple UP, 2000.

Taylor, Nick. *American-made : The Enduring Legacy of the WPA : When FDR Put the Nation to Work*. New York : Bantam, 2008.

Taylor, David A. *Soul of a People: The WPA Writers' Project Uncovers Depression America*. Hoboken: Wiley, 2009.

Worden, Daniel. *Masculine Style: The American West and Literary Modernism*. New York: Palgrave, 2011.

ガートルード・スタインとセレブリティ・モダニズム

早瀬　博範

「大いなる分断」を超えて

一九三四年一〇月二四日、ニューヨークのタイムズ・スクウェアーに設置されている電光掲示板に「ガートルード・スタイン、アメリカに到着」（GERTRUDE STEIN ARRIVES IN AMERICA）という文字が出た。現在でも世界の商業資本主義を代表する社名や商品が鮮やかに映し出される華やかな広告塔に名前が出るほどスタインは一般大衆の関心を引く存在だったのだろうか。またフォード社の広告用パンフレットに「ガートルード・スタインと彼女のフォード車」（Gertrude Stein with Her Fords）」の文字とともに、モデルTを背景にポーズをとっているスタインが描かれた広告もある。アメリカの資本主義を代表するフォード車の広告にスタインがモデルのように登場するというのは、一般的なスタインのイメージからすると、違和感を感じないだろうか。

スタインと言えば、一般的にはアメリカを捨て、パリのサロンの主人として世俗と隔絶し、ヘミングウェイやスコット・フィッツジェラルドなどの若手作家たちのメンターとして影響力をもち、ピカソやマティスといったキュービズムの画家とも親交があった「モダニズムの母」と一般には思われている人物である。作家としてのスタインに関しては、売れた作品と言えば、『アリス・B・トクラスの自伝』（一九三三年）くらいで、その他の作品はモダニズム技法の実験的手法が大衆には理解しがたく、彼女の代表作としてよく知られている『やさしいボタン』（一九一四年）でも、世間的にはほとんど受け入れられていない。では、このようなスタインのイメージと大衆消費文化を代表する広告との組み合わせとは、一体何が起きているのだろうか。

アンドレアス・ヒュイッセンは、その著書『大いなる分断の後に――モダニズム、大衆文化、ポストモダニズム――』（一九八六年）において、「高級な芸術と大衆文化の間に存在するカテゴリ上の区別」のことを「大いなる分断」（the great divide）と呼び、「モダニズムは他の分野から汚されることの不安から、意識的に他を排他するという戦略をとり、その存在を保ってきた」（vii）と思われてきたが、これは作られた固定観念だと主張している。実際、最近の研究によって、「モダニズムにおける芸術作品の自律性の主張、大衆文化への執拗な敵意、日常生活という文化からの激しい離脱、政治的、経済的、社会的な関心事からの基本的分離などは、発生するたびに常に疑義が出されていた」（vii）と、この「二分法」はかなり揺らいでいるようである。[1]

実はモダニズムと大衆文化との分断がかなり怪しいという点は、スタインに関しては間違いないと言えるようである。『ガートルード・スタインとアメリカ的セレブリティの成り立ち』（二〇〇九年）の著者カレン・レイクは、スタインは「大衆文化に関心を寄せていたし、パリのエリート的でハイブラウなサブカルチャの中で主流となっている本や会話からも隔絶した生活などしてはいなかった、と言うのは疑いようがない」（三）と指摘している。スタインの場合、作品の難解さが先行し、そのため世間とは一線を引き隔絶したイメージを作ってしまっていたということである。それどころか、ロッド・ローゼンクウィストは、スタインは「エリートと大衆文化の二つの観点から見てもモダニズム期の真のセレブリティを代表している」（四四二）とすら明言している。近年このようにスタインの大衆性やセレブリティとしての側面が明らかにされてきている。作家としてのスタインだけでなく、セレブとしてのスタインも考える必要があるようだ。

以上を踏まえ、本論ではなぜスタインは大衆性を受け入れたのかという疑問に端を発し、二〇世紀初頭のアメリカの文化的商業的事情を考慮しながらスタインと大衆文化との関わり合いについて明らかにし、スタインの芸術観に迫りたい。さらにモダニズムと大衆性という観点からスタイン文学を見直すことで、アメリカン・モダニズムの新たなる側面を浮き彫りにする。

1 「キュービズム文学の主唱者」としてのスタイン

スタインの目指したモダニズムは伝統的な統語上の制約から語句を解放し、一つ一つの語句に独自性を持たせようとしたと言える。当初からスタインの信奉者の一人で、彼女の名声を高める役割を果たしたエドマンド・ウィルソンは『アクセルの城』（一九三一年）で、同時代の優れた作家としてT・S・エリオット、ジェイムズ・ジョイスらに加えて、スタインを挙げているが、「スタインは、単語は実際の意味に内在している価値以上の別の価値を持っていると確信するようになり、それら本来の価値だけで作られた文学を生み出そうとしていた」（一九四）と高く評価している。

このスタインのモダニズム的試みを最も象徴的に表した作品が『やさしいボタン』である。この作品は「事物」「食べ物」「部屋」と題された三つのセクションからなる散文詩である。原文でしかその価値は示せないので、敢えて原文を添えて引用する。以下は「食べ物」の中の「マトン」(Mutton)と題された詩の一節である。

非常に奇妙な類似のように、そしてピンクの色のように、あのように、しかも同じ類似以上にあのようではない、しかも切断の中に中間のスペースがないのと同じように(Like a very strange likeness and pink, like that and not more like that than the same resemblance and not more like that than no middle space in cutting.)(三三一)

確かに声に出して読んでみると、「ように」(like)という語(音)が繰り返されているために、とてもリズミカルな文であることは感じられる。しかし統語上の規則からかなり逸脱しているために、それぞれの語句の独立性はあるものの、それらが畳み掛けるように連続して出てくるために、逆に全体として何が言いたいのか理解に苦しむ。どのように解釈すればいいのだろうか。

この詩に関して、「モダニストの小説における絵画性」を長年研究しているデボラ・シュニッツァーは以下のような解説をしている。

ピカソがおこなう図形的な転位は、スタインの場合は、次の例文のように統語上のねじれで完成をみることになると言ってよい。この文は類似しているものは、皆同等であるという考えを明言したものだが、これは対象を描いた一つ一つの描写はどれもすべて同じように生命力があるものだというピカソの考えと一致する。（一〇一）

スタインは「ピカソが絵画でやろうとしたことを文字でやろうとした」と言われ「文学上のキュービスト」と称されるが、この詩はその好例である。ここでスタインはキュービズムの手法である「コラージュ」を使って二次元的な文字の世界の立体化を考えているのである。しかしこの詩を読んだ読者はどう思っただろうか。

それはスタインから掲載を依頼された、総合月刊誌『アトランティク・マンスリー』の編集長エラリー・シュティークリッツの見解「悪いが、あなたの詩は、うちの読者にとってはだまし絵（a puzzle picture）のようだ。うちの読者層を誤解している」（ギャラップ 一一〇）が素直な一般読者の反応ではないだろうか。このエピソードに代表されるように、スタインの作品自体は一般読者層には理解されなかった。当然ながら出版してくれるところもなく、少ない冊数を自費出版した。

しかしながらスタインのサロンに集まる若いモダニズムの作家や芸術家は熱烈な彼女の信奉者であり、彼らがスタインの試みの重要性を主唱していた。また前述のウィルソンに加えて、シャーウッド・アンダスンもスタインのやっていることを「私の時代における文学の分野でなされた最も重要な先駆的仕事」（六八）と絶賛した。新しい文学の未来を考えている一部の作家や批評家は確実に彼女の作品を評価していた。

一九一〇年代から二〇年代の初期のスタインの価値を継続的に評価していたのは、『ポエトリ』『カメラワーク』『リトル・レビュー』『トランジション』『ダイアル』といったリトルマガジンである。これらの読者層は限られていて少ないが、新しい文学の動きを積極的に取り上げ活発であり、アメリカン・モダニズムの重要な牽引役となっていた。これらの雑誌でしばしばスタインの名前が挙がっていたので、「一九一六年までには彼女の名前はしばしば新しいラディカルな文学のスタンダード」（レイク 二）と認められるまでになっていた。中でも一九一三年にニューヨーク、ボストン、シカゴで開催された、一二〇〇点に及ぶ印象派、キュービズム、フォービズムなどのヨーロッパ絵画の展覧会である「アーモリー・ショー」は、アメリカの人々に少なからず衝撃を与えたが、その際もスタインは『ポエトリ』とのコラボ企画で作品解説を担当している。スタインはピカソやマティスの作品のコレクターでもあり、実際に「アーモリー・ショー」にも自分が所有している作品を貸し出している。このようなエピソードも相まって、スタインは前衛的な作家として全米の注目を浴びた。

このような評価が影響し、文芸雑誌『ヴァニティ・フェア』や人気雑誌『ライフ』でも彼女の作品が取り上げられるようになる。特に『ヴァニティ・フェア』は、すでに一〇年代からスタインの作品の「商品価値」が分かっていて、彼女の作品を「キュービズム文学の主唱者からの一言」（『ヴァニティ・フェア』一九一七年六月号）というサブタイトルとともに「あたかも商品のように売り出した」（コンラッド 二二二）。大衆の知的好奇心を刺激するようなキャッチコピーをつけて売り出すやり方は、ほとんど現代の宣伝方法と同じである。

このような状況を受け、多くの新聞の「書評」でもスタインの作品は論評されている。『三人の女』

（一九〇九年）に関しては、『カンザスシティスター』『モーニング・ヘラルド』『ポスト』『ボストン・ヘラルド』などで、さらに『やさしいボタン』に関しても、『ポエトリ』『ピッツバーグ・ディスパッチ』『ボストン・イヴニング・トランスクリプト』『シカゴ・トリビューン』『ニューヨーク・タイムズ・ブック・レビュー』をはじめ多くの新聞で取り上げられた。アメリカでテレビ放送が開始される四十年代以前は、新聞は最も重要な情報源であり広く読まれており、影響力も大きかった。したがって、スタインの作品そのものは一部の限定された読者層にしか読まれていなかったが、少なくともパリ在住で斬新な作品を描く作家として、ガートルード・スタインという名前は、アメリカの一般大衆にも知られていたとみてよい。

ただ、ここで注意しておくべきは、スタイン側が何もしないのに彼女の作品や名前が出版業界で勝手に取り上げられていたわけではないということである。彼女の信奉者の中でも最初から彼女の価値を信じ、そして生涯に渡って彼女を世の中に知らしめようとしたのが、カール・ヴァン・ヴェクテンである。彼はスタインの作品の出版に関してアドバイザー兼マネージャーとして貢献した。コリーン・ブラックマーによれば、スタインとヴェクテンは「文学の商業市場」(literary marketplace)（二二四）に打って出たという言い方をしている。ヴェクテンは彼女を売り出すために、アメリカの出版社との交渉や、『やさしいボタン』などの難解な作品でもより多くの読者に読んでもらえるように「ガートルード・スタインの読み方」（一九一四年）という解説書を書いたり、彼自身が人気作家だったので、作品中でスタインに言及するなど、スタインのプロモーションを一手に引き受けて作品が世間の目に触れ、その価値が少しでも理解されるように奔走した。彼女の作品は斬新過ぎて多くの出版社から断られる状況が続いたが、ヴェクテンは様々なコネクションを利用し、例えば難解な『やさしいボタン』を出版してくれる会社を見つけたりした。また彼は新聞で書評を書く機会を持っていたので進んでスタインの作品を取り上げた。彼女の作家としての名声はヴェクテンなくしては考えられない。

モダニズムは商業主義や大衆とは無縁の高級な芸術運動だという考えの人々も多かった。しかしながら、モダニズムの作家と言えども職業作家であるから、時代に合わせてなんとか作品を出してくれる出版社を探し多くの読者層に読んでもらう必要はあった。その点で当然ながら「販売戦略」は必要であり、大衆を無視することはできなかった。しかも時代は科学技術も進歩し、マスメディアも発達し、大衆文化が花開こうとしていた時代で、みんなが新しいものを求めていたのは事実である。ヴェクテンはそのような状況をよく読み、うまく市場へのスタインの売り込みを行った。スタイン文学が大衆に理解されることはなかったが、一部の批評家や作家のおかげで、その名前は広く知られており、モダニズム作家としての地位を確立していた。

2 レズビアン・モダニストしてのスタイン

前節で見てきたように、二〇年代までのスタインの知名度はその斬新なモダニズム文学の主唱者としての評価に依ることは間違いない。しかし、さらに彼女がレズビアンであるという点も知名度上昇に貢献している。『やさしいボタン』や『地理と戯曲』（一九二二年）などの幾つかの作品に見られるように、彼女がレズビアンであるという、当時としてはスキャンダラスな私生活の部分が大衆の話題を引いた。そこで本節では、レズビアン・モダニストとしてのスタインについて考えてみたい。

一般にはモダニズム作家と言えば、エリオット、ジョイス、パウンドなどに代表されるように、男性的なイメージが作り上げられている。しかも彼らはそれを守ろうとした。「モダニズムとジェンダー」の中でマリアンヌ・ディコーヴァンは、「モダニズムの胎動期およびその歴史を通じて女性作家は力強く存在していたし、またあらゆるモダニスト的著作において女性性に対する強迫観念にも似た関心があるにもかかわらず、男性作家によるモダニズムの大部分において反動的ともいえる女性嫌悪が明白であり、多くの点でモダニズムが男権主義的運動であるかのような意識を生み出し続けている」（二二四）と、モダニズムの男性性を指摘する。同様にヒュイッセンも「大衆文化は一体感があり、他を飲み込む勢いもあり、全体主義的で退行感があり女性的であるのに対して、モダニズムは進歩的でダイナミックで、文化的にも男性の優位性を示唆しているといった伝統的な二分法」（五八）があったと言う。当時はヴィクトリア朝的な男性中心主義が見られ、モダニズムは男性的で高級な芸術と見なされ、一方、大衆文化は女性的で低級な芸術と見なされていた。さらに、ジェンダーだけでなくセクシュアルな点でもさらに差別され、ヘテロセクシュアル的なアカデミズム正統主義に対して、ゲイやレズビアンは非正統と低く見られていた（五八）。モダニズムは古い伝統の破壊という点では一致した概念だったかもしれないが、ジェンダーやセクシュアリティーに関しては、古い価値観を引きずっていたということである。

スタインとヴェクテンはこの「ヘテロセクシストの支配体制の中で、なんとか生き残る」（ブラックマー　二二四）手段を考えなければならなかった。彼らは、スタインがレズビアンであるということを隠さなかった。むしろその点が彼らの考えるモダニズムの根幹にあったと思われたからである。ブラックマーによれば、スタインとヴェクテンの市場への売り方はその路線を強く出していったもので、以下の四点にまとめている。

検閲という問題の主題化、
文学に対する支配的な概念への挑戦、
高級な文化と低級な文化の対立の破壊、
そして比喩的な表現と文学的表現の言語上の取り扱い領域の撤廃（二二四）

しかしながら、時代の固定観念を変えるのは決して簡単ではなく、しかも時間のかかることである。最終的には、スタインたちのこのようなスタンスは、むしろ男性支配のアカデミズムに脅威としてみられ、かえって男性的な保守主義を強化する方向になってしまったと、ブラックマーは以下のような興味深い分析をしている。

二人（スタインとヴェクテン）の戦略は、ヘミングウェイ、イェイツ、フォークナー、エリオット、そしてパウンドといった男性モダニズム作家の保守主義をかえって強固にすることになった。彼らの批評上における安定した地位や正統性は、多くの場合スタインを直接的に犠牲にすることでもたらされた。結果、彼女の作品は攻撃的なほどに分かりづらいとか、自己中心的で放縦とか、ただ単に失敗作などとして、全般的に無視された。……スタインの主張するレズビアニズムに対する脅威が、スタインを独自の文学を生み出した母から単なる独創的な母親像に変身させ、結局、彼女の主要な価値とは、男性のモダニストの息子たちの才能を慈しみ励まし続けた包容力とされてしまった。（二二一）

このような動きが最終的には彼女の文学史上の評価にも影響し、スタインと言えば、長い間、作品自体の価値よりも、ヘミングウェイなど男性モダニストたちのメンターとしての功績に留まることになる。マイケル・レヴァンソンは「スタインの文学的ラディカリズムがキャノン言説によっていかに削除されたかを認識し、甚だ愕然とする」（二一二）と嘆いている。

スタインは、作品でも実生活でも、古い価値観へ挑戦していると言えるが、当時は彼女が女性ということ、しかもレズビアンということで、彼女も彼女の作品も高級な芸術分野には入れてもらえず、正当な評価も受けられないままとなった。結果、彼女の意には反するが、完全に正統で高級な作家としてよりも異色のレズビアン作家として注目を浴び、その名前は大衆にも広く知られることになる。

しかしながら、近年の研究では、モダニズム文学における女性の活躍を正当に評価する成果が出されている。(2)『ポップ・モダニズム』（二〇〇七年）の中でジュアン・スアレスは、「芸術や文学において新しい流れの最も顕著な推進者の多くは、レズビアンやゲイだった」（一八二）と明言し、彼らの運動を「クイアー・モダニズム」と称している。シャーリ・ベンストックは『左岸の女性たち――パリ一九〇〇―一九四〇』（一九八六年）で、当時パリ左岸に住んでいた女性たち二〇名を挙げ、彼女たちがいかにモダニズム文学運動に貢献しているかを証明しようとしているが、そこでもやはり歴史が彼女たちを埋もれさせたと指摘し、中でもスタインを犠牲者として挙げている。

モダニズム文学運動に対する女性たちの貢献は、歴史によって押しつぶされ、当時のスタンダードとされる文学の歴史から忘れさられるか、もしくは回想録や文献によって取るに足らないものとされてきた。ガートルード・スタインはそれらの女性の中で最も知られているが、文学史における位置よりも歴史的な文脈で重視された。……スタインの文学上の名声は逸話のような（それもしばしば誤った）情報に依っていた。……もしスタインが男性だったら、作家として真剣に見て欲しいという彼女の苦悩が述べられることも少なかっただろうし、彼女の文学上の名声ももっと確固としたもので、彼女の作品ももっと読まれ、教えられていただろう。（一九－二〇）

確かに男性支配的な時代とヘテロセクシュアル的なアカデミズムによって、当時のスタインの作家としての名声はそれほど高くなかったが、さらにこの議論から別の見方もできるのではないだろうか。スタインが女性であること、それに加えて他の女性からすら偏見の目で見られるレズビアンであったことで、社会からは完全に分離された状態になっていたが、まさにそのことで却って彼女は自分が好きなように自由に、彼女が目指す文学を追求できたのではないだろうか。ベンストックも「パリはスタインにプライバシーと個人的な自由を与えた」（一四）と述べている。彼女のあの妥協のない徹底した革新性は、そのような反社会的な位置にいたからこそ生まれたと見ることもできる。このように見るとレズビアン・モダニストという彼女のレッテルは、彼女を自由にし、戦う武器となり、同時に彼女の知名度を上げる広報戦術にもなっている。ブラックマーの言い方を借りれば、スタインは「タブーを売っている」（二二一）のである。

3　スタイン、「スタイン」を売る

二〇年代にはスタインという名前はアメリカで知られるようになっていたが、彼女が爆発的に知られるようになるのは、何といってもベストセラーとなった『アリス・B・トクラスの自伝』（一九三三年）の出版以降である。それまでの実験的な本と違って、これは彼女自身が『みんなの自伝』（一九三七年）で告白しているように売るために書いた本（二九）である。ここではスタインは彼女の秘書兼恋人のアリスを語り手として設定し、彼女を取り巻く作家や芸術家について描いている。ここには現代芸術や文学の巨匠、ピカソ、マティス、ブラック、アポリネール、ローランサン、ヘミングウェイ、フィッツジェラルド、エリオット、パウンドなどが登場する。これら天才たちは極めて人間的であり、生き生きと描かれている。例えば、スタインの肖像画が本人に似ていないと言われ「そのうちに本人が似てくる」と言い返すピカソ（六六九）、マティス夫妻の不仲なこと、スタインから「意見は文学じゃないのよ」と言われるヘミングウェイ（七三八）や「田舎説教師」と称されるパウンド（八五六）など、ユーモアたっぷりに描かれている。まさしく大衆に売れる要素、満載である。

これは、いわば有名人のゴシップであるが、スタインはこのような有名人のゴシップに対して大衆が興味があるということをはっきりと知っていて、執筆時から「この本はベストセラーになる」(『みんなの自伝』三三)ことを予測して商業目的で書いていた。人を寄せ付けないような難解なこれまでの作品と違い、本書は何より読みやすく、しかもそこに描かれているスタインは機智とユーモアに富み、親しみやすささえ感じる。この形なら大衆にもスムーズにスタインは受け入れられる。スタインの選んだ題材とアリスの目線を使った手法が見事に成功している。

これまでスタインは、売れることとは無関係に作品を書いていた。スタインは「疑いようのないことですが、二〇世紀に本気でものを書こうとしても、それで生活はしていけません。全然。もの書きでは無理です」(『みんなの自伝』八一)と述べているように、自分のモダニズムの本が大いに売れるなどとは思っていないし、結果これまでも、読者のことなど考えずに「自分のために書いていた」(「本の物語」六二)のである。では、このように大衆に迎合しないかに見えたスタインがなぜゴシップ満載の大衆小説を書こうと思ったのだろうか。

答えはお金が目的だったのではなくて、もっと自分の価値を、そして自分がやっている文学運動の価値をより多くの人に知ってもらいたかったのではないかと思われる。ここでスタインは語り手のアリスに「私は一生のうち三回だけ本物の天才に会った」(六六〇)と、ピカソやアルフレッド・ホワイトヘッドと並べてスタインを「三名の天才」に入れ、常に「ガートルード・スタイン」というフルネームを用いて言及させてアピールし、その生い立ちも詳細に語らせ、さらにスタインの作品も「偉大なる本」(七一六)という言い方で紹介させ、そのポイントを述べさせている。しかも前述したように、会って話をしてみたくなるような魅力的な人物像として登場させている。

つまり、『アリス・B・トクラスの自伝』はスタインという作家の宣伝媒体と言える。ガートルード・スタインという作家を「商品」として、自ら売りに出したということである。これは作家スタインによる「自己ステージ化（self-staging）」なのである。彼女のこの「自己ステージ化」は見事に成功し、一躍ベストセラー作家の仲間入りとなる。

スタインの「自己ステージ化」に関してレイクは、『アリス・B・トクラスの自伝』以前にはスタインは意識してはいなかったけれど、本作では意識的に行ったと見ている。

彼女は一部の批評家たちが言っているように、『アリス・B・トクラスの自伝』によって一夜にして名声を得たのでない。スタインの作品に関する議論は一九一〇年代から定期的に行われていた。主要な出版社は、例えば一九一三年のアーモリー・ショーや、一九一〇年代に見られる『ポエトリ』に掲載された衝撃的な新しい自由詩など、スタインに関する文化的なイベントや動向を常に取り上げていたので、彼女の名前はしばしば大衆の目にとまっていた。一九二〇年代にも、彼女の実験的な作品に対する関心はあり、大衆は絶えず彼女の名前を目にしていた。……スタインの分かりやすい回顧録は、スタインの詩や散文が持つ魅力的な二〇年間の長い謎について説明してくれるように思えた。（五）

レイクによれば、大衆はすでにスタインの名前を知っていて、作品の難解さが却ってその人物に対する興味を高めたようである。ローゼンクウィストは「メディアの論説者たちも読者にスタインの難解な作品に手を出すように促しているわけではないが、スタインを興味深い人物だと紹介していた。彼女の大衆にとっての人物像はすでにセレブとしての価値を呈していた」(四四三)と見ている。まさにそのような時に大衆が待っていたような作品が登場したという見方である。ベールに覆われていた中身が垣間見えた快感に近い宣伝効果があった。

最初の二〇年間の「自己ステージ化」と『アリス・B・トクラスの自伝』出版に見られるそれとは、その中身はだいぶ違うようであるが、どちらも大衆心理を読んだ「宣伝戦術」と言えるだろう。確かに『アリス・B・トクラスの自伝』は多くの有名人の裏側を描いているが、最終的に読者が分かるのは、彼らの中心にいるスタインの人柄や人物像であり、最も親しみやすく感じ、さらなる興味が駆り立てられる。たとえば、学生時代、その日のオペラが気になり、ウィリアム・ジェイムズの授業での答案用紙に何も書けませんと書いたり(七四〇)、H・G・ウェルズから作品に対する熱烈な手紙をもらい、彼に会いたいと言い出したり(七七六)、オックスフォードでの講演後、まるでプリマドンナになったみたいだと漏らす(八九一)など、そこには生身のスタインがいる。これまで難解な作品ばかりで読者を近づけない態度をとっていて、どちらかといえば変人だと思えていた人物が、実はとても知的で機知があり、人間的にも魅力ある人物として現れたのである。これらはスタインをセレブにするには十分であった。

ローゼンクウィストは、モダニズムの作家たちの「セレブとしての価値」は、「一つ目は、モダニズムの技法や美意識そのもの、つまり自己宣伝(self-fashioning)努力によって何とか残された出版物、二つ目は、広告網や関連組織の仲介と、セレブを享受したい思う大衆の興味」(四四六)によって形成されたと分析している。そして同様の方法で、スタインはデュシャン、ジョイス、エリオット、ピカソとともにすでに「ブランド」(四四六)となっていたと言う。さらに興味深いことに、大衆とモダニズムの「大いなる分断」などなかったと見ているアーロン・ジャフィは、エリオットやパウンドやジョイスも「自分を流行らせることに関しては抜け目がなかった」(三)と指摘する。このように見てくると、モダニズムと大衆文化の距離はこれまで互いに排他的だと見なされてきたが、実態は「それほど敵対的ではなく、むしろ生産的で統合的な関係」(レイク　二一)にあったと見るべきなのかもしれない。モダニズム文学の新たなる一面である。

スタインの「自己ステージ化」が成功し、彼女の生活は一変する。多くの出版社からの執筆依頼、新聞や雑誌への掲載やインタビュー依頼も数多く舞い込んできた。想像を絶する反響に、当初は戸惑いを覚え、マスコミに翻弄され過ぎて一時自分を見失うことすらあり、作品を書くことに自己を見出せず、しばらく書けなくなったほどである。当時の心境を以下のように回想している。

「私の作品にお金の価値があるようになったら、それは以前とはちがったものであり、自分の作品がこれまでにもお金の価値があったのであれば、作品自体もそのような状況に慣れていたのですが、もし何かが変われればアイデンティティはなくなり、もし何かが完全に変わったら、それがそうであった意味はなくなります。とにかくそんな感じでした」(『みんなの自伝』六七)。

この苦悩こそ、スタイン自身が完全に商品化されてしまった結果と言える。

マスコミからの最大の依頼はアメリカからの講演依頼である。三〇年前に捨てた祖国からのラブコールに戸惑いを覚えたに違いない。当初は断っていたが、最終的には依頼を受け、一九三四年一〇月から七ヶ月に渡ってアメリカ各地で講演をしたり、ラジオのインタビューを受けたり、ホワイトハウスにも招かれ、ルーズヴェルト大統領夫人エレノアとお茶をしたり、さらには映画のニュースリールにまで登場したりと、文字通り「第一級のセレブ」として熱狂的な歓迎を受けた。当時のアメリカは科学技術の進歩により、宣伝媒体も機械化され、ラジオやニュースリールなどを使って広い範囲で素早く宣伝が流布し、それがさらにスタインの評判を高めた。広告の時代が来ていたのである。シャーロン・カーシュは「彼女らの講演旅行は宣伝時代において、自らのイメージの流布の条件を決定づける宣伝文化をうまく巻き込む機会となったと同時に、その伝え方の理論を見直す機会にもなった」(二五四)と見ている。作家自身がその売り方を工夫する時代が来ていたことを身をもって実感したアメリカ滞在であった。

『モダニズムをマーケティングする』(一九九六年)の「序論」でデトマールとワットは、「マーケティング」とは「物質と知性の両方を結びつけること」(二)だと定義し、モダニズム作家たちの「マーケティング手法」を紹介し、両者が決して相反するものではなかったことを主張しているが、まさしくスタインはその良い実例である。

4　詩から探偵小説、そしてハリウッドへ

既成概念を崩そうと試みるスタインの挑戦は、三十年代の名声を得た後はさらに自由となり、演劇、探偵（犯罪）小説へと向かい、さらにはハリウッド映画にも強い関心を抱くようになる。本節では、詩や小説以外への挑戦から見えるスタインの意図を明らかにし、その意義を考察する。

演劇にエリオットやイェイツは積極的に関わり合おうとしていたが、通常、演劇とモダニズムとの関係は薄い。それは、クリストファー・イネスが「演劇におけるモダニズム」の中で「今日に至るまで、モダニズムの歴史から演劇は除外されている」（一二八）と明確に述べている通りである。演劇は極めて公共性の高い表現媒体であるために「集団としての観客から出される規範の圧力に従属している」し、しかも最終的な制作物である上演自体が、俳優、音楽、舞台装置など様々な外的要素が加えられ、原作から離れて「伝統的な方法で型にはめられてしまう傾向がある」（一二九）からである。

このような制約があるにもかかわらず、スタインは三〇以上もの演劇を書いている。ちょうどスタインがアメリカに招待された一九三四年の二月には『三幕による四人の聖人』（一九二七年）がハートフォードで封切られ、その後ニューヨークで一ヶ月の興行を行い、実際に一〇月にスタインが来るとシカゴでも上演された。スタインの人気が絶頂期だったためと、役者の演技や音楽性、舞台装置などの演出も良かったために爆発的なヒットとなり、一大ブームを巻き起こした。ラジオは一部をライブで流したり、新聞や雑誌でも頻繁に取り上げられ、さらにウォナメーカー社、エリザベス・アーデン社、ギンベル社などはショーウィンドーに公告を掲げたり、バーグドルフ・グッドマン社はロゴ入りのガウンまで作りブームに便乗した。スタインの名前は完全にブランドであり、売れる商標となり、彼女の大衆性を決定的なものにした。他のモダニズム作家があまり手をつけようとしない演劇の分野への挑戦は、文学作品自体よりもより大衆性の高い媒体を使うことで、モダニズム文学と大衆との間を繋ごうとするスタインの意図から出たものである。

あまり知られていないが、スタインは「探偵小説」にも挑戦している。『ダイニングルームの床の血』は一九三三年に執筆され、四八年に出版された。探偵小説も通常は大衆的な読み物の代表だと思われ、しかも筋道と論理性が重視されるものであるため、モダニズム作家はほとんど書いていない。モダニズムと探偵小説は最も遠いところに位置していると一般には考えられるだろう。ましてや普通の文章でも分かりづらいスタイン文学とは無縁のように思われがちである。しかし意外にもスタインは「私は探偵小説は好き」(『みんなの自伝』xxii)だといい、エドガー・ウォレスやダシール・ハメットをよく読んでいたようである。彼女は「なぜ私が探偵小説が好きなのか」(一九三七年)というエッセイでは次のように推理することが楽しいと述べている。

私は推理をするのが好きなのです。推理することってたくさんあります。なぜある人はあんなことを言ったのだろうかとか、なぜ私が校正している原稿から一段落カットする人がいるのだろうかとか、駅で会うことになっていて、しかも一度も会ったことがない若者が現れないのはなぜなのかとか……。(一四七)

確かに、スタイン的な興味と言えるが、実際に彼女が書いた探偵小説は、これまでの常識がほとんど当てはまらない。『ダイニングルームの床の血』は謎解きをする探偵もいなければ、これといった容疑者もいないし、犯人に結びつくようなヒントもない。そもそも犯罪自体が本当にあったのかすら怪しい。しかも、その書き方は彼女らしく「内的独白」のスタイルをとっていて、時に「連続的現在」(「説明としての構図」五二四)が使われていて、読みにくく分かりづらい。

犯罪が見えるの。いや、私には見えない。なぜなら結局、生きて死ぬだけだから、なんで恥ずかしがる必要があるの、たいしたことはないよ。あのときと同じくらいはもっているし、しかも否定してもいい。ああ、ぜひ試してみて。(Can you see crime. No not I. Because after all to live and die what makes them shy, nothing much, because they will have as much as then and deny. Oh please try.)(二九)

従来の探偵小説に要求される規範はそこにはなく、謎が謎を生むような不安定で神秘的な異空間にどんどん引き込まれていく。マシュー・レヴェイは「スタインの推理の楽しさは日常生活の異化から生まれる」(一〇)と言うが、まさにその通りである。さらにレヴェイはこの試みこそスタインの価値であると主張する。

スタインは、実験的な美的規範と、探偵小説のような大衆に人気のあるジャンルを使えば、文学上のモダニズムの形式的要素と潜在的な読者層を広げることができるかもしれないという認識とを組み合わせようと試みているが、まさにそのことで、彼女は大衆的で商業的な執筆にモダニズ

ムが関わってきた長い歴史の中で中心的人物として規定される。(四)

このスタインの考えは徹底していて、ついにハリウッドまで行く。当時最も商業主義で最もファッショナブルなハリウッドでの仕事も、最終的には実現しなかったが、本気で考えていた。ハリウッドと言えば、見かけは華やかで収入も高かったが、「ハリウッド落ち」[3]と言われるように、「正統派の作家」が関わり合う場所ではないと考えられていた。しかしながら、スタインは何が正統で、何が非正統であるかといった分け隔ては考えていないので、純粋に科学技術の進歩した時代における表現媒体としてその可能性に期待し、大いに興味を持っていた。

スタインがアメリカで講演旅行をしている三〇年代は、アメリカ映画は科学技術の進歩と商業主義の発展がもたらした最先端の産業として隆盛期を迎え、最も成長を遂げている時である。彼女が食事をしているところをニュースリールに取られ全米の映画館で上映されたりもした。テレビのない時代、映画は映像で情報を発信する強力な宣伝媒体として活躍した。さらにスタインは講演旅行中にハリウッドに立ち寄り、当時活躍をしていたチャールズ・チャップリン、ダシール・ハメット、アニタ・ルースらの映画人と夕食を共にし、チャップリンとは「映画も新聞のように日常的になる」(『みんなの自伝』二四五–四六)と期待を込めて話している。『みんなの自伝』ではハリウッドの技術の高さとその夢のような影響力に魅力を感じていることが記されている。

ラスコーはとても安いのに高価な材料でできているのはロマンチックだと考えていた。彼にはそんなものがロマンチックに思えたようだけど、まさしくそうね。つまり、とても安い物が細心の注意を払って作られているのは確かにロマンチックね。高給をもらう製作者って、そのようなものを作る人よ。これこそロマンチックね。多分ハリウッドがこれでしょう。(二〇一)

そして具体的な話としては、スタインの親友で自らの『サン・ルイス・レイの橋』(一九二九年に上映)を映画化したソーントン・ワイルダーが大学を辞めてハリウッドに行くことを知り、すぐさま彼に「私はあなたがシカゴ大学を辞め、ハリウッドに行くことを全体として喜んでいます。できれば私も一緒に行けたら楽しいだろうと思います」と述べ、さらに「『アリス・B・トクラスの自伝』をハリウッドで作ってもらえないかしら、きっと素敵な映画になると思います」(一〇六)と提案している。さらに、レイクによれば、『三人の女』の中の一つ「やさしいリーナ」は映画化のサインまでこぎつけ、子どものためのお話『地球はまるい』(一九三九年)をディズニーで製作しようという話にスタインも乗り気だったり、戯曲「女たちの声」(一九一六年)や「起こったこと」(一九一三年)なども候補として挙げられたようだ(一九四―九六)。確かに個性的な天才たちが登場する『アリス・B・トクラスの自伝』や、ディズニー版『地球はまるい』は、ヒット間違いなかっただろうと思われ残念な気もするが、スタインがフランスを離れられなかったなどの理由で、結局、実現しなかった。それでもレイクが指摘しているように、スタインのこのような新分野への果敢な試みは十分意義がある。

たとえスタインのハリウッドでの野望が実現しなかったとしても、その試みは彼女の感性や芸術的目標がいかにモダンでアメリカ的で主流であったかを示していて興味を引く。……実際、スタインの民主的な芸術への態度は、もう一度アメリカへの旅行が実現していたら、ハリウッドにおいておそらく新しい創造性に富んだ方向性を与えていただろう。スタインにとって映画作りは芸術家の作り出す作品の価値を減じることではなかった。（一九七-九八）

本節で見てきたように、スタインは他のモダニズム作家から見ると大衆迎合主義だと言われそうな戯曲や探偵小説を書いたり、商業目的だとして見向きもされないハリウッドへのアプローチをしたりと、ジャンルを超えて果敢に挑戦している。なぜスタインはこのような挑戦をしようと思ったのだろうか。また、それはどのような意味を持つのであろうか。関連した二つの点から考察をしてみたい。

第一は、彼女の総合芸術への興味である。戯曲は二次元で表現された文字が舞台の上で三次元化される。さらに映画に関しては彼女が文学で試みている新たな技法である、コラージュやモンタージュ、さらには内的独白なども、画像と音声を用いる映画ではかなり実現可能となる。文学の総合芸術化という点で彼女の興味を引いたのではないかと思われる。しかもそれは、次の理由にも繋がるが、より大衆に届きやすい形態となる。

第二の理由は、これまでにも言及した芸術の民主化というスタインの理念である。スタインはジャンルにこだわらず、一見モダニズムとは相容れないと思える戯曲や探偵小説のジャンルにも進出し、それらのジャンルの新たなる可能性を広げようと試みているのである。そのような試みは、これまでのスタインのスタンスから出たもので、大衆文化から離脱したモダニズムのエリート主義への挑戦であり、しかも大衆的文学に関する固定的な観念の破壊を試みていると言える。これはモダニズムそのものの可能性の拡大という点からも重要である。この点はより詳細な検証が必要だが、ここまでくると、もしかしたらスタインはモダニズム文学という枠すらこだわっていなかったのかも知れない。

このようなスタインの試みは、近年その存在が重視されつつある「ミドルブラウの読者層」という観点からも重要である。「ミドルブラウの読者層」とは、ハイブラウの排他的なエリート主義にも、ロウブラウの大衆的な通俗主義にも不満の読者層であり、彼らは両方が融合した「ハイブリッドな形式」を望んでいるのである。ニコラ・ハンブルは「ミドルブラウの読者層」のための「ミドルブラウな文学（middlebrow literature）」（一二）を以下のように説明している。

> その文学形態は、ハイブラウとロウブラウの両方の存在にアイデンティティは帰属しつつも、それぞれの形式には修正を加えるが、それぞれの物の見方は踏襲しながらも、同時にロウブラウの汚れからはしっかりと身を守り、ハイブラウの知的な見せかけに対しては大いにあざ笑うような本質的には両者に寄生した形態である。（一一－一二）

前述したように、スタインは高級芸術と低俗芸術といった区別をなくすことを目指しており、これはスタインのスタンスと完全に合致する。

このような挑戦は、芸術に高級も低級もないスタインの平等主義的芸術観の表れである。一般には近づきがたいモダニズムの文学と大衆文化との融合をスタインは願っていたし、しかも実践していた。

これこそレイクの言う「ポピュラー・モダニズム」(一九八)であり、アメリカン・モダニズムのこれまであまり語られなかった重要な一面である。

スタイン文学のファッション性

スタインの作品の中で誰もが知っている詩句は「薔薇は薔薇であり薔薇であり薔薇である」(A rose is a rose is a rose is a rose)(「聖なるエミリー」一八七)である。この詩の解釈は読む人ごとに違うが、いかなる解釈でも許容するような不思議な世界を創造させる魅惑的な一節である。語と語のリズミカルな連続性が、新たなる独特の空間を創造し、そこにバラを美しく浮かび上がらせる。最も単純な表現が、最も根源的な真理に近づいていると思わせる深遠さもある。奇抜な表現はインパクトを与え、究極の単純さによって洗練された表現に仕上がっている。別の言い方をすれば、この斬新なフレーズは洗練されたファッション性を持っている。

当然、広告業界やメディアもそのファッション性に目をつけ、この一節をうまく広告や見出しに生かしている。最も見事な広告としてはニューヨークの五番街の高級デパート、バーグドルフ・グッドマンが『ニューヨーク・タイムズ』に出したものであろう(左図)。“a rose is a pose is a rose is a pose…”という文字を流れるような筆記体にしてループを作り、その中におしゃれな帽子をかぶった女性を配置している。大変にセンスの良い広告に仕上がっていて、デパートの高級感とそこに売られている商品がいかにファッショナブルであるかをイメージさせることに成功している。(4)

この一節はスタインが講演旅行でアメリカを巡回している間にもメディアによって盛んに応用された。例えば、スタインが祖国の土を踏んだ日の新聞では「ガーティ ガーティ スタイン スタインが故郷へ戻る 故郷へ 戻る（Gerty Gerty Stein Stein is Back Home Home Back）」という見出しが出た。スタインのラジオインタビューを案内する広告は「放送中は放送中であり放送中です（On Air Is On Air Is On Air）」であった。誰のどのような放送なのかと問わなくても、一目瞭然である。うまいキャッチコピーとしての条件をすべて満たしている。この一節は当時はかなり

The New York Times, 1934.

様々な場所で使われたが、[5]他にも『やさしいボタン』などからも広く広告に利用されたものは枚挙にいとまがない。

スタインの詩をベースにした当時の広告を詳細に調査したアリソン・ティシュラーは、「スタイン風のモダニズムと大衆文化がいかに深く絡み合っているかを示している」（一一三）と指摘している。しかも広告会社もスタインも両者とも得をしていると説明している。

広告を出す側はスタイン風（Steinian）の言語を使って自分たちの商品がいかにファッショナブルであるかを強調しようとする一方で、スタイン自身もそれらの広告から恩恵を受けていた。と言うのも、それらの広告が彼女を有名にしたからだけでなく、大衆に対して彼女の難解な作品を説明する手助けにもなったからである（ティシュラー　二四）

スタインは広告を利用し、アメリカの聴衆を彼女のモダニズムの世界に導いたと言える。

スタインのアメリカでの講演も同様の役割を果たした。アメリカでの七ヶ月ほどの滞在中にスタインは七四回講演をしているが、話題のセレブの講演として多くの観客を引きつけた。講演の内容と表現はいかにもスタイン流で知的で奥深いが、とらえどころがない。しかしながら聴衆はスタインの「バラはバラです」風の詩的でおしゃれな世界に浸ることができたと満足したと思われる。いくつか例を挙げておきたい。

このすべてがとても重要です、なぜなら重要だからです。それが重要であるのは画家や作家にとってではなく、絵を見るのが好きなひとたちにとってです。(All this is very important because it is important. It is important not for the painter or for the writer but for those who like to look at paintings....)(「アメリカ講演」二四三)

私が言葉について気づいたことは、パラグラフは感情的で、文はそうではないということ。その違いは矛盾ではなくて組み合わせです。そしてこの組み合わせのために、文とパラグラフについて永遠に考え続けることになってしまいます。なぜなら感情的であるパラグラフは感情的でない文からできているからです。(I found out about language that paragraphs are emotional and sentences are not.... I found out that this difference was not a contradiction but a combination and that this combination causes one to think endlessly about sentences and paragraphs because the emotional paragraphs are made up of unemotional sentences.)(「アメリカ講演」二四四)

それは音を作り、やさしく歌いやさしく響く、でも音として響く。それは音として響き、もちろん言葉として響く、でも音として響く(That makes a sound that gently sings that gently sounds but sounds as sounds. It sounds as sounds of course as words but it sounds as sounds)(「アメリカ講演」二〇七)

まったくもってスタインの世界全開である。しかも音声記録が残っているが、彼女の落ち着いてリズミカルな語り口も魅力となっていたはずである。講演会というより自作の詩のおしゃれな朗読会といった雰囲気だったのではなかったかと想像する。これらの講演会もスタインのセレブとしてのステータスを高めるのに役立だったはずであるし、まさしく聴衆は直にモダニズムの世界に引き込まれていたと言える。これこそ、モダニズムと大衆が結びついた瞬間である。

スタインは芸術に高級も低級もないという理念を持ち、孤立して大衆とはかけ離れた高級な文学運動と思われるモダニズム文学を大衆まで広げるべきだという使命感を持ち、自ら「大いなる分断」を繋ごうと実践し成功した稀な作家である。それは祖国を捨てざるを得ないほど周りから抑圧され、居場所を失い、その上、女性であるという当時では一段低く位置づけられるという環境で身につけられた、何事にもとらわれることのない自由な発想と揺るぎない信念からなるスタイン流の生き方から生まれたものである。

注

(1)「大いなる分断」などなかったという研究としては Huyssen 以外にも、Dettmar & Watt; Wilson, Gould & Chernaik; Jaffe などがある。

(2) 本書で扱った以外に、Steven Watson, *Strange Bedfellows: The First American Avant-Garde* (New York: Abbeville, 1991)や、Karla Jay, *The Amazon and the Page: Natalie Clifford Barney and Rennee Vivien* (Bloomington: Indiana

UP, 1988）など参照。

（3）作家John Erskineが一九一四年当時、ハリウッドの仕事をすることは "professional hara-kiri" であり、お金のために純粋な魂を売る行為だと言われたと記している（Erskine 14）。

（4）*The New York Times*, 1934.Yale MSS 76, box 143, folder 3352. Yale University の Beinecke Rare Book & Manuscript Library所蔵。スタインは、自分の関連する雑誌や新聞の記事を複数の専門の業者に頼んで集めていた。そのコレクションをイエール大学が所有しているが、膨大である。これは彼女が世間にどう見られているかをとても気にしていた明白な証拠になる。

（5）最近の例では『ニューヨーク・タイムズ』（二〇一四年四月二一日付け）が "A Rose Is a Rose Is a Song Is a Song" という見出しで、スタインの『世界はまるい』がミュージカル上演されることを伝えている。

引用文献

Anderson, Sherwood. "The Work of Gertrude Stein." Foreword. *Geography and Plays*. 5-8.

Benstock, Shari. *Women of the Left Bank: Paris, 1900-1940*. Austin: U of Texas P, 1986.

Blackmer, Corrine. "Selling Taboo Subjects: The Literary Commerce of Gertrude Stein and Carl Van Vechten." *Dettmar and Watt* 221-54.

Conrad, Bryce. "Gertrude Stein in the American Marketplace." *Journal of Modern Literature* 19.2 (1995): 215-33.

DeKoven, Marianne. "Modernism and Gender." Levenson 212-31.

Dettmar, Kevin, and Stephen Watt, eds. *Marketing Modernisms: Self-Promotion, Canonization, Rereading*. Ann Arbor: University of Michigan Press,1996.

Erskine, John. Foreword. *Hollywood Saga*. by William C. deMille. New York: E.P. Dutton, 1939. Web. 7 July 2017. 7-12.

Gallup, Donald. "Gertrude Stein and *the Atlantic*." *The Yale University Library Gazette* 28 (1954): 109-28.

Humble, Nicola. *The Feminine Middlebrow Novel, 1920s to 1950s: Class, Domesticity, and Bohemianism*. Oxford: Oxford UP, 2001.

Huyssen, Andreas. *After the Great Divide: Modernism, Mass Culture, Postmodernism*. Bloomington: Indiana UP. 1986.

Innes, Christopher. "Modernism in Drama." Levenson 128-54.

Jaffe, Aaron. *Modernism and the Culture of Celebrity*. Cambridge: Cambridge UP, 2005.

Kirsch, Sharon. "Gertrude Stein Delivers." *Rhetoric Review* 31.3 (2012): 254-70.

Leick, Karen. *Gertrude Stein and the Making of an American Celebrity*. Oxford: Routledge, 2009.

Levay, Matthew. "Remaining a Mystery: Gertrude Stein, Crime Fiction and Popular Modernism." *Journal of Modern Literature* 26.1 (2013): 1-22.

Levenson, Michael, ed. *The Cambridge Companion to Modernism*. Cambridge: Cambridge UP, 2011.

Rosenquist, Rod. "Modernism, Celebrity and the Public Personality." *Literature Compass* 10/5(2013): 437-48.

Stein, Gertrude. "The Autobiography of Alice B. Toklas." *Writings 1903-1932*. 653-916.

—. "Blood on the Dining Room Floor." Web. 7 July 2017. 1-43.

—. "Composition as Explanation." *Writings 1903-1932*. 520-29.

—. *Everybody's Autobiography*. London: Vargo, 1985.

—. "Four Saints in Three Acts." *Writings 1903-1932*. 608-50.

—. *Geography and Plays*. New York: Something Else, 1968.

—. *Gertrude Stein: Writings 1903-1932*. New York: Library of America, 1998.

—. "Ladies' Voices." *Selected Writing*, 555-56.

—. "Lectures in America." *Gertrude Stein: Writings 1932-1940*. New York: Library of America, 1998. 191-336.

—. *The Previously Uncollected Writings of Gertrude Stein: How Writing Is Written*. Ed. Robert Haas. Los Angles: Black Sparrow, 1974.

—. "Sacred Emily." *Geography and Play*. 178-88.

—. *Selected Writings of Gertrude Stein*. New York: Vintage, 1990.
—. "The Story of a Book." *Uncollected Writings*. 61-62.
—. "Tender Buttons." *Writings 1903-1932*. 313-55.
—. "Three Lives." *Writings 1903-1932*, 65-271.
—. "What Happened." *Selected Writings*. 557-60.
—. "Why I Like Detective Stories." *Uncollected Writings*. 146-150.
—. "The World is Round" *Writings 1932-1946*. 535-74.
Suárez, Juan. *Pop Modernism: Noise and the Reinvention of the Everybody*. Urbana: U of Illinois P, 2007.
Tischler, Alyson. "A Rose Is a Pose: Steinian Modernism and Mass Culture." *Journal of Modern Literature* 26 (2003): 12-27.
Wilson, Edmund. *Axel's Castle: A Study in the Imaginative Literature of 1870-1930*. London: Fontana, 1984.
シュニッツアー、デボラ「キュービズムのガートルード・スタインの『緑色のゲーム』に見られる視覚と技法の相関関係」早瀬博範訳、早瀬博範編『アメリカ文学と絵画——文学におけるピクトリアリズム』渓水社、二〇〇〇年、七九–一二一。

ゼルダ・フィッツジェラルドの決定不可能なテクスト
――「百万長者の娘」のモダニズム性

高橋　美知子

ゼルダ・フィッツジェラルド――忘れられたモダニスト

ゼルダ・フィッツジェラルドの名は、作家スコット・フィッツジェラルドの妻として、そして一九二〇年代のアメリカを彩ったフラッパーのアイコンとして広く認知されている。波乱にとんだ彼女の人生に関する書物はフィクション、ノンフィクションを問わずこれまで数多く出版され、彼女は幾度も映画やドラマ、演劇の題材になってきた。しかし、作家の妻であるばかりでなく、自身も作家であったゼルダが遺した作品に、十分な関心が向けられてきたとは言い難い。デボラ・パイクが指摘するように、「他に類を見ない個性の持ち主でもあるにもかかわらず、彼女は芸術的分野においてはずっと周縁に追いやられてきた」（五）のである。もっともよく知られた長編『ワルツは私と』（一九三二年）でさえ、断片的場面が次々と切り替わる構成や直喩と隠喩に溢れる文体により、一般的には読みづらい作品であると敬遠されがちである。作品の読みやすさと批評的関心の高さは比例するものではないが、彼女の作品が学術的批評の対象となる機会も多くなかった。仮に文学的関心を抱かれる場合、スコットとの結婚生活と、三〇代で統合失調症と診断されて以降の生涯にわたる病歴があまりに有名であるためか、その作品は伝記的角度から（時には作者を対象とした精神分析的アプローチと組み合されて）読まれるか、あるいは『ワルツは私と』とスコットの『夜はやさし』（一九三四年）の例に典型的なように、夫の作品との比較という枠組みの中で考察されることがほとんどであった。[1]

とはいえ、同時代の芸術界を席巻していたモダニズムの潮流の中にゼルダを位置づけようとする試みが皆無だったわけではない。リンダ・ワグナーは一九八二年の論文で「テーマや言語よりも、その構成ゆえに『ワルツは私と』はモダニスト小説として認識されるだけの価値がある」（二〇三）と評し、『ワルツは私と』は、エリオットが『荒地』で近代精神の荒廃を描いたのと同じくらい鮮やかに、精神的危機に瀕した近代女性を描く皮肉なフィクションである」（二〇六）と述べている。またメアリー・ゴードンはゼルダの作品を夫と切り離して読むことの難しさを認めつつ、その文学的特質の分析を試み[2]、『ワルツは私と』を例に、ゼルダが「シュール・レアリスト的」手法を用いていることを指摘し（xix）、さらにスコットの文体と比較したうえで、「連想の流れに喜んで身を任せていく」ゼルダの作品は、「まとまりがあって整然とした夫の小説と比べると、質的にはるかにモダン」であると結論づけ、「無意識なものや不合理なものを掘り下げていく」彼女のスタイルに、ジェイムス・ジョイスやガートルード・スタインとの共通性を見出している[3]（xx）。しかし、二〇世紀中になされたこれらの指摘にもかかわらず、その後長きにわたり、ゼルダの作品におけるモダニスト的側面や芸術的特質への関心は低いままにとどまっており、特に、彼女の短編小説に向けられる関心は、極めて限られてきた。マシュー・ブルッコリは、作家としてのゼルダを「限界はあるにしろ、彼女は見事な散文を書いた。夫の真似はしなかった。彼女のスタイルは、彼女だけのものだった。ウィットがあったし、驚嘆すべき語彙と、人生を彼女ならではの角度から見る能力も持っていた」と評価する一方で、短編についてては「ほとんどは通常の短編小説の構成を有していないために、スケッチと評するのがせいぜい」（「前書き」一二）と断じている。[4] ゼルダの短編に関する先行研究の少なさは、「それらが単に金のために書かれた、ポピュラー・フィクションのジャンルの作品だとして、批評家たちがほとんど注意を払ってこなかった」（グローガン　一一六）ことを示している。W・R・アンダーソンの一九七七年の論文「競争と協力関係──ゼルダ・セイヤー・フィッツジェラルドの短編小説」とクリスティン・グローガンの二〇一五年の論文「オーサーシップと芸術的才能」は、数少ない例外である。グローガンの研究は、ゼルダの短編に見られるモダニスト的要素を指摘し、それまでほぼ空白状態であった短編の芸術性をめぐる議論の扉を開いた。

二〇一七年に刊行されたデボラ・パイクの『ゼルダ・フィッツジェラルドの反逆的芸術』は、芸術家としてのゼルダ研究を大きく前進させた。パイクの論考は、ジル・ドゥルーズとフェリックス・ガタリのマイナー文学論を主要な補助線に、これまでほぼ研究対象とされてこなかった手紙、短編小説、戯曲、未刊の小説や日記の分析を通じてゼルダ・フィッツジェラルドを「モダニストかつ（リュス・イリガライの主張する意味での）女性的な」作家（八）として位置付ける試みであり、彼女の作品や手紙、日記を、男性優位的な「支配者の言語」（一三四）から逃れるための行為、「マイナー・ヴォイス」（一四六）の発信として読み解く研究である。「ゼルダ・フィッツジェラルドの作品は、自分の人生の出来事や夫から受けた影響の単なる反映といったものではない。彼女の作品には、シュールレアリスト的とまでは言えないにしろ、モダニスト的な感性が現れており、伝記的な解釈の範疇に到底おさまるものではない」（一二三）とパイクは主張する。同書における短編の扱いは限定的であり、作品の執筆時期やプロットの把握において不明瞭な点も認められるが、同年の論文「自己への仮装――ゼルダ・フィッツジェラルドのジャーナリズムと短編におけるフラッパーとモダンな少女たち」でパイクは短編作品に具体的に言及しつつ、ゼルダの作品に社会批評的側面があることを指摘している。

以上に概観したように、死後七〇年を経て、ゼルダ・フィッツジェラルドの短編小説研究にようやく光が当たりつつあるが、個々の作品についての議論はまだ始まったばかりである。本論はゼルダ・フィッツジェラルドの短編におけるモダニズム的特質を、作品論レベルで考察しようとする試みであり、従来「スケッチ」的と見なされてきたゼルダの短編における実験的な技法について論じる。具体的には、「百万長者の娘」（一九三〇年）のテクストに満ちる数々の〈特定できない要素〉あるいは決定不可能性に注目するが、[5] フランツ・カフカやウィリアム・フォークナーら、代表的モダニスト作家の作品にも顕著なこの要素は、ゼルダの作品においては〈曖昧さ〉として捉えられることが多く、独特な文体とともに、しばしば彼女の不安定な精神状態に結び付けられてきた。しかし、本論ではゼルダが注意深く決定不可能な要素を作中に忍ばせていること、この短編が「スケッチ」の範疇をはるかに超えた、モダニズム的で多層的な作品《テクスト》であることを指摘し、これまでほぼ行われてこなかったゼルダ・フィッツジェラルドの短編作品のテクスト研究が秘める可能性の一端を提示する。

1　特定できない語り手

ゼルダ・フィッツジェラルドが一九二九年から三〇年にかけて書いた一連の短編群はそのタイトルから「娘もの」と呼ばれている。これは若者向けの雑誌『カレッジ・ユーモア』誌の編集者H・N・スワンソンの企画で、最終的には五つの短編がスコットとゼルダの連名で同誌に掲載された。「百万長者の娘」は「娘もの」として最後に書かれた作品であるが、代理人ハロルド・オウバーの判断により、スコット単独の作品として『サタデー・イヴニング・ポスト』誌に掲載された。オウバーはスコットに宛てて、「(「百万長者の娘」は)『カレッジ・ユーモア』には良すぎる短編だし、すごく君らしさが出ている作品だから、誰の名前で発表されようとも君の作品だと認識されると確信している」(ブルッコリ/アトキンソン　一六六)と書き送っている。このエピソードは、スコットとゼルダという二人の作家の複雑な関係を端的に反映すると同時に、サンドラ・ギルバートとスーザン・グーバーが『屋根裏の狂女』で論じた、女性作家が自分の声を持つ困難さという問題を如実に表している。その一方で、一九二〇年代に進んだ文学の商業化もそこには関係していよう。皮肉にも夫の作品という体をとることで『ポスト』への掲載が叶ったとはいえ、『カレッジ・ユーモア』よりもはるかにメジャーな雑誌であった『ポスト』の掲載基準を満たしたことは、この作品の完成度の高さを裏付けている。[6] 『カレッジ・ユーモア』が、スコットとの連名を条件にゼルダに支払った原稿料は四〇〇から八〇〇ドルであったが(スコット・フィッツジェラルド『帳簿《レッジャー》』一九二九–三〇年)、「百万長者の娘」に対しては『ポスト』から四、〇〇〇ドルが支払われた。スコット単独の名に対して支払われる高額の原稿料と引き換えに、ゼルダ・フィッツジェラルドの名前はその作品から消し去られたのである。

ただしテクストを精査すれば、オウバーの見解に反して、「百万長者の娘」には、ゼルダの作品に共通する特色がはっきりと表れていることがわかる。グローガンは、ゼルダの「一番顕著な」モダニスト的特徴として「匿名の語り手」を挙げているが（一一五）、彼女の短編の語り手は匿名であるばかりでなく、語り手と主人公との関係性、語り手の性別や年齢すらほぼ明示されることがない、いわば〈特定出来ない語り手〉である。この点において、「百万長者の娘」の語り手も例外ではない。これまで多くの伝記作家や批評家が、ゼルダ作品の語り手の人物像が曖昧であることを問題視してきた。ナンシー・ミルフォードは「（性別も含め）どんな人物なのかさっぱりわからない、遠くから見ている全知の語り手」ゆえに「娘もの」の主人公たちは「人生を生きているように見えない」（一八八）と批判しており、グローガンは「語り手と……同一化することができないのは、ゼルダにのしかかっていたオーサーシップの問題を表している」（一一七）と、語り手の人物設定の曖昧さを、自身の作品に夫の名前が冠されることで、ゼルダの自己規定が阻害されたことの反映と見ている。だが、果たしてミルフォードやグローガンが考えるように、ゼルダは語り手の人物像を確立するのに失敗しているのだろうか。以下、作品の概要を追いながら、「百万長者の娘」の〈特定できない語り手〉について考察し、ゼルダが意識的に語り手の特定を回避している様を明らかにしたい。

「百万長者の娘」では、ニューヨークの社交界で美貌を武器に生きる一六歳のキャロラインと御曹司バリーとの出会い、婚約と別れ、キャロラインのハリウッド女優への転身と成功、そしてバリーとの復縁の物語が、〈特定できない語り手〉によって語られる。ミルフォードが指摘するように「娘もの」

の語り手たちは、主として物語の枠外の観察者として機能しており、その視点は限りなく全知のそれに近いのだが、大まかな傾向として、後に書かれた作品ほど語り手が作中に登場する頻度が高い。特に「百万長者の娘」の語り手は、主人公との接触の多さで他の語り手たちとは一線を画している。この語り手はキャロラインがプロポーズされる場にも、バリーに捨てられる場にも立ち会い、キャロラインがカリフォルニアに向かう列車に乗り合わせ、同じホテルに宿泊し、彼女をドライブに連れ出し、映画の完成上映会に招かれ、入院先にも駆け付ける。しかし、物語の最初から最後まで、主人公とほとんど並走するように登場しながら、他の作品の語り手たちと同じように、この人物のおおよその年齢や性別でさえ読者に知らされることはない。

とはいえ、「百万長者の娘」には、この語り手の人物像について読者を何らかの結論へと招き寄せるような描写が散りばめられている。結果、その性別に関して『ゼルダ・フィッツジェラルド——天国からの声』の著者サリー・クラインは、「娘もの」のすべての語り手は女性、より正確にはゼルダ自身であると結論付けており(二三八)、それとは対照的に、グローガンはクラインの結論を否定したうえで、語り手がキャロラインに向ける執拗な視線、すなわち「男性的視線」を根拠として語り手は男性であると分析している(一一八-一九)。しかし、どちらの読みも決定打に欠ける。クラインは各短編の語り手を同一人物とみなす前提の根拠や、語り手がゼルダであるのは「明らかだ」(二三八)とする十分な理由を提示しておらず、その主張に説得力があるとは言い難い。一方で、語り手がキャロラインに向ける「男性的視線」を論拠とするグローガンの分析は一定の説得力を持つが、キャロラインを見つめる語り手の視点を「男性的視点」と即時に断定するグローガンの論には、「女性的視点」

という概念が不在である。語り手がキャロラインに執拗な視線を向け、彼女に執着するのは事実である。しかし、「男性的視線」をめぐる議論に強い影響を与えたローラ・マルヴィの論考「視覚的快楽と物語映画」が、能動的な女性の視線という概念が欠落しているという点において批判され、後にマルヴィが議論を修正するに至ったことに鑑みても、主人公に向けられる視線を以って語り手が男性だという判断の根拠にするのはいささか性急であろう。

「百万長者の娘」の語り手の性別に関する考察は、それが決して特定できないという点に帰着する。一般的にはポストモダニズムと親和性が高いとされる決定不可能性は、モダニズム、あるいはそれ以前の文学作品にも存在しており、例えばゼルダが愛読していたヘンリー・ジェイムズや（クライン　一五四）、彼女と同時代のアーネスト・ヘミングウェイらの作品にも顕著に認められる（アボット　九〇–九七）。トニ・モリスンは自身の短編「レシタティフ」における決定不可能性について、「人種の異なる二人についてのナラティヴからあらゆる人種的なコードを排除しようとする実験だった」（xi）と述べている。モリスンとゼルダの試みを単純に同一視することはできないものの、「百万長者の娘」では、語り手の性的コードが注意深く排除、あるいは無効化されているように見える。

一例として、映画の上映会に出席した語り手が、会場から抜け出す箇所に注目してみよう。「込み合っているロビーで彼女［キャロライン］に会えないものかと、幕間に外に出てみた」語り手は、彼女が「どこにも見当たらなかった」ために「帽子も被らず、湿った春の空気のなか、かどのドラッグストアまで歩いて行った」（三三五　傍点筆者）。この「帽子も被らず」という表現を、語り手の性別判断の手がかりにしようとする読者は少なくないかもしれない。だが、普段は帽子を身に着けているらしい語り手のシルエットとして、クロッシェ帽を被った女性とフェドーラ帽を被った男性のどちらかを排除することが、どうしてできるだろうか。一九二〇年代には男女とも帽子（あるいは女性の場合はヘッドドレス）なしで外出することは稀であったのだから、(7)問題の箇所は、語り手の性別を知る決定的手掛かりとはならない。この例が示すように、一見ヒントかと思われた箇所は、性別を特定しようとする読者の読みをすり抜けていき、語り手の性別は最後まで決定不可能な状態にとどまり続ける。

語り手にまつわる決定不可能な要素は、性別に限らない。クラインが、「娘もの」の語り手がゼルダであると主張する論拠にしているのは、語り手を訪ねてきたキャロラインによる「こんにちは、こちらがフィッツジェラルドさんのお宿かしら？」（三二九）という冗談めかした発言である。しかし、この「フィッツジェラルドさん」がスコットとゼルダのフィッツジェラルド夫妻であると判断する合理的な理由は作中のどこにもない。確かにこの前後の箇所では、「私たち」という代名詞が数回用いられ、語り手に同居人もしくはパートナーがいることが示唆される。同時にニューヨーク、ロングアイランド、カリフォルニアという地名、あるいは「絶え間ない電話」、「高級ナイトクラブ」、「きらびやかな劇場の柱廊」（三三〇）等、スコットとゼルダの社交生活を連想させる語句が散見されるのも確かである。しかし、語り手が結婚しているのかは明言されておらず、語り手がスコットかゼルダのどちらかであると特定するに十分な材料も提供されていない。

「百万長者の娘」の語り手は、単なる匿名の語り手ではない。語り手は男なのか、女なのか、スコットあるいはゼルダなのか、彼らとは別のフィッツジェラルド夫妻の片割れなのか、それとも「フィッツジェラルドさん」ではない誰かなのか……語り手の人物像に結び付くかと思われた、性別や作者との関係についての〈コード的なもの〉はほどなく物語の中に霧消していき、読者が〈正解〉にたどり着くことはない。語り手の年齢、職業、主人公との関係についても同様である。しばしばニック・キャラウェイになぞらえられる、登場人物兼語り手という立ち位置にあるこの語り手の人物像は、テクストを注意深く読めば読むほど特定が難しくなる。しかし、肉体性が極めて稀薄な、特異なこの語り手は、決して作品の弱点ではない。テクストと読者の読みが交錯しつつも特定をすり抜け、読者を終わりのない遊戯へと誘うようなゼルダ・フィッツジェラルドのテクストは、伝統的な読みの枠組みに閉じ込められない魅力を持っている。

2 特定できない主人公

クリスティン・グローガンはゼルダ・フィッツジェラルドが短編において、「登場人物の思考や感情を読者に伝えないことで、彼らを抽象的存在とし」、「一般化や抽象的思考を用い、少なくとも当時ははっきり言えなかったことについてはギャップを残した」（一一五）、と分析し、これを彼女のモダニスト的特徴として挙げている。しかし、「百万長者の娘」ではグローガンの認識をはるかに超えた「ギャップ」が発生し、それらは決定不可能な状態でテクストの中にとどまり続ける。前節で論じた語り手に続き、本節では主人公キャロラインの人物像について考察する。

まず、作品冒頭近くに展開されるキャロラインが登場する場面から、彼女の過去への言及、さらにバリーとの出会いの一連の流れに注目してみよう。黒いドレスが「滑りおちそう」な「スリムで完璧な肉体」や「バッカスの巫女のよう」な「可愛らしい」顔（三二八）という語によって描写されるキャロラインには、一六歳という年齢にそぐわない淫靡さ――「バッカスの（bacchanalian）」という語には性的奔放さの含意がある――が漂う。(8)「正攻法であのように完璧な冷静沈着さを身につけるには……あまりにも若すぎ」る彼女は（三二八）、謎に満ちた存在として登場し、紹介される身の上話ですら、謎を深めるばかりである。

これまでのところ彼女の身の上話は短く、ヒステリーじみている――駆け落ち結婚――即座に無効――ニューヨークのステージで端役についていた一年、そしてブルックリン橋でのあの事件を追ったスキャンダルに満ちた報道。こんなに短期間で、これらすべてのことに多くの人びとの注目を集めるには、相当なヴァイタリティを要したことだろう。ことに彼女の場合、父親のぼんやりした監視のもと、愛と絶望以外何もない、ゼロからのスタートだったのだから。（三二八）

彼女の結婚相手がどんな人物だったのか、なぜ婚姻無効となったのか、彼女がどんなステージに立っていたのか、ブルックリン橋で何が起こったのか、語り手はどうやってキャロラインの過去を知ったのか――詳細は何も語られないまま、その美貌でニューヨークの社交界で耳目を集めるキャロラインが、「ゼロから」スタートし、正攻法ではないやり方で生きてきたことが印象付けられ、彼女とバリーの出会いの場面があとに続く。

キャロラインは上流階級の名士録と一般の人名録を取り違えるようなことはなかった。野心家で浪費家で、これまで見たこともないと言っていいほど、きれいな娘だった。打算的だったかどうかは、私にはついぞわからなかった。赤い花のついた帽子をかぶって大学生の乱痴気騒ぎに現われ、出し抜けに素晴らしい何百万ドルもの遺産相続人と出会い、彼の褐色の瞳を見つめ、詩的に微笑みかける若い女性を、打算的と呼んでもさしつかえないだろう。けれど、キャロラインは現実的な計算ぬきでそのような行動をかつて何度もとっていた。(三二八)

ここでは、「野心家」のキャロラインが出会った相手が名前によってではなく、「素晴らしい何百万ドルもの遺産相続人」と紹介され、直後には「裕福な彼が彼女を好いていること、貧しい彼女が彼の気持ちを見透かしていることは明らかだった」(三二八)とキャロラインのバリーに対する好意が語られないことで、彼女が「上流階級の名士」との出会いを求めてパーティーにやってきたことがほのめかされる一方、キャロラインが打算的かどうかの特定は注意深く回避されている。

同じ場面では、「もっとも霊媒なら、その時ですら、若い二人の頭上に悲劇的な雰囲気が漂っていることを察知したかもしれない。二人はあまりにも完璧すぎた」(三二八)、と始まったばかりの二人の関係が成就しないことが早々に暗示される。破局に対する読者の期待は、ほどなく二人の婚約がバリーの家族の反対をきっかけに破棄されることで満たされるが、プロットレベルで収束がもたらされるのに反して、テクスト内部ではいくつもの埋まらないギャップが生まれ、物語の収束を拒否する。例えば、キャロラインはバリーの家族から受け取った「巨額の小切手と車」(三三一)が手切れ金であると本当に理解していなかったのか。破局により「徹底的に幻滅を味わった」というバリーは、野心家のキャロラインの策略にはまった被害者なのか、それとも彼の態度の端々に暗示されるように、キャロラインの美貌に一時的に目がくらんだ「甘やかされた奔放な」お坊ちゃんで（三三〇）、親の言うままに彼女を捨てたのか。そして、なぜ語り手は執拗にキャロラインに関心を抱き続けるのか。埋まらないギャップを起点にいくつもの読みの可能性に分裂しつつ、物語はニューヨークを舞台とする前半からキャロラインと語り手の大陸横断鉄道での旅を中継とし、カリフォルニアを舞台とする後半へと移行する。

「百万長者の娘」のプロットのダイナミズムは後半に集中している。前半では、キャロラインとバリーの出会いと婚約、破局への暗示、婚約破棄、という直線的な構成が用いられているが、舞台がカリフォルニアに移ってからは、キャロラインの映画女優としてのキャリアのスタート、語り手とキャロラインの海辺へのドライブ、映画完成上映会、バリーの婚約報道、上映中に響く救急車のサイレンの挿話、キャロラインの演技を称賛する記事と自殺未遂報道、バリーとキャロラインの復縁と、物語は終盤にかけてスピード感を増しつつ、時に読者の予想を裏切りながら展開していく。「百万長者の娘」は、初期の「娘もの」に比べて、はるかに魅力的なプロットを有している。

しかし、躍動的なプロットの背景には、やはり決定不可能ないくつかの興味深い問題が潜んでいる。例えば、上映会当日のキャロラインの自殺未遂に関しては少なくとも二つの読みの可能性があるだろう。一つ目の可能性は、バリーがパリで婚約したことを新聞報道で知ったキャロラインが、衝動的に自殺を図った、というもの。もう一つの可能性は、バリーの婚約を知ったキャロラインが、翌日の新聞報道を計算して、自分が鮮烈なデビューを飾る映画の上映時間に合わせて、自殺未遂を図ったというもの。この問題はさらに、少し前の場面における、彼女の作中唯一の長台詞と併せて考える必要がある。キャロラインが神経症を患って映画撮影を中断させていることを知った語り手は、彼女を海辺へのドライブに誘う。そこで彼女は語り手に、次のように宣言する。

「映画をヒットさせてみせるわ。そうすればもう一度、彼［バリー］のこと選べるから。だって私、何とかして彼を手に入れるんだもの。このこと誰かに言っておきたかったの。そうすれば実現させなきゃならなくなるでしょう。ドライブ、台無しにしちゃって、ごめんなさい。でもこれで仕事にもどれるわ。ほら、あたしって友達がいないじゃない」（三二三―三二四）

キャロラインは単に、人気女優となって再びバリーの歓心を買うことを願っているだけなのだろうか。それとも、「何とかして彼を手に入れる」ためには、狂言自殺すら厭わないのだろうか。物語の核となる出来事であるにもかかわらず、キャロラインの自殺未遂の真相は、杳として知れない。

同じ発言中でもう一点注目すべきなのは、「友達がいない」という箇所である。自殺未遂後入院しているキャロラインを病院に見舞った語り手は、そこでパリにいるはずのバリーに出くわし、「キャロラインは友達などいないと言っていたが、友人のひとりが彼女のことを思って、パリに電話したに違いない」（三三六）と推測する。果たしてこの「友人」は実在するのだろうか。そうだとすれば、キャロラインの「友達がいない」という発言の真意は何だったのだろうか。それとも、そのような友人は存在せず、新聞を見たバリーの家族か友人が彼に事件のことを伝えたのだろうか。あるいは、パリから婚約の配電があった時点で、バリーはすでにアメリカへの帰路についており、彼自身が新聞で事件を知ったのだろうか。かつてバリーに「どうにも救いようのない根っからの嘘つき」（三三一）と批判されたキャロラインは、どこまで本音を語っているのか。彼女は何をどこまで計算していたのか、あるいはしていなかったのか。彼女の自殺未遂をめぐる真相、ひいては彼女の――そしてバリーの――人物像はひとつに留まることはなく、物語は様々な方向へ自己増殖的に分岐していく。

3　特定できない結末

キャロラインは、映画女優としての成功はバリーと結婚するための手段でしかないと語り手に告げるが、ニュー・ウーマンやフラッパーが街やメディアを賑わせ、女性の生き方が劇的に変化し、ヴィクトリア時代とは一線を画した男女平等な結婚像が広まっていた一九二〇年代のアメリカにおいても、結婚に基づく伝統的家庭の形成というディスコースは依然強力であった。ポーラ・ファスは二〇年代における婚姻率の上昇や婚姻年齢の若年化（六六）、男子大学生の多くが将来の妻が仕事をすることに反対していたこと、有名大学に通う女性でさえ、教育や就業の機会よりも結婚して家庭に入ることを優先すべきと考えていたことなどを、当時の資料から読み解いている（八一-八二）。キャスリーン・ドロウンとパトリック・フーバーは、新しい女性像のアイコンであったフラッパーも、最終的には結婚して家庭に入ることを望んでいたと指摘しているが（一七）、ゼルダ・フィッツジェラルドのエッセイ、「フラッパーへの頌徳文」（一九二二年）にも、旧来的モラルへの反逆者と位置付けられていたフラッパーたちが、ほどなく伝統的な結婚へ収まっていく様子が描かれている。

「抑圧は追放せよ」とフラッパーは陽気に叫び、彼なら素敵な朝食の相手になるかもしれない、と一、二週間考え、アロー・カラーの男の子と駆け落ちする。このような結婚は、諺にあるように腹を立てた親によって無効にされ、彼女は疲れ切ることもなく家にもどり、数年後には結婚し、その後ずっと幸せに暮らすことになる。（三九二）

この時すでに、フラッパーの反抗が表面的なものと化していることにゼルダは皮肉な視線を向けているが、一九二五年のエッセイ、「フラッパーはどうなったか？」では、フラッパーが旧時代的女性像への反抗という精神性を忘れ、単なるファッションとなっていることをより鋭く指摘しつつ、彼女たちがフラッパーを卒業して家庭に入っていく様子を切り取っている。

フラッパー！彼女も年を重ねていく。フラッパーの心情を忘れ、ただフラッパーとしての自己のみを意識している。彼女は親類や友人たちの大歓呼を受けて結婚する。予測されたような「好ましくない結末」を迎えることはなかったが、善良なフラッパーたちのすべてが行きつくところ——すべての善良なフラッパーたちが辿るべき道、つまりしばし人生に輝きと勇気と明るさを与えたあと、早婚、退屈、しきたりの収集、そして子供を持つ喜び、というお決まりの生活に、結

局は入っていったのである。（三九九）

型破りなフラッパーには「好ましくない結末《バッドエンド》」がふさわしいとの「予測」は、女性の教育や社会進出の機会が拡大したにもかかわらず、女性は家庭的であるべきで、結婚こそが「その後ずっと幸せ／めでたしめでたし」なハッピーエンドであるという社会通念が支配的であったことを示している。ゼルダは、皮肉にもフラッパー自身がその通念に従順であったことを看破している。

スコット・フィッツジェラルドによれば、「この国のフラッパー・ムーヴメントを始めた人物」（カーナット　二二一）であるゼルダ・フィッツジェラルドは、スコットとの結婚を機にアラバマのサザン・ベルからニューヨークのフラッパーへと変貌を遂げた（ワグナー＝マーティン　二〇）。つまり彼女は、きわめて初期のフラッパーであると同時に、既婚のフラッパーという特異な視点から後に続くフラッパーたちを観察する立場にあった。彼女の文章からは、彼女が精神性を持ったフラッパーを自負していたことが伺える。保守的な南部に育ちながら、彼女は夫に従属する妻という伝統的立場に満足しなかった。自分の日記や手紙を作品の一部として取り込んだスコットの『美しく呪われたもの』（一九二二年）の書評に、「フィッツジェラルド氏――確か彼の名前はこう綴るはずだけれど――は、剽窃とは家庭で始まると信じているようです」（「友人にして夫の最新作」三八八）と書いたエピソードが示すように、夫の付属物として扱われることに対し、ゼルダはしばしば大胆に反抗した。それでも彼女は生涯、結婚制度の枠組みの外に足を踏み出すことはなかった。そしてゼルダの作品群も、その枠組みの中に深く捉われている。彼女にとって執筆行為が、バレエと同様に自己表現のための重要な手段であり（アンダーソン　二五）、かつ「娘もの」が様々な女性の生き方を描写するという企画であったにもかかわらず（ブルッコリ／アトキンソン　一二八）、そのほぼ全ては、結婚をめぐる物語となっており、ゼルダが描く「娘」たちは、結婚ありきの世界で生きている。「フォリーズの風変わりな娘」のゲイや「皇太子のお気に召した娘」のヘレナは「社会において欲望の対象となる女性のイメージを作り出すために、一生懸命努力」し（パイク　七二）、「何とかして」バリーと結婚しようとするキャロラインにしてもそれは同様である。ゲイやキャロラインをはじめ、短編に登場する女性の多くがショウビジネスの世界で生きていることも、「社会において欲望の対象」となろうとする彼女たちの「努力」を反映していると言えよう。「娘もの」におけるこのパターン化、そしてゲイや「ミス・エラ」（一九三一年）の主人公エラの例に見られるように、結婚しない女性の人生が悲劇的なものとして描かれるという、もう一つのパターンは、結婚という規範の外で女性の生き方を描くこと――さらには、結婚という制度の外で女性が生きること――の難しさを示している。

「百万長者の娘」の最終段落は、「当然ながら、彼女は彼と結婚した」（三三六）の一文で始まる。様々な読みの可能性が同時共存的に読者の前に広がる「百万長者の娘」のテクストは、こうして結婚によるハッピーエンドという伝統的な物語構造へと、些か強引に回帰していくかのように見える。しかし、駆け足気味のハッピーエンドに回収されるかと思われた物語は、すぐに揺らぎ始める。キャロラインが結婚を機にわずか一作で女優業を引退したこと、そして「以来、二人が互いを責める材料には事欠かなかった」（三三六）ことを報告した後で、語り手は次のように続ける。

結婚して三年経ったが、これまでのところ二人の口論は離婚訴訟までにはいたっていない。しかし、なぜか私は思うのである。いつまでもそのまま無傷ではいられないし、暴力と疑惑のなかで生まれたロマンスはしょせん、暴力と疑惑のうちに終わるものだと。(三三六)

ゼルダの作品においては例外的に、「百万長者の娘」には結婚によるハッピーエンドへの疑念が言語化されている。だが直後に語り手はこう続ける——「もっとも私のような皮肉家は、若者のロマンティックな恋愛にあれこれ言える立場にはないのかもしれない」(三三六)。語り手が、自らが信頼できない語り手であると断りを入れることで、結末は再び揺らぎ始める。そればかりではない。物語の最後に焦点が語り手に移ることで、読者は再び、この語り手が〈特定できない語り手〉である、という問題へと引き戻される。この語り手は何者なのか?　その言葉はどこまで信頼できるのか?　語り手は、何を語っているのか?　「百万長者の娘」の結末を特徴づけるのは、収束感、あるいは終結《クロージャ》の徹底的な欠落である。冒頭部から、いくつもの決定不可能なギャップを残したまま、揺れ動き、分裂し、増殖したテクストは、最後まで決定不可能性を伴いつつ幕を閉じる——あるいは、閉じることを拒否する。

ゼルダ・フィッツジェラルド——特定できない作者

ウォルフガング・イーザーは、読むという行為について、「ひとつのテクストは複数の読みの可能性を秘めている……ひとりひとりの読者がギャップを自分なりの方法で埋めていき、そうすることで他の様々な可能性を排除していく。読者は読むという行為の中で、ギャップをどのように埋めるか決定していく」（二八〇）、と述べているが、テクスト中のギャップの多くが埋められないまま存在し続ける「百万長者の娘」は、読者にそのような読みを許さない。パイクが指摘するように、ゼルダ・フィッツジェラルドは「常にではないものの、戦略的に分類学的解釈を退ける執筆スタイルを持っていた」（八）作家であったといえよう。

作家としてのゼルダもまた、安易な分類を許さない。ローレン・グラスはニナ・ミラーを援用しながら、ヘテロセクシュアルでロマンティックな恋愛という素材が、二〇世紀初頭において女性作家にとって文学的アイデンティティを確立できる領域となり、その一方でアヴァンギャルドでハイ・モダニズム的な文学実験が女性作家が入り込めない男性作家の領域であったという構図を描き出すが、スコット・フィッツジェラルドについては「存命中の名声は、文学的実験というよりもモダンな恋愛やニュー・ウーマンを大衆化したことによるものだった」（一七）と例外的な扱いをしている。その彼の名前で『サタデー・イヴニング・ポスト』誌に掲載された「百万長者の娘」は、ニュー・ウーマンや恋愛を素材としながら、貧しい美女と富豪の青年のロマンティックな恋愛物語を換骨奪胎し、細部から結末まで、多層的なレベルでの決定不可能性を特色とする、モダニズム的要素を持つ作品であり、グラスが提示するような分類には容易に与しない。グラスの言葉を借りるなら、「百万長者の娘」は、いささか皮肉な目線からロマンティックな恋愛を描いた女性的で庶民的な作品でもあり、実験色を特徴とする男性的なモダニズム作品でもある。そもそも、女性的な作品、男性的な作品という区分はどの程度有効なのだろうか。あるいは、ポピュラー・フィクションと「文学的」作品の線引きはどこでなされるのだろうか。「百万長者の娘」のテクストは、ギャップを埋めようとする読者の欲求をしなやかにかわしつつ、ストーリーの枠を超えて、読者に数多の問いを突きつける。

ゼルダ・フィッツジェラルドがどんな作家だったかを定義するのは難しい。だが、その作品を通じて、一面的な分類に与しない、多面的で魅力的な作家としての彼女を知ることはできる。ゼルダ・フィッツジェラルドを、幸運にも夫の知名度のおかげで、構成の甘いスケッチ的な短編や散文をいくつかと、わかりにくい比喩に満ちた自伝的小説を発表できた、精神を病んだ「三流作家」だと分類し片づけてしまうには、[9]彼女の作品はあまりに無視され続けてきた。彼女は何を、どのように書いたのか。彼女の作品は如何に読むことができるのか——ゼルダ・フィッツジェラルドの開かれたテクストは、私たちの新たな読みを招いている。一度だけでなく、幾度も、繰り返しその新たな側面を発見するために。

＊本研究は JSPS 科研費 JP16K02521 の助成を受けたものである。

注

（1）『ワルツは私と』の一九六七年版の序文冒頭で、ハリー・T・ムーアはこの作品を「フィッツジェラルド夫人の著書は…（スコットの『夜はやさし』）の、ある種の補遺的作品である」と述べている。この序文が二〇一一年版の『ワルツは私と』に再録されたという事実は、彼女の作品の評価が、夫の作品との比較という枠組みの中に如何に強力に捉われてきたかを端的に示している（パイク　一三五）。

（2）ゼルダが作家として夫から影響を受けていることは確かであるが、W・R・アンダーソンは彼女が作家として自立していった過程を丁寧に辿っている。また、彼女の作品にスコットの手がどれだけ入っていたかという問題は、彼女の作品を論じるときに常に付きまとうが、ブルッコリやアンダーソンは現存する文書類を精査したうえで、「実際に書くという行為で二人が共同作業を行うことはめったになかった」（ブルッコリ「序文」八）とし、「娘もの」に関して言えば、スコットの貢献は「継続的ではあるが徐々に少なく、慎重になっていった助言」にとどまっていたと結論付けている（アンダーソン　一一五）。スコットはゼルダに宛てた一九三四年六月一三日付の手紙で、「百万長者の娘」について「テーマを提案したことと、完成原稿の校正をした以外は、（この作品には）なんら関わっていない」と明言し、他の短編についても「名前を提供した以外は、最初から最後まで、なにも関わってないこともしばしばあった」（ブライヤー／バークス　二〇三）と述べている。総合的に判断して、彼女の作品に対するスコットの直接的な助力は限定的であったとみなしてよいだろう。

（3）*The Collected Writings of Zelda Fitzgerald* からの引用は、『ゼルダ・フィッツジェラルド全作品』（新潮社　二〇〇一）に収められた青山南、篠目清美両氏の訳文を、一部筆者による変更を加えて使用させていただいた。

（4）フィッツジェラルド夫妻の代理人を務めたハロルド・オウバーも、スコットとのやり取りの中でほぼ一貫してゼルダの短編を「スケッチ」と呼んでいた（ブルッコリ／アトキンソン　一二七-七九）。

（5）*The Oxford Dictionary of Literary Terms* によれば、決定不可能性（indeterminacy）とは「テクストの構成要素間の意味の戯れを終局させうる最終的あるいは決定的な意味の存在の否定へと結びつく、不確実な性質」である。

（6）現存するゼルダの短編の執筆時期は、ほぼ一九二九年から三二年のごく短期間に集中しているが、アンダーソンとグローガンはともに、この間に作品の質がめざましく向上していることを指摘している。

（7）一九二〇年代の男女の服装については、Charlotte Fiell and Emmanuelle Dirix eds. *Fashion Sourcebook 1920s* (Carlton　2012) や、"Vintage Dancer" (https://vintagedancer.com) および "Fashion-Era" (http://www.fashion-era.com）等のウェブサイトに詳しい。

（8）一例として、『メリアム・ウェブスター』（https://www.merriam-webster.com）における bacchanalian の定義には "a sexual encounter involving many people; also : an excessive sexual indulgence" とある。

（9）スコットはゼルダの『ワルツは私と』執筆に激怒し、夫妻は一九三三年五月二八日、フィップス・クリニックのトマス・レニー医師同席のもと、ゼルダの執筆活動についての話し合いを持った。記録によれば、その場でスコットはゼルダに、「君は三流の作家で、三流のバレエ・ダンサーだ」と告げ、以降の執筆活動を彼が許可する範囲内に限定するように迫り、医師も、スコットと共にゼルダの説得にあたった（ブルッコリ「伝記」三四五–五〇、パイク一二一–二二）。

引用文献

Abbott, H. Porter. *The Cambridge Introduction to Narrative (2nd ed)*. Cambridge: Cambridge UP, 2008.

Anderson, W. R. "Rivalry and Partnership: The Short Fiction of Zelda Sayre Fitzgerald." *Fitzgerald/Hemingway Annual 1977*. Detroit: Gale Research, 1977. 19-42.

Baldick, Chris. *The Oxford Dictionary of Literary Terms (4th ed)*. Oxford: Oxford UP, 2015.

Bruccoli, Matthew J. "Preface." *Bits of Paradise: 21 Uncollected Stories by F. Scott and Zelda Fitzgerald*. Ed. Bruccoli. London: Bodley Head, 1973. 8-13.

—. *Some Sort of Epic Grandeur: The Life of F. Scott Fitzgerald (2nd Revised ed)*. Columbia: U of South Carolina P, 2002.

—, and Jennifer Atkinson, eds. *As Ever, Scott Fitz—: Letters Between F. Scott Fitzgerald and His Literary Agent Harold Ober 1919-1940*. London: Woburn, 1973.

Bryer, Jackson R., and Cathy W. Barks, eds. *Dear Scott, Dearest Zelda—The Love Letters of F. Scott Fitzgerald and Zelda Fitzgerald*. London: Bloomsbury, 2002.

Cline, Sally. *Zelda Fitzgerald: Her Voice in Paradise*. London: John Murray, 2002.

Curnutt, Kirk. *A Historical Guide to F. Scott Fitzgerald*. Oxford: Oxford UP, 2004.

Drowne, Kathleen Morgan, and Patrick Huber. *The 1920s: American Popular Culture through History*. Westport: Greenwood, 2004.

Fass, Paula S. *The Damned and the Beautiful: American Youth in the 1920's*. Oxford: Oxford UP, 1977.

Fitzgerald, F. Scott. *F. Scott Fitzgerald's Ledger 1919-1938*. http://library.sc.edu/digital/collections/fitzledger.html. Web. July 20, 2017.

Fitzgerald, Zelda. *The Collected Writings of Zelda Fitzgerald*. Ed. Matthew J. Bruccoli. Tuscaloosa: U of Alabama P, 1991.

—. "Eulogy on the Flapper." 1922. *Collected Writings*. 391-93.

—. "Friend Husband's Latest." 1922. *Collected Writings*. 387-89.

—. "A Millionaire's Girl." 1930. *Collected Writings*. 327-36.

—. "What Became of the Flappers?" 1925. *Collected Writings*. 397-99.

Glass, Loren. *Authors Inc. : Literary Celebrity in the Modern United States, 1880-1980*. New York: New York UP, 2004.

Gordon, Mary. "Introduction." *Collected Writings*. xv-xxvii.

Grogan, Christine. "Authorship and Artistry: Zelda Fitzgerald's 'A Millionaire's Girl' and 'Miss Ella'." *F. Scott Fitzgerald Review* 13 (2015): 111-29.

Iser, Wolfgang. *The Implied Reader: Patterns of Communication in Prose Fiction from Bunyan to Beckett*. 1974. Baltimore: Johns Hopkins UP, 1983.

Milford, Nancy. *Zelda*. 1970. New York: Avon, 1971.

Moore, Harry T. "Preface." *Save Me the Waltz*. Zelda Fitzgerald. London: Cape, 1968.

Morrison, Toni. *Playing in the Dark: Whiteness and the Literary Imagination*. 1992. New York: Vintage, 1993.

Pike, Deborah. *The Subversive Art of Zelda Fitzgerald*. Columbia: U of Missouri P, 2017.

Wagner, Linda W. "*Save Me the Waltz*: An Assessment in Craft." *The Journal of Narrative Technique*, 12.3 (1982):

201-09.

Wagner-Martin, Linda. "Zelda Sayre, Belle." *Southern Cultures* 10.2 (2004): 19-49.

F・スコット・フィッツジェラルドと第一次世界大戦
――大衆性・アイロニー・モダニズム

千代田　夏夫

大衆性から芸術性へ

F・スコット・フィッツジェラルドの第三長編『グレート・ギャツビー』（一九二五年）がニックという語り手を得ることで、作家のそれまでの作品に比して小説としての成熟度を増したことは広く認識されている。それはフィッツジェラルドの文学における一種の大衆性からの脱却とも捉えられよう。一九二〇年『楽園のこちら側』でデビューして以降特にそのキャリアの初期においてフィッツジェラルドは「自分の公共向けペルソナ」（ギャロウ　三〇）の維持管理や「自身のイメージ操作」（一二一）に多くのエネルギーを注いでいた。大戦後社会における「作者を主要登場人物と同一視する読者の傾向」（マグニー　七）と共鳴すべく、「自伝的あるいは自伝的に見える作品を大量に大衆雑誌に書き、膨大な数のインタビューを受け、時には自ら『インタビュー記事』をつくり上げ、ゴシップコラムのネタになるような話題の行事に熱心に参加し」て、フィッツジェラルドは大衆人気の獲得に必死であった。「自著の売り上げを最大に伸ばすためのマーケティング戦略」（ギャロウ　三〇、一二一）の提案にも余念が無かったのである。

ガートルード・スタインと並んで「典型的な大衆迎合主義者像と『市場』に対置される伝統的な文学的モダニスト」（ギャロウ　三四）双方のレトリックを用いたフィッツジェラルドであったが、特に一九三〇年代に入ってからは、前述の「初期のペルソナ」からは「距離をとる」ことに努めた。この時期における「崩壊」（一九三六年）等の自伝的エッセイの発表も、以前とは異なる「シニカルな態度」（ギャロウ　一七五）を世間に示そうという意図による部分も大きかったのである。いよいよ自らの芸術性を高めようとする中で「小説家のための小説」（ブルッコリ　二四五）と、韜晦と自信と不安をもって送り出した作品が第四長編『夜はやさし』（一九三四年）であった。本論ではそれまでの大衆性を脱して作家自身「純粋に創造的な作品」「芸術性を意識した偉業」（ブルッコリ　六七）を目指しそれを実現した『ギャツビー』の完成に資した〈アイロニー‐距離〉の問題に注目し、それが九年後の『夜はやさし』においていかに深化していったかを、作家に甚大な影響を及ぼした第一次世界大戦との相関を見ながら論じたい。(1)

1　アイロニーの導入と『ギャツビー』の成功

『ギャツビー』が重要な進歩とみなされるのは、「『半インテリ的大衆』」（カー　四〇八）を読者層にもつ「十九世紀的理想主義者の感受性に拠るロマンス作家」（メレディス　一四一）というそれまでの限界をこえてフィッツジェラルドが、ニックという語り手の創出によって、作家と作中人物とのあいだ、また語り手と主人公とのあいだに、自伝的要素からのアイロニックな〈距離〉を作り得たことによることが大きい。編集者マクスウェル・パーキンズの評したとおり、「行為者というよりも傍観者」であるニックの存在は「読者を作中人物よりも高い地平に置きかつ見晴らしのきく距離をとらせる」ことを可能にすることとなった（ノーリン　六六）。ニックによってのみ「（フィッツジェラルドの）アイロニーはかくも大きく効果的に」（クール　八二）なり得たのである。パーキンズは『ギャツビー』出版の数年前にもフィッツジェラルドの「両義的なアイロニーが効果を発揮しないこと」（ノーリン　六六）という問題の解決について作家に助言している。またフィッツジェラルドが自らの「知的良心」（フィッツジェラルド　「崩壊」七九）と呼んだエドマンド・ウィルソンも一九一九年の時点で作家に「ディタッチメントを涵養するように」（スターン　三九）と強く述べている。作家のそもそもの天性であった「両義的なアイロニー」を効果的に引き出した「ロマンティック・アイロニスト」（ノーリン　八二）たるニックこそ、それまで作家を悩ませたアイロニーの効果の不発を打開する唯一の術だったのである。諏訪部は「主人公の行動を単に観察するばかりでなく、それを屈折した形をした物語として読者に伝える語り手」（一〇）とニックを評しながら、「フィッツジェラルドはロマンティックであると同時に、ロマンスに対してシニカルでもある」（ウィルソン　三二）とウィルソンが評した作家の特質の、ニックあればこその『ギャツビー』における開花を指摘する。なお諏訪部はさらに『ギャツビー』のフィッツジェラルドの作家経歴におけるメルクマールとしての意義を、ロマンティシズムとディタッチメントといった「『二項対立に関する自意識』をもこえた地平で〈他者〉と出会うことを可能とするようなダブル・ヴィジョンの核心を、豊かに照らし出したこと」（二五一―五二）と論じている。[2]

カーライルはニックに関して、「距離をとったモラリスト」であり「作中人物から（時間およびモラルの次元において）ある程度離れており、読者の視点に極めて近い」ゆえに「信頼できる語り手かつ観察者」であった彼が、章が進むに従ってその距離を消滅させてしまう次第とニックの有するアイロニーのセンスを論じる（三五二―五三）。対してヘイズはジュディス・フェタリーによるフィッツジェラルドの女性蔑視への攻撃を『ギャツビー』の作者と語り手との間に距離などというものはない」（ヘイズ　三〇三）とまとめて紹介しているが、これらの研究が共通して示すのはニックという語り手が作品にもたらす〈距離〉の問題の大きさなのである。作者と作中人物あるいは作中人物間にこの距離すなわちアイロニーが生じることは、「性急なもの」である大衆小説が避ける「迂遠な道」（後藤　一〇〇―〇一）を生起させるものともいえよう。モダニズムにおいてはエリオットやメンケンらが提唱した「本格文学」（ノーリン　三四）が志向される一方で、大衆化した社会における読者からは、作家たちの作品は「自伝的であることを期待され、小説はしばしば作家の私生活を探るカギとして精査されることとなった」（グラス　一六）のであった。フィッツジェラルドはデビュー作から『ギャツビー』まで初期の作品群においてそのような自伝的要素を積極的にアピールして大衆的人気を得てきた。しかしその一方で「僕の唯一の望みはコンラッドのように、まず知的エリートに認められて、それゆえに一般の人々にも推されてゆくということなんです」（ターンブル　一五一、強調原文）とパーキンズ宛書簡にも綴った思いを実現させるべく、芸術的深化を得るためにまずは『ギャツビー』においても語り手ニックというアイロニーを導入して作品の芸術としての程度を高め、フィッツジェラルドは自らの文学作品の脱大衆化の第一歩を踏み出したのである。そもそもハイ・モダニズムにおいてアイロニーは「芸術における主要な美学的価値」（ディーペフェーン　一七四）を占めるものとしてその位置が格段に高められて遇されており、ニックの誕生はその機運のたまものであるとも言えよう。

2 〈アイロニー－距離〉と第一次世界大戦

モダニズム言説において「ハイ・モダニズムの男性的アイロニー」は「『女性的な』大衆文化」を「矯正」（ストラットン　七八）する役割を期待されていたのであったが、アイロニーのより修辞的な属性に目を転じれば、アイロニーとは「絶えず疑義を呈すること、固定された規範から絶えず距離を取ること」（コールブルック　四四）であり、そこでは「『見せかけの』メッセージ」と「『真の』メッセージ」（ローズ　八八）の二項が措定される。アイロニーとはここでもやはり、本質的に〈距離〉の問題であるといえるだろう。諏訪部は「客観（ディタッチメント／アイロニー）」（二二一）と記述してこの三項の重なりを示しながら「フィッツジェラルドの詩学の根幹にあるとされる『ダブル・ヴィジョン』」（二一九）を論じてゆく。[3] ドイツ・ロマン主義を論じるザフランスキーは「イローニッシュな〈かのように〉」こそが、「ロマン化が非現実による魔術化であること」によって成立している「イローニッシュなロマン主義」（二一九）の核心であると述べるが、この視座は後述する『夜はやさし』における比喩の問題および仮定法から直説法への変容をアイロニーとして読む際の鍵ともなろう。

ハイ・モダニズムの必須要件ともなりつつあったアイロニーが、本質的に〈距離〉を含有することを確認したうえで、第一次世界大戦における〈距離〉を検分してみたい。ファッセルはその広く知られた『大戦争と近代の記憶』（一九七五年）において、「どの戦争もアイロニックである」中で、第一次世界大戦そのものが第二次世界大戦を経てなお「どの戦争よりもアイロニック」（八）であったとする。第一次世界大戦は「フィッツジェラルド世代の作家たちにとって最も重要な出来事だった」（メレディス　一三六）のであり、実際の従軍がならなかったがゆえに生涯劣等感に苛まれたフィッツジェラルドにとってもその意義の大きさは変わらなかった（メレディス　一三六、ライリー　一六）。フィッツジェラルドにとって戦後に大戦を語ることはおくれ馳せの参戦ともなり、それは劣等感の克服の試みといえるものであったかもしれない。フィッツジェラルドが得た〈アイロニー距離〉という大衆性脱却の手がかりは、作家の資質であると同時に、大戦という要素なしには成立しなかった、時代の必然的産物であったとも思われるのである。

マシューズは「大戦との関係におけるアメリカの独自性は、その事象そのものとの遠隔に発して」おり、大戦は「多くのアメリカ住民にとって仮想的現象」（二一七）であり続けたと強調する。大戦後アメリカ復員兵の眼には、戦場にならなかったその「故郷」は「不気味なほどに同じで、かつ全く変容してしまった」（二三四）ように映ったのである。「異国の土地でのヒロイズムの可能性」（ライリー二三）を念じつつ母国での滞留を余儀なくされたフィッツジェラルドの焦燥感が対照的に察せられよう。

比して実際の戦場となったヨーロッパでは「故郷（home）」と「前線（front）」との近接性が問題となった。両者の「馬鹿げた近さ（ridiculous proximity）」がもたらす距離感の狂いが兵士の精神を追い詰めていったのである。故郷と前線が「余りに馬鹿げて近い（so absurdly near）」こと、その「笑劇のような近さ（farcical proximity）」（ファッセル 六九―七〇）が、当時の兵士の書簡や日記などに繰り返し記された。実際に大戦期のフランスに滞在したイーディス・ウォートンは見聞録『戦うフランス　ダンケルクからベルフォールへ』（一九一五年）中の一九一五年二月末のパリの描写において「日常の安穏から戦争の一触即発まで」「せいぜい二〇マイル」という「近さ（nearness）」（二一）を驚きをもって記し、大戦中のベストセラー小説『マルヌ』（一九一八年）でも、「（主人公自身のような）若者たちが日々死んでいる前線にあまりにも近い（so close）、（パリの）無神経な充溢」（ウォートン　一八九）を「レビュー」「劇場」などのモチーフとともに描いている。そしてヨーロッパの戦地では、「『実生活』が『リアル』なら、軍隊生活は見せかけである」（ファッセル　二〇七）という感覚が広がっていったのである。それは先に見たアイロニーの「『見せかけの』メッセージと『真の』メッセージ」という二元性とも対応しよう。

この見せかけとリアルとの差異は劇場性の議論とも密接な関係を有する。第一次世界大戦そのものが演劇性と不可分であった。「まとい手によって選ばれたわけではない『衣装』」である軍服を着ることでまず「劇場感覚」（ファッセル　二〇七）は増幅された。実際「『リアルな生』」の一形式としてみるには」あまりにも残酷な「斯様な一連の殺人行為に、自らの人格において加わっていると考えるなど、参戦者には不可能なのであり」、演劇として戦争を見ることが参戦する兵士に「心理的逃避」をもたらしたのである。「芝居には役者同様観客も必要」であった。多くの負傷兵士は生命の危機に瀕して得た「演者と観客に分裂する感覚」を事後に述べている。兵士らが「自身をメロドラマティックな役どころにおこうとする契機」は戦地の至る所に存在し、極限状況下で交わされる言動は「メロドラマのくどい過剰強調」をまとうこととなった。「コメディ」「パントマイム」「エンターテインメント」「スペクタクル」などの要素もまた兵士たちの言動に観察された。前線から離れて行われた「コンサート」から（再び前線へと赴くべく）出てみれば、「もうひとつの『ショー』」が「遠くで」進行中であるという「皮肉なアナロジー」（ファッセル 二〇七-八、二一二、二一六-一七）が兵士たちに呈されもしたのである。マルカム・カウリーも『亡命者の帰還――一九二〇年代の文学的オデッセイ』（一九三四年）中、「僕らは大掛かりなショーを見ていたのだ」（四〇）と大戦を回顧しているが、このような演劇性が充溢した戦地において、第一次世界大戦を象徴する前線の「塹壕（trench setting）」は、「『塹壕のセット』（"trench set"）に非常に似たものとなっていった」（ファッセル 二一九）。兵士の感覚を狂わせた故郷と前線の近接同様に、前線においてリアルと虚構は互いに接近し、その境界はどんどん曖昧になっていったのである。

3 『夜はやさし』における大戦と比喩

『ギャッツビー』においてフィッツジェラルドは語り手ニックの創造によって、作家と作品のあいだの、また作中登場人物間のディタッチメント＝アイロニックな距離の創出に成功した。右に見たアメリカと欧州双方にとって第一次世界大戦が本質的かつ複層的に有していた〈距離〉の問題に鑑みれば、それはやはり一種の歴史的必然の産物であったといえるだろう。そして戦後十六年、「個々の兵士における戦闘の即時的作用というよりは、戦争の、広範かつ永続的影響を第一義に扱った小説」（メレディ

ス　一四二）である『夜はやさし』でフィッツジェラルドは、さらに「プロの作家が維持し育成すべき」、自身の才能そのものからの「アイロニックな距離」を確保し、「純然たる芸術家」と「プロの作家」（ノーリン　一一八）という異なるスタンスに折り合いをつけることに成功したのである。『夜はやさし』はそのディタッチメントを作品の「テーマ面およびナラティヴ面での一貫性の源」（一一八）ともしながら、「芸術小説」（三七）となったのであった。

大戦後のヨーロッパを主たる舞台に、精神科医ディック・ダイヴァーと妻ニコルの崩壊と再生を描く三部構成の『夜はやさし』では、第一次世界大戦を比喩で語る／再現する試みが繰り返し現われる。そこで示されるのは第三巻二章でディックが自らの生きる場所として述懐するところの「大戦後の壊れた世界」（二四五）において、ディックお得意のトリックのひとつである「単純化（simplifying）」（五九）を施された、括弧つきの〈大戦〉の数々である。[4] そしてそれらの試みは、ことごとく失敗ないし稚拙なものに終わるのである。

第二巻冒頭、チューリヒで学位をとり終えたディックはフランスで「神経科医の専門部隊」に加わる。「実務というより管理職」（一一七–一八）であった軍務から除隊して一九一九年春スイスに戻ったディックは結局「『戦争の何事をも見ていない』」（一一九）。しかしその彼も「戦争を無傷で切り抜けたわけではなかった」（一一五）のであった。「遠く離れた空襲の音を聞いただけで戦争神経症になった何人かの患者」（一一九）の話を聞きつつ、やがてディック自身「半ば皮肉な言辞」たる「非参戦者の戦争神経症」（一八〇）の症状を呈するに至る。ここでディックは、順調すぎる自分の人生を完全なものにするはずの、括弧つきの「『葛藤』（'conflict'）」（一一七）を手に入れたともいえるだろう。

フィッツジェラルドはヘミングウェイやフォークナー同様「その作家生活の始まりにおいて、第一次世界大戦が引き起こした大変動によって生み出された社会的個人的な葛藤の数々（conflicts）にインスピレーションの主要な源を得た」（マシューズ　二三四）のであったが、ディックの「葛藤」にフィッツジェラルドのそれを重ねることはある程度まで可能であろう。

　第一巻十一章、大戦後一九二五年のトミーとマキスコの決闘のエピソードは、先に見た大戦における距離感覚のモチーフを最も明快に読み取れる箇所でもある。「トミーにはちょいとした戦争（a good war）が必要なのさ」（四四）というエイブの台詞に引き続いて行われるこの「ちょいとした戦争」たる決闘は、まだ近い過去であった大戦の矮小化された再現ともいえ、決闘というそれ自体時代がかった行為には二重のアナクロニズムがまとわれることとなる。決闘後に対面距離についてトミーが発する「『馬鹿みたいな距離だった（"The distance was ridiculous"）』」（五〇）という不平は、ファッセルが論じる大戦下のヨーロッパにおける故郷と前線のあいだの距離の〈馬鹿げた近さ〉と呼応する。つづく「お連れさんは自分が今アメリカにはいないってことを思い出さなきゃな」というトミーと「アメリカをけなす必要はない」（五〇）と応じる、マキスコの付き人を務めたエイブのやりとりには、大戦におけるアメリカとヨーロッパ——とくにトミーがその「ガリシズム」（二六九）をもって表象し、大戦および作品の主な舞台ともなるフランス——とのあいだの、〈距離〉の差異から生じる齟齬が読み取られうるだろう。大戦下において出現した数々の〈英雄〉を想起させる「英雄」（一九六、二七〇）としてのトミーの像もまた、作中の一九二〇–三〇年代の設定や発刊時にあってやはりアナクロニズムを生起させるものといえるだろう。[5]

実戦経験を持たない中途半端な帰還兵たるディックと大戦との〈距離〉は、前述の決闘エピソードののち、第一巻十三章激戦地ボーモン・アメルをたずねる場面で、ふたたび距離そして演劇性のモチーフをもって示されることになる。作中の一九二五年時点において「かろうじて緑なす平原の、六年分伸びた丈の低い木々」（五六）に囲まれているのは「きれいに修復された塹壕」（五八）である。ディックは実際の「戦闘」（五六）を見ていないにもかかわらず、「時代遅れのロマンチスト」（五八）として早々と「悲しみにむせんでいる」（五六）。同章の最後ではこの訪問のためにそれをもってディックが「即席のおさらい」をして大戦を「単純化（simplifying）」した「戦場ガイドブック」（五九）をニコルが読んでおり、ディックの軽薄さが否応なしに浮かび上がる。なおディックのこの「単純化」の癖については、第二巻で登場する同僚医師のフランツもまた、ディックとニコルの結婚前の早い時点で彼の『精神科医のための心理学』出版計画を評してその「一般論」化と、予測されるさらなる「単純化」（一三八）を批判しているのであり、それがディックの属性として作中に繰り返し描かれることに留意したい。

「あの夏はここで一フィート進むのに二十人の命が犠牲になった」「今なら二分で行ける小川までを進むのに、英国軍は一ヶ月かかった」「一日に数インチずつとてもゆっくりと後退した」（五六－五七）等々、にわか仕込みの知識に基づいた、ディックによる二つの「帝国」の攻防の語りにおいては具体的な数字を伴う距離が一つの尺度とされる。そして「この西部戦線の出来事は二度と繰り返されえない」（五七）とディック自身も述べる大戦の再現不可能性ゆえに、彼のその戦跡への〈再訪〉は、茶番しかもたらさないのである。同日アミアンへの道中では、ファッセルがその一種の滑稽さを論じる特徴的な戦時のヘルメット（ファッセル　五四、八五）はじめ戦備品の残骸が生々しく残っており、戦後のリアリティもまた描かれはするものの、手榴弾代わりの小石や死んだフリで再現される〈大戦〉においては、全ては遊戯である。そして小説最終盤の第三巻十章、「休暇中の水兵の真似をする」（三〇三）という与太を演じて勾留されたメアリとレディ・キャロラインの保釈を求めてディックが警官相手に口にする「彼女を逮捕すれば――戦争（War）になります！」（三〇五）という大法螺に至って、再現不可能な大戦を再現しようとすることの無謀さとアナクロニズムの滑稽さはその頂点に達するのである。

4　比喩と皮膚

そして〈大戦〉のモチーフは、大戦を動かした国民国家の最小単位たる〈身体〉の次元に移りながら、男女の性のせめぎあいの問題へと展開される。第二巻十四章、「非参戦者の戦争神経症」の徴《しるし》たる夢から目覚めた日、ディックは「とりわけて彼の患者」たる原因不明の「神経性湿疹」（一八三）に全身を覆われた女性を往診する。この「パリに長く住んできたアメリカ人」の三十代女性のエピソードは全編通して異様さを放つ。クリス・メッセンジャーは「名無しの湿疹女性の創造は――おそらく無意識にではあるが――スコットによって描かれた、ゼルダへの痛烈な復讐である」としながら、作家の妻ゼルダを悩ませた湿疹症状と女性患者を照合し、フィッツジェラルドは、この女性患者の自己探究と性の自由への欲求を、「醜い、殻で覆われた戦いの身体（war body）――男と女の（或る）大戦

(a) Great War）の新たな犠牲者」（一一五）の像へと結び付けていると論じる。女性が自身の病と関連づけて語る「男性に挑んだ戦い（[battle]）」をディックは「全ての戦いと同じようなもの（just like all battles）」と一般化しようとする。そして「あなたは本当の戦い（a real battle）にあったと確かに言えるのか」（一八四）と問うて、一方的にリテラル／比喩の二分法を持ち込み、この女性患者の「戦い」を字義通りのそれから比喩へと変容させようとするのである。決闘や戦跡観光で再現が試みられる〈第一次世界大戦〉は、この女性湿疹患者のエピソードにおいて、男女のセクシュアリティのせめぎ合いに次元を移しながら、その比喩性の議論はいよいよ煮詰まってゆくのである。

全身を覆う湿疹は中世に存在したとされる拷問器具である「鉄の処女」に「収監されているような」（一八三）苦しみと「痛みの殻」（一八五）を女性にもたらしている。「包帯で巻かれた顔」の開口部である「目の周囲はあまりにもきつく腫れ上がりすぎて彼女はディックを見ることができない」（一八四）。その姿を「石棺」（一八五）と記されるこの女性の描写には、ニコルとローズマリーの外観が美しい「外皮（shell）」として描かれることとの対照を見ることができるだろう。第二巻二章の「除隊三週間後」、少女時代のニコルに関して「あのような美しい外皮（shell）を見るとその中身（what's inside it）について残念に思わずにいられない」（一二〇）と述べるディックの言には、後年小説の冒頭から「強く元気な脈動が皮膚を破って飛び出してきそうな」（四）はちきれんばかりの若さを示すローズマリーに対して彼が抱く「もし切断すればローズマリーの美しい外皮（shell）の下には、巨大な心臓、肝臓、そして魂が一緒くたに詰め込まれているのが見えるだろう」（一六四―六五）という思いとの対応がみられる。ニコルとローズマリーの皮膚に共通して示される、表層と深層の接近、その横断性の高さを確認したい[6]。

テクスト中に、表層から深層に至る高い横断可能性が描かれるニコルとローズマリーの皮膚に対し、湿疹患者の女性の皮膚はあくまでも表層にとどまって深層に至る切断を許さない。ディックが「探りたい（like to go into）」、湿疹の女性の「真の病因」（一八五）は、その死後においても「秘密」（二四三）としてついに明らかにされない。侵されてなおその病んだ皮膚を「鉄の処女」として堅持し、外部からの物理的な内部への侵入のみならず、精神科医であるディックによる「真の病因」探求という内面への精神的干渉も拒む女性患者の姿は、比喩そのものの比喩とも見えるのではないか。その皮膚疾患の病因を自身が男たちに挑んだ「戦い」であると示唆し、その戦いを比喩として捉えようとするディックに抵抗する湿疹女性は、はからずも比喩という修辞そのものを体現してしまっているのである。そこでは病みながらも堅持される皮膚という皮一枚が、表層／深層つまり比喩／リテラルの二分法を保証することとなる。女性患者の経験した男との「戦い」を字義通りに認めずそれを比喩化しようとするディック――彼女の戦ってきた男たちの一人――の患者である限り、彼女の皮膚は病み続けることを余儀なくされるというパラドックスを読者は目の当たりにするのである。ディックによって比喩とリテラルの二分法を持ち込まれたがゆえに、自身の「戦い」の字義性を守らざるを得なくなった湿疹女性は、リテラルとの二項対立を前提とする〈比喩〉を、自ら体現する羽目に陥ってしまうのである。女性患者の皮膚病と死は、彼女の男たちに挑んだ「戦い」に対するディックの無謀にして傲慢な比喩化の試みを経て、再度、第一次世界大戦の絶対的一回性およびその再現不可能性を示すこととなる。

対して少女時代からディックとの結婚生活の破綻まで一貫して美しい皮膚を誇るニコルにおいて

は、比喩とリテラルの癒着ゆえに精神の健やかさが犠牲となっている。時系列上最初期にあたる第二巻三章において、ニコルの病因である父親との近親相姦は、「私たちは恋人同士のようでした――それから突如恋人同士になったのです（We were just like lovers—and then all at once we were lovers）」（一二九）という父親の言において、「――のよう（like）」一語の崩落をもって呈示される。ニコルの精神疾患は、like という一語の保証で維持されていた比喩と現実の間の〈距離〉の消滅による、比喩機能の崩壊によって引き起こされているのである。ニコルの精神疾患を湿疹女性の皮膚疾患と対応させるならば、美しい皮膚をもつ狂気のニコルと、侵された皮膚をもつ（少なくともディックにとっては満足のゆく診断はつかない）正気の湿疹患者の女性は、彼女らの精神疾患と皮膚疾患がゴシック的な「身体と精神の転倒」（ハルバースタム　七二）を起こしている、一種の分身関係にあるとも言えよう。湿疹女性のエピソードは比喩機能の維持は『夜はやさし』の〈現実世界〉においては身体的な死を代償とすることを示している。対して、比喩機能の崩壊によって精神を病みそしてそこから回復した、「赤ん坊のようにまっさらな」ニコルは「ミルキーな肌」（二九五）を誇り「いかなる言葉をも信じていない」（二二六）。ニコルが生きるのは、「戦後の壊れた世界」（二四五）からさらに派生した、比喩など存在し得ようもないポスト言語世界とも見える。その比喩の機能しない世界こそが、大戦後の世界を端的に示すものとも捉えられよう。そこでは比喩機能を回復させようとするも失敗するディックと、比喩機能など最初から想定しないニコルの乖離はいよいよ進むのである。

『ギャツビー』においてニックが果たしたアイロニストとしての機能は、『夜はやさし』においてはディックの精神科医としての「自己防衛的な職業上のディタッチメント」（一六八）「二元性」（一八八）

として現れる。しかし間もなくそのアイロニカルな距離は失われる。[7] そしていずれもその表層／深層の二分法を拒絶するような横断可能性が強調して描かれる。ディックの愛する二人の女性ニコルとローズマリーの皮膚が示唆するように、精神という人間存在の比喩的な〈内部〉を診るべき精神科医ディックは、内臓を含む身体そのものたる〈外部〉を診る一般医へと容易に移行するのである。自らを「専門医」として規定し、「臨床医」（一一九、一七九）「一般開業医」（二五六）への蔑視をあからさまに有していたディックが、最終章、「一般開業医として」（三一四）生きていることはさほどの不思議でもないのである。そもそもディックにおいてはその特質として、ものごとを個別化するのではなく単純化・一般化する傾向が繰り返し描かれるのであるから。ディックは戦後、ニコルとローズマリーという二人の美女の「美しい外皮」による「砲撃」を受けて「非参戦者の戦争神経症患者」となっている。そもそも「ゼルダの病の導入という特異性はあったにしても」「前途洋々たる男が富と美に破壊されるという話は、（『夜はやさし』より）以前にもフィッツジェラルドは書いていた」（ブラウン　二五四）のであった。「砲撃／外皮（shell）」というダブルミーニングの赤裸々さは、大戦を比喩で語ることの不可能性と比喩機能そのものの崩壊という、本作におけるアイロニーの深さのしるしでもあるだろう。なお比喩機能の崩壊はもう一点、ニコルの富によって「もしこうなったら楽しいわね」という仮定法で語られていたダイヴァー夫妻の夢が「こうなるのが楽しみね」（一七〇）と直説法で語られる現実になってしまうというくだりにも示されている。前述のザフランスキーによる、イローニッシュなロマン主義の核心たる〈かのように〉についての議論を思い起こしたい。『ギャツビー』においては主人公ギャツビーを、「ロマンティック・アイロニスト」として観察するニックによる〈距離〉の保証によってその文学性が高められた。『夜はやさし』においては〈距離〉は、第一次世界大戦、比喩、皮膚といったモチーフに内在化させられる。そこでは第一次世界大戦という未曾有の惨事の絶対的一回性――再現不可能性つまり比喩で語ることの無謀――が、一人の湿疹患者の皮膚という個別の身体性、彼女の性の〈戦い〉の領域まで展開されて示され、かつ同時に、物語の重要なドライブであるニコルの病が、比喩の崩壊によって起動されるという、複層的構造が確認されるのである。そこに作家が到達したアイロニーの新境地があるといえよう。

フィッツジェラルドのモダニズムと歴史的必然

第一次世界大戦における「故郷」と「前線」のあいだの距離の問題は、F・スコット・フィッツジェラルドにおいてアイロニーの問題と必然的に結びついていった。最後に想起しておきたいのが、その作品からフィッツジェラルドがデビュー作『楽園のこちら側』(一九二〇年)のタイトルを得た英国の夭逝戦争詩人ルパート・ブルック(一八八七―一九一五)である。在世中から「金髪の若きアポロ」(バーゴンジー 三六)と謳われた彼は「戦争詩人そのもの」であり、その「アイロニー抜きの愛国心と勇敢の発露は多くの人々の胸を打った」。前線の兵士たちは自身の感情を重ねながら、故郷への手紙にブルックの詩作を書き綴ったのである(ヴァンディヴァー 七三―七四)。ブルックは「故郷」と「前線」の二項をつないで「大衆の喝采」(七四)を勝ち得たといえよう。そこには、大戦とヒロイズムと大衆的人気の獲得という三項の連結が確認できる。フィッツジェラルドが自作の題名を得たのはブルックの『一九一四年およびその他の詩』（一九一五年）中の連作『南洋』の巻頭「ティアレ・タヒチ」の「さて楽園のこちら側！…／賢きものに安らぎは少ない」（一三）という最終二行からであるが、そこには戦線の「こちら側」たる母国での滞留を余儀なくされたその不本意な安全に〈葛藤〉を養った作家の、自己への諷刺が読まれうるかもしれない。[8] 自身が果たせなかった「英雄にして殉難者」「犠牲者としてのヒーロー」（バーゴンジー 四一）としての生を全うしたブルックへの憧れに加え、先に見た若きフィッツジェラルドのプロモーション活動の活発さに鑑みれば、デビュー作の題名にブルックの詩作の一節を用いたフィッツジェラルドには、終わったばかりの第一次世界大戦を再起動させて、大衆性を得るためのツールとしようとする思惑が働いていたとも思われる。そして大戦はフィッツジェラルドのキャリアにおいて常に重要な位置を占め続け、大衆的人気の獲得のみならず芸術としての深化にも資したのである。

アン・ダグラスはマーク・トウェインの「メンタル・テレグラフィ」の概念にまで言及しつつ、フロイトの名をともに挙げながら、フィッツジェラルドにおいては「歴史は（因果律同様）テレパシーか何かのようなものを通しても働きかけているのだ」（二〇一）と主張する。フィッツジェラルドが『ギャツビー』に持ち込み『夜はやさし』に至るまで発展させていった〈アイロニー‐距離〉は、第一次世界大戦を特徴づける〈距離〉の問題と、必然的に同じコインの表裏を成すものと考えられよう。経済的成功と直結する大衆の支持を常に渇望しつつ、エリオットやメンケンらが提唱する「ハイ・モダニスト文学」（ノーリン 八五）への参入をもまた希求し続けたフィッツジェラルドは、『ギャツビー』においてアイロニックな距離を保証するニックという存在を案出して自らの文学において大衆性からの脱皮を果たし、より〈高尚〉な本格文学作家への手がかりを得た。そしてその九年後、『夜はやさし』において作家は、〈距離〉をめぐる諸問題をその属性の一つともする第一次世界大戦を描きながら、〈距離〉の消滅による比喩の不可能性、その機能崩壊というさらに高次のアイロニーを示したのである。そこでは、再現すなわち比喩で語ることの不可能な第一次世界大戦の悲惨という歴史性を描くと同時に、物語の実質的な動因であるニコルの病の原因として比喩の崩壊を示して見せるという、きわめて実験的な言語のありようの模索が行われている。『夜はやさし』には、デビューから大衆と賑やかに共鳴しあいながら作家生活を生きたフィッツジェラルドが、その華やかさの一方で静かに熟成させ続けた芸術性のひとつの発露がたしかに認められるのである。

注

(1) もちろん第二次世界大戦が始まった一九三九年までは第一次世界大戦という呼称は存在せず「大戦争(the Great War)」「世界戦争(World War)」などが一般的な呼称であった(木村二〇一二)。本論では諸参考文献中の the Great War の訳はじめ一九一四年から一九一八年十一月の休戦協定締結まで連合国と同盟国のあいだで行われた戦争を便宜的に第一次世界大戦と記す。

(2) カーはモダニスト知識人らによる「自己表現と芸術的ディタッチメント」の区分に対してフィッツジェラルドが感じていた恩義と不快という両義的感情を指摘する(カー 四二三)。

(3) 諏訪部は「ダブル・ヴィジョン」の説明にウィルソンの「フィッツジェラルドはロマンティックであるが、ロマンスに対してシニカルでもある、没頭しながらも辛辣であり叙情的かつ酷薄である」(拙訳)という言をあてる(諏訪部 二一九、諏訪部はウィルソンを原文で引く)。

(4)『夜はやさし』からの引用は基本的に拙訳であるが、森慎一郎訳（作品社、二〇一四年）を用いさせていただいた部分もある。記して謝す。

(5)第一次世界大戦における〈英雄〉は特に空において出現した。「大衆化した戦争のなかで、戦闘機搭乗員のなかで撃墜数の多いものがエースとして『撃墜王』『空の騎士』ともてはやされ、個人として英雄視され……ロマンチックに美化された戦争観を支えた」（木村 一〇三-一〇四）。またドイツを中心に「ゲルマン神話の神々や英雄たち」にたとえられた戦闘機乗りたちの「騎士道的振る舞い」（モッセ 一七九-八〇）は第二次世界大戦後においてさえロマンティックに語り継がれたのであった。

(6)『夜はやさし』の主体における表層／深層の二分法と比喩機能の崩壊については二〇一五年度日本F・スコット・フィッツジェラルド協会全国大会シンポジアム「『夜はやさし』の読みの可能性」（於文京学院大学）のパネルで言及した（千代田 一二一-一五）。坂根はニコルとローズマリーの皮膚の差異を論じ、「ローズマリーの皮膚は、ニコルの皮膚の有する物理的・比喩的な『深み』を否定し書き換えていくような役割を帯びてい」るとする（坂根 一〇）。

(7)上西は「フィッツジェラルドの長編小説の大衆性」（二二六）の議論においてディックによる「その仕事ではタブーとされていた行為、患者との愛情関係に入ってしまう」という「スキャンダラスな設定」（二四一）を指摘し、「『偉大なるギャツビー』、『夜はやさし』『ラスト・タイクーン』の三作はいずれも、その時代の先端を行く仕事を、先端であることを示す事柄を物語に盛り込み、しかもそれぞれの仕事にとってはスキャンダルと呼べるようなエピソードが物語の根幹となるように構成したものとなっている」（二四六）と論じる。

(8)その強固な戦争詩人のイメージとは裏腹に、ブルックはディックそしてフィッツジェラルド同様、アントワープ近郊での小規模武力衝突を除いて実際の戦闘経験は有さず、大戦下のフランスでの死も、戦闘中の戦死ではなく敗血症によるものであった（バーゴンジー 四一）。

引用文献

Bergonzi, Bernard. *Heroes' Twilight: A Study of the Literature of the Great War*. London and Basingstoke: Macmillan, 1965.

Brooke, Rupert. *1914 and Other Poems*. 1915. London: Penguin, 1999.

Brown, David S. *Paradise Lost: A Life of F. Scott Fitzgerald*. Cambridge, Massachusetts and London: Belknap, 2017.

Bruccoli, Matthew J., ed. *F. Scott Fitzgerald: A Life in Letters*. New York: Penguin, 1994.

Carlisle, E. Fred. "The Triple Vision of Nick Carraway." *Modern Fiction Studies* 11 (1965-66): 351-60.

Colebrook, Claire. *Irony*. New York: Routledge, 2003.

Cowley, Malcom. *Exile's Return: A Literary Odyssey of the 1920s*. 1934. New York: Penguin, 1994.

Diepeveen, Leonard. "Learning from Philistines: Suspicion, Refusing to Read, and the Rise of Dubious Modernism." *New Directions in American Reception Study*. Eds. Philip Goldstein and James L. Machor. Oxford: Oxford UP, 2008: 159-78.

Douglas, Ann. *Terrible Honesty: Mongrel Manhattan in the 1920*s. New York: Noonday, 1995.

Fitzgerald, F. Scott. *Tender Is the Night*. 1934. New York: Scribner, 2003.

—. "The Crack-Up." *The Crack-Up*. 1945. Ed. Edmund Wilson. New York: New Directions, 1993. 69-90.

Fussel, Paul. *The Great War and Modern Memory*. 1975. Oxford: Oxford UP, 2013.

Galow, Timothy W. *Writing Celebrity: Stein, Fitzgerald, and the Modern(ist) Art of Self- Fashioning*. New York: Palgrave Macmillan, 2011.

Glass, Loren. *Authors Inc.: Literary celebrity in the Modern United States, 1880-1980*. New York: New York UP, 2004.

Halberstam, Judith. *Skin Shows: Gothic Horrors and the Technology of Monsters*. Durham: Duke UP, 1995.

Hays, Peter L. "Philippe, 'Count of Darkness,' and F. Scott Fitzgerald, Feminist?." *New Essays on F. Scott Fitzgerald's Neglected Stories*. Ed. Jackson R. Bryer. Columbia: U of Missouri P, 1996. 291-304.

Kerr, Frances. "Feeling 'Half Feminine': Modernism and the Politics of Emotion in *The Great Gatsby*." *American Literature* 68.2 (1996): 405-31.

Kuehl, John, and Jackson R Bryer, eds. *Dear Scott/Dear Max: The Fitzgerald-Perkins Correspondence*. New York: Charles Scribner's Sons, 1971.

Magny, Claude-Edmonde. *The Age of the American Novel: The Film Aesthetic of Fiction Between the Two Wars*. 1948. Trans. Eleanor Hochman. New York: Ungar, 1972.
Matthews, John T. "American Writing of the Great War." *The Cambridge Companion to the Literature of the First World War*. Ed. Vincent Sherry. Cambridge: Cambridge UP, 2005. 217-42.
Meredith, James H. "World War I." *F. Scott Fitzgerald in Context*. Ed. Bryant Mangum. New York: Cambridge UP, 2013. 136-43.
Messenger, Chris. *Tender Is the Night and F. Scott Fitzgerald's Sentimental Identities*. Tuscaloosa: U of Alabama P, 2015.
Nowlin, Michael. *F. Scott Fitzgerald's Racial Angles and the Business of Literary Greatness*. New York: Palgrave Macmillan, 2007.
Rielly, Edward J. *F. Scott Fitzgerald: A Biography*. Westport: Greenwood, 2005.
Rose, Margaret A. *Parody: Ancient, Modern, and Post-Modern*. New York: Cambridge UP, 1993.
Stern, Milton R. *The Golden Moment: The Novels of F. Scott Fitzgerald*. Urbana: U of Illinois P, 1970.
Stratton, Matthew. *The Politics of Irony in American Modernism*. New York: Fordham UP, 2014.
Turnbull, Andrew, ed. *The Letters of F. Scott Fitzgerald*. New York: Charles Scribner's Sons, 1963.
Vandiver, Elizabeth. "Early Poets of the First World War." *The Cambridge Companion to the Poetry of the First World War*. Ed. Santanu Das. New York: Cambridge UP, 2013. 69-80.
Wharton, Edith. *The Marne*. 1918. *Wharton: Collected Stories 1911-1937*. New York: Library of America. 2001. 261-308.
—. *Fighting France: From Dunkerque to Belfort*. 1915. London: Modern Voices, 2010.
Wilson, Edmund. *The Shores of Light: A Literary Chronicle of the 1920s and 1930s*. 1952. Boston: Northeastern UP, 1985.
上西哲雄「ビジネス・ロマンスは可能か——F・スコット・フィッツジェラルド文学の大衆性の意味」平石貴樹・後藤和彦・諏訪部浩一編『アメリカ文学のアリーナ　ロマンス・大衆・文学史』松柏社、二〇一三年、二三五-五七。

木村靖二『第一次世界大戦』ちくま新書、二〇一四年。

後藤和彦「禊ぎとしての大衆小説――『王子と乞食』から『ハックルベリー・フィンの冒険』へ」『アメリカ文学のアリーナ』、二〇〇-二三四。

坂根隆広「『夜はやさし』における皮膚」（二〇一五年度F・スコット・フィッツジェラルド協会全国大会シンポジアム・プロシーディングス「『夜はやさし』の読みの可能性」）『日本F・スコット・フィッツジェラルド協会ニューズレター』第三一号二〇一五年七月、七-一一。

ザフランスキー、リュディガー『ロマン主義　あるドイツ的な事件』津山拓也訳、法政大学出版局、二〇一〇年。

諏訪部浩一『アメリカ小説をさがして』松柏社、二〇一七年。

千代田夏夫「『夜はやさし』をゴシックとして読む」『日本F・スコット・フィッツジェラルド協会ニューズレター』一二-一五。

モッセ、ジョージ・L『男のイメージ　男性性の創造と近代社会』細谷実・小玉亮子・海妻径子訳、作品社、二〇〇五年。

優生学とヘミングウェイ——人種的レトリックの「大衆」戦略

中村　嘉雄

ヘミングウェイと「大衆」

近代科学、民主主義、資本主義を特徴とする二〇世紀は「大衆」(mass)と「セレブ」(celebrity)という双生児を新たに生み出した。[1] 移り変わる政治とその指導者、利潤に脚色された商品と賃労働、煌びやかな広告ネオンと雑踏うごめく過密都市に集う「大衆」はその存在の空虚さを埋めるように「セレブ」に熱狂した。

そういった「大衆」の性格を、十九世紀末フランスの社会心理学者キュスターヴ・ル・ボンは「衝動的で、昂奮しやすく、推理する力のないこと、判断力および批判精神を欠いていること、感情の誇張的であること」(四〇)と指摘し、当時のジェンダー的、進化論的理想のアンチテーゼを「大衆」に重ねた。「大衆」とは「野蛮人や小児のような進化程度の低い人間」(四一)であり、「どこにおいても女性的」(四四)な存在だった。[2] いいかえれば、時代と社会に去勢されているのであり、「男性的な」指導者によって導かれるべき存在だった。P・ディヴィッド・マーシャルも言うように、

1920年代に支配的となった非理性的な個人というモデル、そして、1930年代に見られるようになった宣伝文句の全体的な女性化といった傾向を生み出した、近代的な広告テクニックから、強い指導力を持つリーダーの登用が大衆へのアピールには必須であるといった、プロパガンダや政治のテクニックにいたるまで、大衆社会は非理性的で、感情的で、それゆえに「女性的」なものとして構築されてきた。（三二）

そして「非理性的」で「感情」に左右されやすい「女性的」な「大衆」はそれを証明するように「男性的な」「セレブ」を求めたのだった。

そういった「大衆」が作家アーネスト・ヘミングウェイに理想の「男性的セレブ」像を求めたことは時代の必然だったのかもしれない。ヘミングウェイは南北戦争に参戦した兵士を祖父にもち、「男性性復古運動」を掲げるYMCAに共振した父クラレンスからは、ミシガンの森でのハンティングや釣りを通して「男性的な」生き方を叩き込まれた。彼は「新たな少年文化形成の震源地」（瀬名波六一）であるシカゴ、オーク・パーク出身のアッパー・ミドルであり、そして赤十字の負傷兵運搬の業務に従事し、オーストリア兵のマシンガン放火の中、右足に「氷のように冷たい、雪合戦の玉のような」（ベイカー 四五）弾丸を受けながら、四二〇インチ口径の「炸裂弾」（shell）に倒れた負傷者を背負い救出した第一次世界大戦の英雄であった[3]。この「男」のトレードマークのようなヘミングウェイに当時の「大衆」が目を留めないはずはなかった。アメリカが第一次世界大戦に参戦するより以前にイタリアに渡ったとか、一流のイタリアのコンバット部隊、「アルディティ」（the *Arditi*）に入隊し、戦闘行動中に三度負傷したといったヘミングウェイにまつわるゴシップも、「大衆」が抱く「セレブ」像としてのヘミングウェイへの関心の強さを物語る(4)。

ヘミングウェイと「大衆」についての研究は、八〇年代のレバーン、今世紀に入ってのローレン・グラスに詳しい。とくに、グラスの研究は、ヘミングウェイ文学を「大衆」のヘミングウェイ像と区別する、従来の作品研究のあり方を見直すものだ。たとえば、グラスは一九三二年の『午後の死』(*Death in the Afternoon*)の、老婆との「会話」をめぐる文学的議論は、「会話」表現を好む「女性的」な「大衆」に対するヘミングウェイの反発であり、また、闘牛と闘牛士のホモエロティックな一体感に漂う死の影(violent death)も、モダニズム期のモンパルナスと結びつけて「大衆」がイメージする芸術的「ホモエロティシズム」を相殺する表現だったと論じる。さらに、死後出版の『エデンの園』(*The Garden of Eden*)の主人公、作家のデイヴィド・ボーンの「男性的な作品」と「男性作家としての「パブリック・イメージ」、そして、その妻キャサリンが夫に要求する「両性具有」的な性の実験にも、グラスはセレブな「男性的イメージ」とプライベートなホモエロティシズムの欲望に引き裂かれた作家ヘミングウェイ自身の葛藤を読む(一三九-七五)。

だが、それだけだろうか。グラスもレバーンと同様、ヘミングウェイの「パブリック・パーソナリティ」の形成は三〇年代から始まるとしている。だが、「大衆」への意識は作家が「パブリック・イメージ」を「積極的に」形成しはじめることのみを意味しない。「大衆」が忌み嫌うもの、社会の「消極的な」価値や他者へのまなざし。二〇世紀最悪の「セレブ」、アドルフ・ヒトラーが、「大衆」が恐怖し忌み嫌うものを巧みに利用してユダヤ人をドイツとその「大衆」に対する悪魔に仕立て上げたように、「社会の悪」の巧みな利用からも作家の不気味な「大衆」意識を読むことができないだろうか。
本論は、二〇年代の、ヘミングウェイの最初期のモチーフ、とくに、兵士とユダヤ人のイメージを一九二四年の「移民法」であるジョンソン＝リード法（Johnson-Reed Act）へと突き進む当時のアメリカの優生学的バックグラウンドへと接続させ、二〇年代におけるヘミングウェイとその文学にみられる「大衆」意識を検証することにある。

1　退化するアメリカ――「兵士」の「大衆」メッセージ

ヘミングウェイが初めて世に出した二つの短編集一九二四年の『ワレラノ時代ニ』(*in our time*)と、一九二五年の『われらの時代に』（*In Our Time*）のタイトルに「大衆」的なメッセージが込められていることは明らかだろう。そして、この時代横断的なタイトルを持つ二つの作品の巻頭には同じ小編が登場する。まず、その内容を確認しよう。

誰もが酔っ払っていた。闇のなか道路を行軍する砲兵中隊全員が酔っ払っていた。僕たちはシャンパーニュに向かっていた。馬に乗った中尉は何度も道から外れては畑に入ってしまいそのたびに馬に向かって「ああ、酔っ払ったぞ、君ぃ。ああ、もうべろんべろんだ」と言った。闇のなか僕たちは一晩じゅう行軍を続け副官は何度も僕の炊事車に馬を寄せてきて「その火を消せ。危険だぞ。敵に見られるぞ」と言った。前線から五十キロ離れているというのに副官は炊事車の火を

心配していたのだ。あの行軍は滑稽だった。僕が炊事伍長だったときのことだ。（六四）

同じタイトルの短編集に、同じ巻頭作品ということ自体この小編に込められた「大衆」へのメッセージの強さを察することができる。ところが、この小編に対する批評家の関心は極めて薄いといっていい。その批評家たちの読み方をいえば、この小編も、自分の経験や見聞した出来事を純化して作り上げるヘミングウェイの創作技法にしたがって、登場する細かいイメージというよりそのコアを読む読み方が好まれる。[5]ヘミングウェイ本人もこの読み方を認めていて、一九二四年一〇月エドマンド・ウィルソンに書き送った手紙に、各短編に挟まれた小編は「全体図」(the picture of the whole)であり、その細部を後の短編が示すように構成したといっている（*Letters* 一六六）。ところが、いままでこの小編に読まれてきた「全体図」はあまりにも漠然としていて、そのコアが取りこぼされているようなのだ。多くの批評家にとってこの小編はせいぜい、あたかもヘミングウェイ自身の経験を元にして描かれたような分身的な主人公、短編集の随所に登場するニック・アダムズの物語の一部でしかなく、「暴力」や「戦争」の時代の始まりを告げる不吉なプロローグにすぎない。

しかし、この小編には当時のアメリカの「読者」＝「大衆」が抱く社会的な不安も込められているのだ。酔っ払った「砲兵中隊」(battery)や馬にフランス語で話しかける「中尉」(the lieutenant)や前線から五〇キロ離れたフィールド・キッチンの火が敵に見つかることを恐れる「副官」(adjutant)といった、まったく兵士らしからぬイロニーに満ちた「兵士」は当時の優生学的見地からすれば「退化するアメリカ」の象徴に他ならなかった。そして、ニック＝作家ヘミングウェイは、こういった退化していく「兵士」とのコントラストを利用して自分たちの「男性的」なイメージを「読者」＝「大衆」にアピールしているようなのだ。以下、ヘミングウェイが小編に描きこんだ「全体図」と「男性的」なアピールについて詳しく見ていこう。

2「君ぃ」(*mon vieux*)――退化するアメリカ兵

まず、小編の「兵士」から「退化するアメリカ」のイメージを探ってみよう。この小編で語り手が言及するフランスのシャンパーニュ地方はパリの東一五〇キロほどのところにある地域で、第一次世界大戦では、西部戦線のこう着状態を引き起こした一九一四年の第一次マルヌ会戦が有名だ。だが、アメリカを考えるなら、フランスに渡った「アメリカ外征軍」(the American Expeditionary Force)にとって初めての本格的軍事行動となった、一九一八年七月中旬のエーヌ県・マルヌ県の会戦(第二次マルヌ会戦)へ向かう途中のスケッチであると考えられる。しかし、その「兵士」たちは、一昔前の南北戦争の英雄、アメリカの「民兵」とまったく異なっていた。

一八二三年のモンロー主義以来、他国と戦争をするほどの、武器製造・輸送網、武器開発を含めた、大規模の陸軍組織を持たなかったアメリカは、第一次大戦参戦において、まず一九一七年五月の「一九一七年の選抜徴兵法」(the Service Selective Act of 1917)で二一歳から三〇歳――一九一八年の改定では一八歳から四五歳まで――の全ての成人男性を徴兵登録させる法律を制定し、陸軍兵士を増員した。当初、陸軍側はこの徴兵によって「がっちりした体格の独立不羈の人、手足が長く才覚のある開拓者の子孫」、「生まれつきのライフルマン」、「イーグルのように優れた視力をもち性格も厳格でがっちりした」ライフルマンたちが集い、きっと、塹壕で固められたヨーロッパの戦場でイニシアチブをとってくれるものと信じて疑わなかった(ツィーガー 八五―八六)。

ところが集まったダウボーイ(doughboy)たちはまったく違っていた。ほとんどの徴兵兵士は銃器に触れたこともなく、七面鳥撃ちの登山家一人に、ライフルもショットガンも見たことのない何百人ものシティー・ボーイが群がって銃の扱い方を習う始末。それに、武器も不足していて、何千もの兵士がフランスへ出発する前日になって自分のライフルを手にする有様だった(ツィーガー 八六)。

したがって、アメリカ兵の実質的な実戦訓練はフランスへ渡ってからのことであり、フランス軍やイギリス軍の協力を得ながら行われた。アメリカ兵は行進の仕方、塹壕堀、マシンガン、そして手榴弾の投げ方に至るまで、近代戦のノウハウをフランスで学んだのだ[6]。

また、アメリカ軍指揮官の指揮能力もかなり疑わしかったとみていい。それを物語るのがブラウンの歌の逸話だ。フランスでアメリカ兵を待っていたのは辛く単調な塹壕堀であった。しかし、アメリカ兵とフランス兵は互いに競争しながら毎日励んでいた。ある日一日が終わり兵舎へ戻ろうとするとき、フランス軍のある兵士が突然歌を歌い始める。アメリカ軍の兵士たちはそれを聞いて、「フランス人は単に自分の肺活量の良さを見せびらかしているに過ぎないのだ」(ブラウン 六〇)と思っていた。ところが、後でわかったところでは、歌は塹壕堀の重労働や二〇キロを超える装備を背負っての行軍のつらさを忘れさせ、軍の士気を上げる方法だったのであり、現場に居合わせたアメリカの将校はだれもそのことを理解していなかった。それから二、三日、アメリカ兵はツルハシに加え、声を張り上げる訓練もさせられたという。アメリカ軍指揮官の統率能力の低さをうかがわせる逸話だ。

小編の酔いつぶれた「中尉」や前線から五〇キロ離れた場所の火を恐れる「副官」の判断力と指揮能力の低さは、こういった当時のアメリカ兵やその指揮官の能力の低さを物語っているといえる。(7)

また、こういったアメリカ兵の事情に、当時の陸軍の軍備不足を合わせて考えると、なぜ酔いどれ「士官」が「馬」へフランス語で「君ぃ」(*mon vieux*)と語りかけるのか、その理由が見えてくる。馬すらメイド・イン・フランスなのだ。

「アメリカ外征軍」は馬すらフランスで調達した可能性が高いことは、彼らがフランスに上陸した時の様子から理解できる。ブラウンによると、長い間船に揺られていた兵士はフランス人に質問をして「街中にどこか仲間がパイをたべることができる場所がないか」知りたがった。またある水兵は「どこかへ乗っていける」自転車か馬を借りたがっていたという(ブラウン 一三)。このように、パイならまだしも、移動に必須な自転車や馬にすら事欠く始末だった。こういった事情を考慮に入れるなら、作品の酔いつぶれた中尉がなぜ馬にフランス語で話しかけるのかが見えて来る。つまり、メイド・イン・フランスの軍馬だからフランス語で話しているわけだ。さらに、「君ぃ」(*mon vieux*)というフランス語表現は友人あるいは目上のものに使われる。つまり、この呼びかけは、「『フランスの馬』ですらアメリカ士官と同等かそれ以上」といったニュアンスで、当時のアメリカ兵士の能力の低さを揶揄したヘミングウェイ流のウィットでもあるのだ。

3　アメリカン・モンタージュ──退化する兵士、滅びゆくアメリカン・ヒーロー

そして、これらの「兵士」はただ能力がないだけにとどまらない可能性があるのだ。その可能性は、一九二一年、優生学の国際会議で展示された白い「兵士」の彫像に示されている。その古代ギリシア彫刻を思わせるような、新古典主義的な「兵士」像は「退化するアメリカ」の象徴なのだ。

一九二一年アメリカ自然史博物館（the American Museum of Natural History）館長H・F・オズボーンを会長として、第二回国際優生学会議（the Second International Congress of Eugenics）がニューヨークで開催される。そのとき、会議会場の一階展示ホールの手前と奥の二つの出入り口に一対の彫刻が対比されるように配置された（ローリン　一二）。一つは、「アスリートのモンタージュ写真の石像。ハーヴァード大学の最強の五〇人」（Statue of the Composite Athlete. 50 Strongest Men of Harvard）、そして、もうひとつが、アメリカ優生学運動の主導者チャールズ・ベネディクト・ダヴェンポートの娘ジェーン・ダヴェンポート製作の「平均的なアメリカ人青年。一九一九年の一〇万人の白人退役軍人のモンタージュ写真の石像」（Statue of the Average Young American Male. 100,000 White Veterans 1919）である。一九世紀イギリスのラグビーやフットボールといったチーム・スポーツやピエール・ド・クーベルタンが創立した近代オリンピックが帝国主義的マスキュリニティ構築に果たした役割を考えれば、「ハーヴァード大学の最強の50人」が当時のアメリカ的理想の男性像であることは容易に察しがつく(8)。そして、それと対比される「兵士」の石膏像はもちろん「退化していくアメリカ」だ。しかし、そもそも、なぜ「兵士」が「平均的

なアメリカ」なのだろうか。そこに、どのような「大衆」意識があるというのか。

まず、優生学と「兵士」の関係から見てみよう。当時の新興自然科学であった優生学はアメリカで初めて政策に応用された。一九世紀後半のイギリスのフランシス・ゴルトンに始まり、アウグスト・

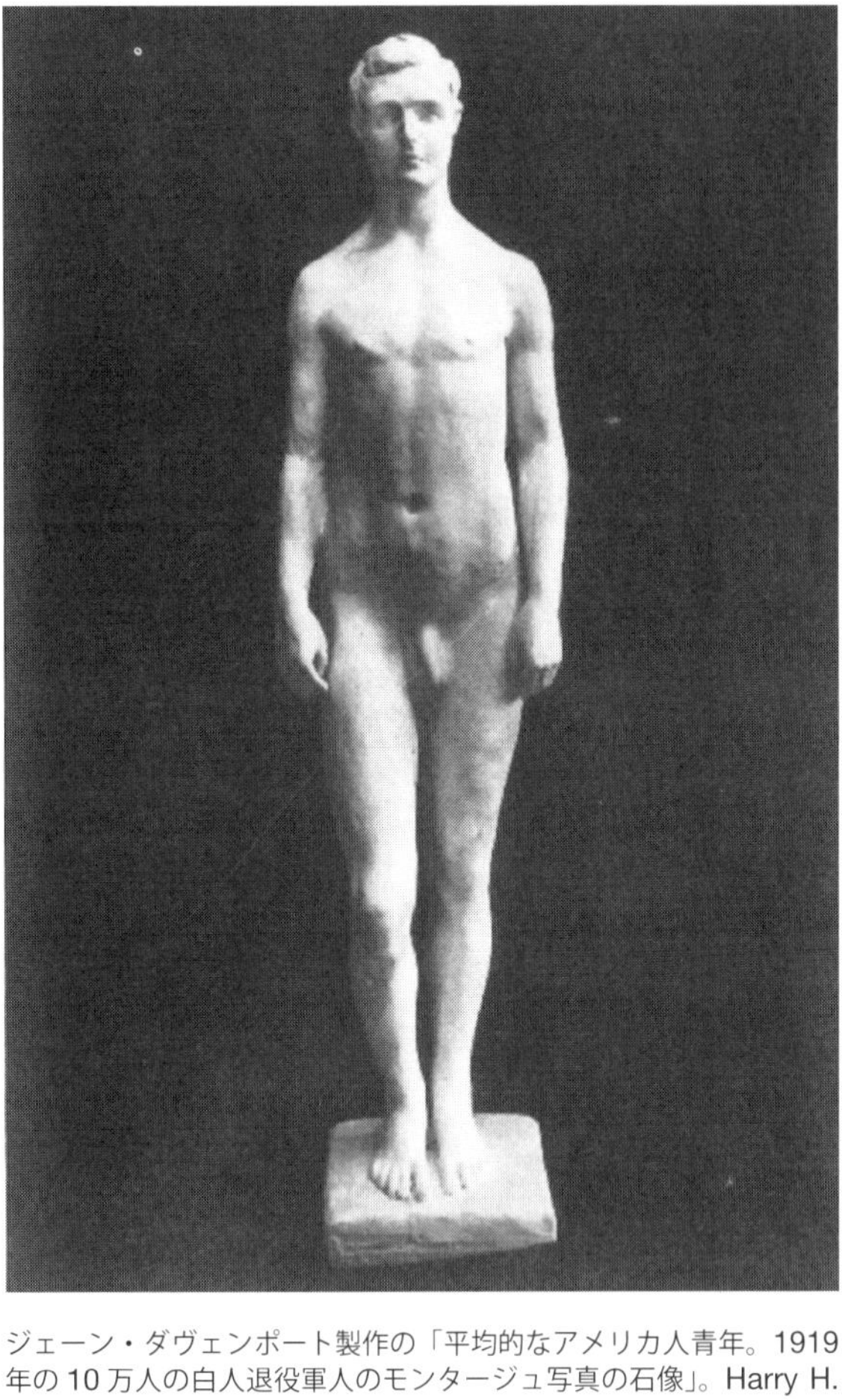

ジェーン・ダヴェンポート製作の「平均的なアメリカ人青年。1919年の10万人の白人退役軍人のモンタージュ写真の石像」。Harry H. Laughlin, *Second International Exhibition of Eugenics.* 1923: 68-69.

ヴァイスマンの生殖質説、そして、ヴァイスマン理論と親和性の強いメンデルの遺伝理論から発展した優生学は、人間の風貌や体型や病気、そして性格すらも生殖細胞で決定されており、環境にはまったく影響されないという遺伝子決定論的な理論であった。そして、アメリカにおいても、チャールズ・ダヴェンポートを所長として、ワシントンのカーネギー研究所が設立した、ニューヨーク、コールド・スプリング・ハーヴァーの「実験進化研究所」(the Station for Experimental Evolution)を拠点にさかんに研究された[9]。一九世紀後半以来、農村部からの流入者やヨーロッパからの移民に溢れる都市で急増する犯罪と貧困に悩むアメリカが、最先端科学であった優生学を社会改良運動に応用してもなんら不思議はなかった。そして、そういった「劣等」な遺伝子がアメリカの子孫に蔓延し「退化(＝「逆淘汰」)する」ことを阻止するため、簡単な外科処置で生殖機能を奪い取る「断種」を合法化した、一九〇七年世界初の「断種法」(Sterilization Act)がインディアナ州議会で成立する——一九二三年までで最大三二の州で成立[10]。そして、一九一二年のロンドンに続き、「第二回国際優生学会議」がニューヨークで開催された事実も考えれば、優生学がいかにアメリカの土壌に深く根を下ろし「大衆」生活に影響を与えたかを物語っている。

そして、優生学からみれば、第一次世界大戦の兵士は「劣等」の血がアメリカの「純血」と混ざり合った「混血」の結果であり、アメリカの退化を実証する存在だった。つまり、この「[ジェーン]ダヴェンポートの平均的なアメリカ人青年[の像]」は、優生学が警告してきた、移民が国家の人種的家系へ与える劣性学的影響に対する反論の余地のない目に見える証拠として機能した」(コフィー 一九八)。実際、徴兵された兵士のほぼ五分の一は外国生まれであった——ほぼアメリカ国民全体に占める移民の比率に等しかった――し、なによりも、R・ヤーキーズが作成し、入隊してくる、延べおよそ一七〇万人の兵士を対象に実施された知能テストの結果は「大衆」にとってアメリカ退化の不安を具体的な数値で示すものだった。ヤーキーズのテスト結果によると、陸軍に徴兵された白人兵士の平均知能は一三歳という低さだった。また、優生学が当時「劣等」性を主張していた東欧移民の兵士や黒人についても、イタリア系は一一・〇一歳、ロシア系は一一・三四歳、ポーランド系は一〇・七四歳、アメリカの黒人は一〇・四一歳であり、彼らとの「混血」によるアメリカの逆淘汰あるいは退化の現状を裏付ける結果となった。今となれば、そのテスト結果にはまったく有効性がないのだが、当時、そのデータは鵜呑みにされ、アメリカの退化、滅亡の実感として「大衆」を襲ったのだ。ジェーン・ダヴェンポートが製作した「兵士」は、このアメリカ退化の生データであり、一九二四年の「移民制限法」に至る、当時のアメリカの不安を搔き立てる張本人のモンタージュ像だった（キーン 四六-四七）。

このような優生学的背景を考えれば、小編の「兵士」の奇妙な行動や発言が全て理解できる。つまり、彼らは、「知能の低い、退化したアメリカ」なのだ。そして、ヘミングウェイは『われらの時代に』の時代を貫くアメリカ退化の不安の象徴として、この「兵士」たちを登場させているのだ。

4 「兵士」を眺める「視線」とアメリカン・フロンティアの「民兵」

だが、この小編にはまだ検討すべき存在が一人残っている。つまり、小編の奇妙な「兵士」を見て「あの行軍は滑稽だった」といっている「視線」=「語り手」だ。そして、批評家たちも、なんとなくこの「視線」(=「語り手」)を作家へミングウェイの分身、『われらの時代に』の多くの短編に登場する主人公ニック・アダムズのものと見たがっていることを考えると、どうもそこにヘミングウェイの「大衆」戦略があるようなのだ。つまり、「退化するアメリカ」をみて「おかしい」と思う「兵士」の「視線」に、『われらの時代に』の中心的主人公ニックや作者へミングウェイの「男性的」イメージを印象づけるような「大衆」戦略があるようなのだ。

ところで、ジェーン・ダヴェンポートの像にしてもなぜ「兵士」が「平均的なアメリカ」として「大衆」にインパクトを与えたのだろうか。確かに、戦争において国を背負う兵士は銃後の「大衆」への大きなアピールになるにちがいない。それに、アメリカ史上類を見ない、大規模な徴兵を考えれば彼らが「平均的なアメリカ」とみなされてもとくに不思議ではない。しかし、それにもまして、ジェーン・ダヴェンポートの「兵士」像やヤーキーズの結果が「大衆」に与えたインパクトの大きさは、アメリカがその歴史において「兵士」に重ねてきた理想や期待の裏返しにあるように思えるのだ。そして、ヘミングウェイの小編はこのアメリカの新旧の「兵士」が対峙する場であり、小編の「視線」=ニック=作者へミングウェイは「退化した兵士」とのコントラストを通じて、このアメリカの歴史的、理想的「兵士」へと接続していくのだ。

ジェーン・ダヴェンポートの「兵士」像=「退化するアメリカ」には前史がある。それは、「国民国家」としてのアメリカの求心力となった南北戦争の理想的男性像「民兵」だ。そして、その理想の「兵士」は、南北戦争後から二〇世紀初頭にかけてアメリカ各地で「民兵」像のモニュメントとして大量消費され、南北に分裂したアメリカを再統一する、「国民国家的」イデオロギーの求心力となった。ジェーン・ダヴェンポートの「兵士」像はこの「民兵」像を受け継ぐものなのだ。

そして、ここでの「大量消費」という言葉は決して過言ではないのだ。南北戦争が終わった一八六〇年代後半、「兵士」像は一大ビジネスとなり、材料となる花崗岩会社、大理石採掘所、金属鋳造会社の一括サービスまでこのモニュメント・ラッシュに登場、既製品カタログまで準備された[11]。そして、このような「兵士」像の大量消費は、勝利した北軍ばかりでなく、南部の諸州にも見られ、「北軍と南軍の像はともに同じパターンに従った。つまり、一度は別れ、相対するに至った二つの国家、二つの体制が、ユニフォームやバッジや碑文を除けば、戦争記念碑においては見分けがつかないほど似たものになったのだ」（サヴェージ　一六四）。この南北ともに大量消費される「兵士」像には、統一的アメリカ――「国民国家的」ともいえる――へと向かう当時のアメリカの欲望が表現されていると言っていい。実際、南北戦争はアメリカが初めて経験したイデオロギー的内戦だったから、その分裂を修復することは政治的急務だったといえる。しかし、それは一部の政治家によるものではなく、むしろ「大衆」自ら望み、実行したことだった。というのも、「兵士」像の建設は、そのほとんどが住民のボランティア活動によってなされたのだ[12]。では、具体的に、当時の「大衆」は「兵士」像にどのような欲望を彫り込んだのか。

たとえば、ニューヨークのセントラルパークにあるジョン・クインシー・アダムズ・ワードの『第七連隊記念碑』（*The 7th Regiment Memorial*）は当時つぎのように「大衆」に受け入れられた。

ジョン・クインシー・アダムズ・ワードの、ニューヨークにある第七連隊記念碑の像は、初期のよく知られた例で、「国家の頭部、真のアメリカの顔であり、他のどの国のものとも間違えるべくもないものであり、それはまた実直で、高貴で、勇ましく、そして善なるものでもある……」と特徴的な仕方で言い表された。（一六三）

実際、第七連隊兵士の顔をみれば新古典主義的なギリシア的容貌が容易に見て取れる。この彫りの深い、ギリシア的な風貌（facial typing）は、一八世紀のドイツの美術史家ヴィンケルマン以降の新古典主義的な身体および精神的な理想がアメリカにおいても換骨奪胎され受け入れられていたことの証拠となる。[13]そして、ここで重要なのは「兵士」の顔がさらに「アメリカ人そのものの典型」（a standard 'American' type）とみなされたということであり、南北戦争以降、この「国民国家的」、理想の男性的身体をモデルとしてアメリカが形成されたということだ。

そして、このナショナルな身体はその精神性までも象徴していた。通例、多くの像は、第七連隊兵士に見られるような、銃床を地面につけて右を向いた、「リラックスしたコントラポストのポーズ」をベースにしたものなのだが、その姿こそ、南北戦争の「民兵」（a citizen soldier）が体現するアメリカのフロンティア精神そのものなのだ。[14]当時、アメリカには「常備軍」（a regular army）と志願兵からなる「民兵」がいたが、「常備軍」の兵士、下士官の多くは「移民や下層階級」出身者が多く、「高貴な、土着の、白い男性としてのアメリカの民兵のモデル」（the model of the American citizen-soldier as a superior native, white 'type' of manhood）（サヴェージ 一六三）と区別されていた。それに、職業軍人である「常備軍」の常に軍紀に服従する姿勢は、ジョージ・ワシントンのような、有事とあれば、あらゆる圧政から自分たちの生活、家族、村、町、ひいては国家を守るために鍬をガンに持ち替えて戦場に駆けつける「英雄」、「愛国の徒」、そして、いざ戦場に立てば「栄誉」のために戦う、独立不羈の「男」であった「民兵」に決して受け入れられるものではなかった(一六八)。そして、同様のことが、当時のアメリカの「大衆」にも当てはまったのであり、彼らは南北統一の象徴として、このギリシア的——あるいは、ゲルマン的ともいえる——男性的身体とアメリカン・フロンティア精神を兼ね備える「民兵」像を欲望したのだ。

5　四重の「視線」——「民兵」を継ぐ者

そして、ヘミングウェイの小編の「視線」はこの「民兵」と重なるのだ。その重なりは、小編の「視線」とニックとの二つのレベルの重なり、短編集の配置とテーマ的な重なりから理解できる。いままで、多くの批評家がこの小編の「視線」を『われらの時代に』のニック・アダムズのものと解釈してきたことはすでに触れたとおりだ。実際に、小編に続く「インディアン・キャンプ」(Indian Camp)は子供であるニックと医師であるニックの父親、そして叔父のジョージがインディアンの集落で難産に苦しむ母親をナイフで帝王切開し鉤素で傷口を縫い合わせる物語だ。そして、その短編でニックは、小編の「見る」兵士と同じように、その暴力に満ちた世界を「見る」。いうなれば「見る」という行為を通して、小編の「視線」と「インディアン・キャンプ」のニックは重なりあうのだ。

こういった「視線」によるつながりに加え、テーマ的なつながりが小編の「視線」と短編のニックのつながりをさらに強める。「インディアン・キャンプ」には、その前半部分に「三発の銃声」（Three Shots）としてヤング編集の短編集に再録されることになる削除された部分がある。そこでニックは釣りとハンティングをするために父や叔父と「キャンプ」をしている。そして重要なのが『われらの時代に』の最後に配置された「大きな二つの心臓のある川」（Big Two-Hearted River）も、大人になりヘミングウェイと同じ「作家」となったニックが川での釣りの「キャンプ」をとおして戦争で傷ついた精神の回復を図る物語だということだ。

そして、「大きな二つの心臓のある川」でニックが「作家」となっていることを「読者」＝「大衆」が気づくとき、この「キャンプ」を軸とした短編集の配置、テーマ的なつながりは、レイノルズの「円環」（loop）構造を生み出す（二二四）。つまり、短編集の始まりである「インディアン・キャンプ」の幼少期と巻末の「大きな二つの心臓のある川」にともに登場するニックと「キャンプ」のイメージをとおして「読者」＝「大衆」はこの『われらの時代に』を一つの閉じた「円環」の世界とみなすのだ。そして、小編の「見る」兵士も、ふたたびその円環構造に回収され、作家ニックとの「視点」のつながりがより強く暗示、強調されることになる。そして、「民兵」とのつながりでいえば、円環的につながれるこの「キャンプ」のテーマこそ、小編の「視線」＝ニック＝ヘミングウェイと「民兵」を一つにつなぐ基調なのだ。では、そのテーマ的なつながり、ヘミングウェイの「読者」＝「大衆」へのメッセージとは何か。

そのメッセージこそ第一次世界大戦の「退化する兵士」が失ったアメリカの理想、アメリカン・フロンティアの「民兵」とその「男性性」なのだ。瀬名波が分析するように、ニック・アダムズが楽しむ「キャンプ」は、当時、イギリスのボーイスカウトをうけてアメリカに創設された「ボーイスカウト・オブ・アメリカ」（BSA）やYMCAがアメリカ各地で実践した「男性化教育のための訓練所」であり「都市生活で弱体化した男子を再生させる装置」（五八）だった。つまり、ニックの「キャンプ」こそ南北戦争の「民兵」の精神性を取り戻す場（＝トポス）に他ならないのだ。そして、作家ヘミングウェイが生まれ育ったシカゴは「新たな少年文化形成の震源地」（六一）であり、父クラレンスもYMCAに共鳴し、自然科学者ルイス・アガシにちなんでアガシ・クラブ（the Agassiz Club）を設立、地元の青少年の「男性化」教育に大きく貢献した（ネーグル 一〇）。つまり、当時の「読者」＝「大衆」にとって、ニックの「キャンプ」は「男性化」運動と、その理想を体現する往年の「民兵」へと直結しているのだ。そして、主人公であり作家でもあるニックがヘミングウェイの分身と読まれている事実も考慮に入れるなら、ヘミングウェイ自身もニックを通してその「民兵」へと接続されることになる。いわば、「読者」＝「大衆」に自分の「男性性」をアピールできるというわけだ。

このように考えれば、批評家たちが取り逃してきた、小編の「全体図」がはっきり見えてくる。この小編はダヴェンポートが「第二回国際優生学会議」で配置した二つの「男性」像、「退化するアメリカ」と「理想のアメリカ」と同じ構成をもつのだ。「キャンプ」のニックと重なり合う小編の「視線」はアメリカン・フロンティアの「民兵」――あるいは、それを受け継ぐもの――の視点、精神性と重なり合う。つまり、この小編は新旧のアメリカ兵、「退化するアメリカ兵士」と「国民国家的」アメリカの理想＝「民兵」を受け継ぐ、二人の「兵士」が出会い、対峙する場なのだ。小編の「視点」はその「民兵」の視点だからこそ「退化するアメリカ」兵士が「滑稽」なのだ。そして、『われらの時代に』の読み方に照らしていえば、ヘミングウェイはこの小編に当時のアメリカ社会を襲った優生学的退化の不安の「全体図」を描き、ニックの短編においてその不安の時代を生きる「男」の「細部」、アメリカの「民兵」の精神性を引き継ぐ「男」の生き様を描いているといえるのだ。

6 潰れた鼻

では、ヘミングウェイは優生学をどれほど意識して創作に利用したのだろうか。つぎに、一九二六年に出版された『日はまた昇る』（*The Sun Also Rises*）のユダヤ人ロバート・コーンの鼻から、ヘミングウェイの優生学意識とその「大衆」戦略をみていこう。

ユダヤ人コーンが他の登場人物たちから煙たがられ、のけ者にされていることは作品冒頭から一目瞭然だ。プリンストンでボクシング・チャンピオンだったと言いながら、「彼がボクシングタイトルを持っているから強い関心をもったと考えないでほしい。コーンにとってはたいしたことだったのだけれど」（一一）とすぐさま突っぱねるところは、語り手ジェイク・バーンズのコーンへの反感がよく出ている。そして、この反感が「大衆」を巻き込んだ「憎悪」へと変化していく分水嶺、つまり、優生学が主張するアメリカ退化の不安を「大衆」に暗示する符牒が、ユダヤ人コーンの「潰れた鼻」（flattened nose）（一一）だ。

プリンストン時代のボクシングの師匠、スパイダー・ケリーは、コーンに階級が上の選手と試合をさせ、彼の鼻を潰してしまう。ところが妙なことに、コーンはそれを不満に思っていないのだ。「それ［潰れた鼻］はコーンのボクシング嫌いをより強めたのだが、かれにある変わった形の満足感をあたえた。それでかれの鼻は確かに改善した」（一一）。怪我をさせられたら怒って当然なのだが、コーンは「つぶれた鼻」に「満足」していて、あまつさえ、それが「改善」したというのだ。コーンを嫌う語りのジェイクが、古来人種的特徴として揶揄されてきたコーンの鼻が「改善」して喜んでいるはずはない。わざわざそれを語るからには、なんらかの反ユダヤ主義的なメッセージや語り手の戦略がそこにある気がしてならない。しかし、この「つぶれた鼻」にどのような反ユダヤ主義的なメッセージがあるというのか。

「つぶれた」鼻といっても不気味に変形したり、原形をとどめないほどにつぶれたわけではないはず。コーンからしても、鼻は「平たく」「改善」したのだから、見方を変えれば、ちょっとしたプチ美容整形を受けた程度のはずだ。実は、ここに「潰れた鼻」の謎を解く最初の手がかりがある。当時多くのユダヤ人は鼻を人工的に低くする美容整形術を受けたはずなのだ。そして、そこには人種問題だけでなく当時の優生学的問題が深く関わっていた。

鼻の美容外科手術は、当時、人種的マイノリティの間でブームでありユダヤ人の多くが手術で鼻を低くすることを望んだ。一九一八年九月の医学雑誌『カリフォルニア州医学ジャーナル』には術前、術後の患者のプロファイル写真が数多く掲載されている（セルフリッジ 四一六−一三）。

人工的に美を作り上げる美容整形術の歴史は意外と浅く、その父と目されているのがドイツのジャック・ヨーゼフとニューヨークのジョン・オー・ローだ。ヨーゼフは、一八九八年五月一一日、病気で引き起こされる欠陥にだけ行われていた従来の鼻の整形術に加え、「完全に健康だが（サイズや形のせいで）人目につく鼻を人の目に付きにくい鼻へ形を変える手術」（一六四）といった、新しい美容整形術の活用をベルリン医学会で提唱する。そして、アメリカでいうなら、ヨーゼフより約一〇年も早い一八八七年、ローは「しし鼻」の美容整形手術についてニューヨーク州の医学会で報告していた。その報告では、すでに五人の患者に同様の手術を施していたようだ。患者の多くがユダヤ人だったドイツのヨーゼフと違い、ローの手術は当初アイルランド人に特徴的な「しし鼻」に施された。だが、アメリカのユダヤ人にも同様の手術を行っていた。彼ら人種的マイノリティの多くは、アングロ・サクソンに特徴的な「ローマ鼻」への手術を望んだ。

こういった「理想」は、すでに検証した、帝国主義的身体像、新古典主義的な「民兵」像の顔ともつながっている。しかし、鼻の手術は紀元前からあるにもかかわらず、この時代になぜ突然美容整形術が登場・発展し、人種的マイノリティは「鼻」の「改善」を望んだのだろうか。

7 ユダヤの「鼻」――「可視化」する恐怖

当時ユダヤ人の多くは、自分の「鼻」を社会に曝すことに大きな精神的苦痛を感じていた。ローとヨーゼフ共に報告するように、多くの患者が人々の冷たい視線に悩み、今風にいうと「引きこもり」になる者までいたようだ。つまり、ユダヤ人は当時自分を社会に対して「見えない」ようにすること、つまり「不可視」になることを望み、逆に、非ユダヤ人たちは、ユダヤ人を社会で「見つけ出す」＝「可視化」することを望んだといえる。そして、この「可視」と「不可視」のせめぎ合いの背景となったのが、二十世紀初頭にアメリカのワスプを襲ったユダヤ人との混血恐怖だ。

一九世紀末から盛んに研究されるようになった人種の遺伝研究で、ユダヤ人はさまざまな病気と結びつけられ、その「血」との関連が疑われるとともに、医学、生物学的な「劣等」性がしばしば唱えられた。優生学のゴルトンから影響を受け、当時多くの文化人類学者が参照した一八九一年のユダヤ人データ、『ユダヤ人の統計的研究』（*Studies in Jewish Statistics*）を記したジョセフ・ジェイコブズによれば、ユダヤ人の「同族婚」は、先天的な聾唖、白痴を引き起こし、ユダヤ人と他人種の婚姻は「不妊」になるとされていた（付録 四–五）。また、ウィリアム・Z・リプリーが記した一八九九年の『ヨーロッパの人種』（*The Race of Europe*）には、当時多くの研究者がユダヤ人種は「胸が小さく、肺の容量の欠陥」をもっており、それは、「生命力」の欠如を意味すると考えていたことが取り上げられている（三八二）。そして、それらはすべて「遺伝的」なものとされた。リプリーは、コロンビア、MIT、ハーヴァード大の教授を務めた人物で、ゴルトンや、『金枝篇』で有名なジェイムズ・ジョージ・フレイザーが受賞した、文化人類学では最高峰の「王立文化人類学協会」（the Royal Anthropological Institute）が授与するハクスレー・メダルをアメリカ人で初めて受賞したほどの人だ。そして、先ほどのジェイコブスともに、リプリーはユダヤ人にむしろ好意的だった。しかし、アメリカでの当時の反ユダヤ主義の状況を知る上で重要なのは、当時の学会で大きな影響力を持っていたこの二人が共にユダヤ人の遺伝的病を取り上げたという事実だ。つまり、反ユダヤ主義のバイアスに囚われない彼らが学問の対象と見なし、議論を余儀なくさせられるほどに、当時のアメリカ社会では特定の病とユダヤ人の「血」との係わりが広く議論され問題となっていたということだ。

それに加え、当時、東欧からの大量の移民の流入は、アメリカの人びとにとって自分たちの「血」の純粋性を汚すことを意味し、彼らとの「混血」によるアメリカの衰退論がしばしば唱えられた。一九〇八年に刊行されたアルフレッド・P・シュルツの『人種あるいは混血』(*Race or Mongrel*)の副題に示されるように、「国家の衰退は異人種との混血によるものである」こと、そして「国家の強さは、人種の純潔さにある」こと、そして「厳格に移民制限をしなければ、アメリカはすぐにでも衰退する」とされ社会に混血恐怖を流布させた⑮。

もちろん、当時の「劣等」人種には、黒人、アイルランド人やアジア人も含まれ、「混血」恐怖もユダヤ人に限ったものではない。しかし、彼らに対する風当たりも相当きつかったようだ。一九一二年の、ナフム・ウルフの「ユダヤ人は劣等人種か」(Are the Jews an Inferior Race?)というダイレクトなタイトルの論文は、当時のユダヤ人に対する社会の風当たりの強さをうかがわせる。ボルフはその論文でユダヤ人の「精神的な劣等性」を否定しているが、ヨーロッパから輸入されたユダヤ人の「劣等」思想はアメリカをかなり浸食していたようだ(四九三)。

そして決定的なのは、ユダヤ人の「劣等性」は政府も認めていたということだ。アメリカの「移民委員会」(Immigration Commission)刊行の一九一一年の移民に関する報告書では、驚くことに、ユダヤ人は当時「劣等性」が疑われていた「混血種」に分類されているのだ。

さらに、こういった事情は、先ほどの美容整形術のローからも裏付け可能だ。彼にとって、「しし鼻」と「中国鼻」は「退化」の兆候であり、生物学的な意味で「発育不全」を意味した(一一四-一五)。

そして、「しし鼻」と同じく「改善されるべき」大きなユダヤ人の「鼻」も、進化論的に「退化」や「劣等性」を意味していた。

このような優生学的背景を考えるなら、『日はまた昇る』のコーンの鼻が「つぶれて」「改善した」理由がわかる。つまり当時からすれば、それはコーンにとって、アメリカ社会でユダヤのスティグマが不可視になること、そしてさらに、生物学的、器質的な「鼻」の「発育不全」の「改善」も意味していると考えられるのだ。

8 「鼻」にふれる語り手ジェイクのメッセージ

だが、なぜ肺や白痴、皮膚病等の病気、また、「黒人」との混血を思わせる「黒い皮膚」や「厚い唇」といった他のユダヤ人の身体的な特徴ではなく「鼻」なのか。最後にこの点を確認して、ジェイクがコーンの「鼻」を語る理由を検討してみよう。それは当時、「鼻」がユダヤ人を見つけ出す最後の身体的な特徴だったことと関係している。

一九世紀の終わり、ユダヤ人の白人化が進む過程で残された身体的スティグマが「鼻」だった。ジェイコブズが調べた統計によると、一九世紀後半、ユダヤ人と非ユダヤの白人との身体的な同化はかなり進んでいた。例えば、当時ユダヤ人の髪の色でいえば、古来特徴的とされた黒色はすでに二割もいなかった。特徴的な厚い唇はほんの十七パーセント。そして、黒人との類縁性が疑われた黒い皮膚も六割以上がすでに白くなっていた。つまり、ユダヤ人は外見的にみれば確実に「白人」つまり「アーリア化」していた。だが「鼻」だけは別だった（ジェイコブズ　xi–xl）。

そのあたりの事情は、さきほどのジェイコブズやリプリーの議論からわかる。彼らはユダヤ人の「白人化」を説明しながら、一般的なユダヤ人＝「かぎ鼻」という見解を修正する。ところが、ユダヤ人の「鼻」そのものの特徴が見直されたり、否定されることはなかった。彼らによれば、ユダヤ人に特徴的な「かぎ鼻」はその高さではなく、むしろ、その「翼」の丸まりにこそあった。つまり、ユダヤ人の鼻の特徴を一旦否定した彼らですら「かぎ鼻」的な表情や特徴がユダヤ人から消えたわけではなかった（リプリー　三九五）。

この二人の「鼻」への固執が物語るのは、もちろんユダヤ人＝「かぎ鼻」という身体的特徴が実際根強く残っていたという物理的な「事実」にあるのではない。おそらく、そのような身体的な特徴も同化の過程ですでに見えなくなっていたはずだ。むしろ重要なのは、ユダヤ人を見つけ出し区別（＝差別）しようとする「大衆」の欲望は消えなかったということ。その民族的な特徴として、従来同様ユダヤ人の「鼻」が人々の意識から消えなかったということだ。

そして、ユダヤ人に好意的なジェイコブズやリプリーすら認めるユダヤ人＝「かぎ鼻」の事実と「血」の劣等性という事情。そこから、当時ユダヤ人が「鼻」にこだわった理由が見えてくる。つまり、彼らにとって、自分たちの「劣等性」を社会に曝す、最後の「可視」的、差別のスティグマこそが「鼻」だった。そして、『日はまた昇る』のコーンが「つぶれた鼻」を喜ぶ理由もここにある。つまり、ユダヤ民族の「劣等性」、遺伝的な退化を示す「鼻」が、ボクシングによって不可視になったのであり、その身体的他者のスティグマの消失を彼は「満足」しているのだ。

では、なぜ語り手のジェイクはわざわざコーンの鼻が「改善」したことを「語る」のか。その「大衆」的メッセージとは何なのか。「不可視」のものは、漆黒の闇のように「大衆」の恐怖心を際限なく煽り立て増幅する。そして、これと似た恐怖を、当時のアメリカの「大衆」はユダヤ人に感じていた。ビジネス界やアイヴィー・リーグでその才能を発揮し始めたユダヤ人は、アメリカ資本主義社会を乗っ取るだけではなく、アメリカの「血」の「純血」さえも奪おうとしていた。そして、『日はまた昇る』のコーンの「鼻」は「大衆」の存在論的な不安のまさに核心を突いていた。「鼻」に象徴される「劣等」民族のユダヤ人がまた一人、その特徴を不可視にして、自分たちのアメリカの社会――ジェーン・ダヴェンポートの例で言えば、「ハーヴァードのアスリート」の世界といえる――に紛れ込もうとしている。彼らは、第一次大戦のひ弱な「兵士」を生み出した根源でもあり、アメリカ退化・滅亡のコアとなる存在でもあった。だから、『日はまた昇る』のコーンが「鼻」の改善を「満足」すればするほど、当時の「読者」＝「大衆」の苛立や恐怖、そして、ユダヤ人に対する憎悪の念も増幅していく。そして、これこそがジェイクがコーンの「鼻」に秘めた差別のメッセージなのだ。つまり、読者が抱いている、ユダヤ人との「混血」によるアメリカ退化の不安や恐怖を「つぶれた鼻」に凝集し、コーン――ユダヤ民族自体へでもある――への憎悪を煽ること。そして、自分が「読者」＝「大衆」の側にあることを暗に語りながら、作品でコーンを叩きのめし、ユダヤ人の劣等性をともに再確認すること。これが、ジェイクがコーンの鼻を通して「読者」＝「大衆」に伝える反ユダヤ主義的憎悪のメッセージなのだ。

ユージェニック・ヘミングウェイ——大衆に向けた語りの戦略

これまで、『ワレラノ時代ニ』と『われらの時代に』の二つの作品の巻頭に収められた共通の小作品、そして、『日はまた昇る』のロバート・コーンの鼻のモチーフを中心に、ヘミングウェイ作品に巧妙に織り込まれた、当時の優生学的要素とそこに秘められた大衆メッセージを検証してきた。終わりに論のまとめとして、作家ヘミングウェイ自身の優生学的意識をより明白に確認するとともに、そういった優生学的モチーフとレトリックに秘められた作家ヘミングウェイの大衆を巻き込む語りの戦略について見てみよう。

まずヘミングウェイの優生学的意識についてだが、削除された『日はまた昇る』の前半一章分のオリジナル原稿を読むと、それは当初優生学を反映した人種主義的色合いの濃いものだったことが容易にわかる。たとえば、ジェイク・バーンズがニュース・レポーターとしてパリに住むようになったことを説明する場面では、パリの退屈さはロバート・コーンの人種的な退屈さと重ねられて説明される。

僕はブレットとマイクが現れるまでパリのそのクォーターをさほど頻繁にブラブラすることは一度もなかった。僕はその場所を、足を踏み入れるか、そのまま放っておくかのどちらかといったようなものといつも思っていた。まあ、そこにいる動物をみるような感じでたまにはいくこともある……。だけど、ブラブラするにはそこはいつもひどく退屈に思えた。付け加えないといけないのは、この本の非-北欧人種のヒーローの一人（one of the non-Nordic heroes）、ロバート・

コーンがそこで二年間過ごしたことがあったことだ。(「未発表」五)

さらに、ロバート・コーンのこれまでの女性とのスキャンダラスな噂や作家としての生活が述べられる場面でも、コーンの性格は人種的に色付けられる。

コーンはブラドックスにそのパートはどうだったか尋ねた、ブラドックスは構成の問題、つまり、大変些細だが大事な構成の問題だと答えた。向学心があって、自分に有益なことであれば批判的な言葉にも非-北欧人種らしい意欲(an un-Nordic willingness)を示して受け入れようとするコーンは、それがなんなのか知りたがった。(「未発表」六)

このように「非-北欧人種」(the non-Nordic)という優生学を思わせる語が削除された部分に、二度も登場していたところをみると、ヘミングウェイがコーンを、当時の優生学に則して描こうとしたことがわかる。

そして、この優生学的な記述を削除するように、ヘミングウェイに忠告したF・スコット・フィッツジェラルドの手紙から「読者」=「大衆」を意識したヘミングウェイの創作技法、人種主義的語りの手法が見えてくる。

コーエン[=コーン]の経歴のその不必要な部分をカットしたらどうかな。かれの最初の結婚は重要性がない。いろんなたくさんの人たちが良いものを書いて、それにプラスして競争も激しくなっているのに、最初の二〇ページがよくこんなにぞんざいにかけたものだと思うね。読者の注意を弄んではいけない。読者の注意を自在に引く力のある良い書き手はとくに注意深くなきゃいけない。(「未発表」九)

もちろん、フィッツジェラルドは人種主義的な箇所をことさら取り上げて問題だと言っているわけではない。ブレットの人物描写とか、もったいぶった言い方などを戒めるつもりだったのだろう。しかし人種主義的に見ても、当時の優生学へのストレートな言及はあまりに「ぞんざい」(casually)な書き方だし、もっと「慎重になる」(careful)ことを作家の先輩フィッツジェラルドから指摘されても仕方がない。その意味で、この冒頭の削除はヘミングウェイなりの慎重さの表れ、人種主義的な責任回避ともとれる。実際ロバート・コーンは当時付き合いのあったユダヤ人ハロルド・ローブをモデルにしており、ヘミングウェイが作品を通して彼をやっつけるつもりだったことは有名な話だ。ところが、当のハロルド・ローブは『日はまた昇る』を反ユダヤ主義的ではないと断言しているのだ(モンテイロ　六二五)。たしかにローブは社交辞令でそのようにいった可能性もある。しかし、たとえそうだとしても、ユダヤ人ローブや他の読者が、出来上がった作品を反ユダヤ主義的ではないとみなす余地が作品になければ、ローブの発言自体不可能だったはずだ。

そして、この「責任回避」という視点から、優生学的人種主義にかんして、「読者」＝「大衆」を意識したヘミングウェイの巧妙な書き方がみえてくる。つまり、人種主義的な危険を作者が背負いこむことなく、むしろ「読者」＝「大衆」を巻き込み、責任を分散させる人種主義的レトリックのことだ。トニ・モリスンがいうように、人種主義的レトリックの特徴は、作者あるいは物語のナレーターが「有効な叙述の責任を負わず」（六七）、巧妙な責任回避を行うところにある。言い換えれば、「読者」＝「大衆」を無意識のうちに共犯へと巻き込み、責任を分散する人種主義的テクスト戦略があるのだ。

そして、コーンの「鼻」のレトリックに当てはまる人種主義的戦略が、モリスンのいう「換喩的置換」（Metonymic displacement）（六八）だ。これは、たとえば黒人であれば「黒色」という具合に、ある人種の身体的特徴を駆使して、「読者」＝「大衆」に人種主義的な意味合いを読みとらせるレトリックのことであり、コーンの「鼻」はその好例なのだ。当時、生物学的、医学的、遺伝学的にも、ユダヤ人の「鼻」は「劣等性」の科学的証拠であり社会的な不安のコアだった。いいかえれば、作者が優生学的人種主義に直接言及しなくても、「読者」＝「大衆」がコーンの「つぶれた鼻」にそういったアフェクトを読み込んでくれるわけだ。それに加え、コーンの「鼻」は当時の「科学的で客観的な」データでもあったから、ヘミングウェイが個人的に人種主義の汚名を「読者」＝「大衆」から着せられる可能性も極めて低かった。つまり、「氷山」の語られない残余は「読者」＝「大衆」や優生学の科学的「事実」が補ってくれるわけだ。

このように、小編の「退化する兵士」やコーンの「鼻」に巧妙に織り込まれた優生学的背景と「読者」＝「大衆」が抱く社会不安、そして、そのアフェクトを巧みに利用した人種主義的レトリックを考えると、ヘミングウェイは作家活動の初期の段階から「読者」＝「大衆」を意識し創作していた可能性が高くなる。また、当時の南北戦争の「民兵」、「男性性復古運動」と直結した小編の「視線」＝

ニック、と「キャンプ」のイメージ群から、ヘミングウェイは自分の「男性的」なパブリック・イメージについても初期の段階から作り上げようとしていた可能性が高いのだ。そして、ヘミングウェイはそのイメージを、当時の優生学的民族退化の不安、ナチズムへとつきすすむ不気味な「読者」＝「大衆」の不安を陰画として作り上げようとしたのだ。

注

（1）ここでの「大衆」（mass）はギュスターヴ・ル・ボンが『群集心理』で定義した「群衆」（crowd）的な意味でも用いている。P・デイヴィッド・マーシャルは、ル・ボンの「群衆」と「大衆」の違いとして、前者が「能動的な群衆参加者」（active crowd participants）であり、後者が「受動的な文化の消費者」（passive cultural consumers）にあるとしているが、ル・ボンが分析した「群衆」の多くの要素を「大衆」にも認めている。「大衆」についてのマーシャルの詳しい議論は *Celebrity and Power* 第一部を参照のこと。

（2）当時「大衆」やその社会を「女性的」とする見方は、ル・ボンに限らず広く見られるものだった。詳細は、マーシャルの第二章の注一四を参照のこと。

（3）ヘミングウェイの負傷はニューヨークの『サン』紙（*The Sun*）を始め多くの新聞に取り上げられた。シカゴの『シカゴ・アメリカン』（*The Chicago American*）紙ではヘミングウェイは「アメリカで最もひどい鉄砲傷を受けた人」とかなり誇張されて紹介された。詳細はジョン・レバーン　一三頁を参照。また、ＹＭＣＡを中心とした「男らしさ」教育とヘミングウェイ一家との関係は、瀬名波栄潤「『男らしさの神話と実話』――ニックのキャンプの物語」を参照のこと。

（4）ゴシップについてはレバーン　一三頁を参照。また、ヘミングウェイの三〇年代以降の積極的な「男性」的イメージの構築については、ヘミングウェイと『エスクァイア』（*Esquire*）誌との関連を論じた長谷川裕一の「ヘミングウェイと『エスクァイア』――『男性消費者雑誌』という弁証法、そして一九三〇年代」が参考になる。

（5）たとえば、ジェフリー・メイヤーズは、『ワレラノ時代ニ』は「氷山理論」が用いられた最初の作品群であり、描かれる内容は

「舞台」というよりも「経験のエッセンス」(the essence of the experience)(九八)であるとし、大半の批評家も同様の解釈を採用している。のちにふれる、この小編を「戦争の始まり」とみなす解釈については、E・R・ヘイグマンのように、これを一九一四年の第一次マルヌ会戦へ向かうフランス軍のスケッチとみなすものと、ジョセフ・M・フローラ(一〇六)、ケネス・S・リン(一七)、メイヤーズのように「アメリカ軍」=「アメリカ外征軍」(the American Expeditionary Force)の軍事行動、つまり主人公ニック・アダムズを想定した、アメリカ軍のスケッチとみなす解釈がある。また、後者では、小編の「兵士」たちを見る「視線」をニックのものとする解釈と、はっきり断定しない場合がある。たとえば、フローラは「可能性で言えば、ニック」(一〇六)とし、マイケル・レイノルズも最終的に「ニックがこれらすべての物語の作者だと気づく」(二三四)としている。本論でも、『われらの時代に』がニックの短編にはじまり、ニックの短編で終わること、そして、この小編はそのニックの物語の前奏になっていることを考慮してアメリカ的なコンテクストを採用した。ちなみに、フィリップ・ヤングが一九七二年に再編した『ニック・アダムズ物語』(*The Nick Adams Stories*)にこの小編は収録されていない。

(6) ヘイウッド・ブラウン 五章に詳しい。

(7) ジェニファー・D・キーンも当時のアメリカ兵の指揮能力の低さと「経験と準備のなさ」を批判し、「戦争が終わるまでの四ヶ月間(アメリカが西部戦線の自分たちの箇所を引き継いだ時)、アメリカが指揮した作戦は、後方の混乱、高い負傷率やつねに変わる指揮、そして、十分に訓練されずに形成され、戦闘に至らざるを得なかったあらゆる軍隊に見られる問題によって阻害された」(一一二)と評した。アメリカがドイツに対して正式に宣戦を布告した一九一七年四月六日から一九一八年一一月一一日の終結までアメリカは四〇〇万人以上の兵士を育成し、二〇〇万人をフランスへ派遣、西部戦線では重要な作戦で一二〇万人を指揮したが、あくまでアメリカの連合国への支援は兵士の数であってその質の問題ではなかったのであり、指揮官の能力についても同様のことが当てはまった。

(8) 一九世紀スポーツマンシップやオリンピックが担った帝国主義的な「男性性」の構築については多木浩二の第一章および二章を参照。

(9) アメリカの優生学については、ダニエル・J・ケブレスの第三章、米本昌平他著『優生学と人間社会』の第一章が参考になる。アメリカの断種については、エドウィン・ブラックの第五章に詳しい。

(10) ナチスはカリフォルニアの断種法の実績をふまえて「ナチス断種法」を成立させた。詳細は『優生学と人間社会』三六頁、ステファン・キュールの第四章を参照。

(11)「民兵」の像については、カーク・サヴェージの第六章に詳しい。

(12)そして、ボランティアには多くの女性たちも参加したことは、「兵士」像の欲望の根深さをさらに強調するものだ（サヴェージ 一六四）。アメリカの帝国主義的マスキュリニティの形成には女性による支持も大きかったことがうかがえる。

(13)新古典主義的な「男性理念」による帝国主義的マスキュリニティの構築についてはジョージ・L・モッセの第二章に詳しい。また、「民兵」像によるアメリカのイデオロギー的統一、つまり地方と国家を取り結ぶ弁証法——一種の「国民国家」的ともいえるアメリカの欲望——については、サヴェージ 一八四頁を参照。

(14)サヴェージ 一六二頁以降を参照。

(15)シュルツのこういった考えは、フロントページのタイトルの後の副題に纏められている。

引用文献

Baker, Carlos. *Hemingway: A Life Story*. New York: Scribner's, 1969.

Black, Edwin. *War against the Weak: Eugenics and America's Campaign to Create a Master Race*. New York: Thunder's Mouth, 2003.

Broun, Heywood. *The A.E.F.: With General Pershing and the American Forces*. New York: Appleton, 1919.

Flora, Joseph M. *Hemingway's Nick Adams*. Baton Rouge: Louisiana State UP, 1982.

Folkmar, Daniel, and Elnora C. Folkmar. *Dictionary of Races or Peoples*. Washington: Government Printing, 1911.

Glass, Loren. *Authors Inc.: Literary Celebrity in the Modern United States, 1880-1980*. New York: New York UP, 2004.

Hagemann, E. R. "'Only Let the Story End As Soon As Possible': Time-and-History in Ernest Hemingway's *In Our Time*." *New Critical Approaches to the Short Stories of Ernest Hemingway*. Durham, NC: Duke UP, 1990. 192-99.

Hemingway, Ernest. *The Complete Short Stories of Ernest Hemingway*. New York: Scribner's, 1987.

—. *A Farewell to Arms*. New York: Scribner's, 1929.

—. *The Garden of Eden*. New York: Scribner's, 1986.
—. *in our time*. Paris: Three Mountains Press, 1924.（ヘミングウェイ、アーネスト『in our time』柴田元幸訳 モンキーブックス 二〇一〇年。）
—. *In Our Time*. New York: Bony and Liveright, 1925.
—. *The Letters of Ernest Hemingway: 1923-1925*. Ed. Sandra Spanier et al. Cambridge: Cambridge UP, 2013.
—. *The Nick Adams Stories*. Ed. Philip Young. New York: Scribner's, 1972.
—. *The Sun Also Rises*. New York: Scribner's, 1926.
—. "The Unpublished Opening of *The Sun Also Rises*." Ed. Daniel Halpern. *Antaeus* 33 (1979): 7-15. <https://archive.org/details/sunalsorisesunpublishedopening>
Jacobs, Joseph. *Studies in Jewish Statistics: Social, Vital and Anthropometric*. London: D. Nutt, 1891.
Joseph, Jacques. "Operative Reduction of the Size of a Nose (Rhinomiosis)." *The Source Book of Plastic Surgery*. Ed. Frank McDowell. Baltimore: Williams and Wilkins, 1977. 164-67.
Keene, Jennifer D. *World War I: The American Soldier Experience*. Lincoln: U of Nebraska P, 2006.
Kevles, Daniel J. *In the Name of Eugenics*. Cambridge, MA: Harvard UP, 1985.
Kühl, Stefan. *The Nazi Connection: Eugenics, American Racism, and German National Socialism*. New York: Oxford UP, 1994.
Laughlin, Harry H. *The Second International Exhibition of Eugenics held September 22 to October 22, 1921, in Connection with the Second International Congress of Eugenics, in the American Museum of Natural History, New York: An Account of the Organization of the Exhibition, the Classification of the Exhibits, the List of Exhibitors, and a Catalog and Description of the Exhibits*. Baltimore: Williams and Wilkins, 1923.
Lynn, Kenneth S. *Hemingway*. Cambridge, MA: Harvard UP, 1987.
Marshall, P. David. *Celebrity and Power*. Minneapolis: U of Minnesota P, 1997.
Meyers, Jeffrey. *Hemingway: A Biography*. Boston: Da Capo Press, 1985.
Monteiro, George. "Cohn's Descent." *Partisan Review* 64 (1997): 620-29.

Morrison, Toni. *Playing in the Dark*. New York: Vintage, 1992.

Mosse, George L. *The Image of Man: The Creation of Modern Masculinity*. New York: Oxford UP, 1996.

Nagel, James. "The Hemingways and Oak Park, Illinois: Background and Legacy." *Ernest Hemingway: The Oak Park Legacy*. Ed. James Nagel. Tuscaloosa: U of Alabama P, 1996. 3-20.

Raeburn, John. *Fame Became of Him: Hemingway as Public Writer*. Bloomington: Indiana UP, 1984.

Reynolds, Michael. *Hemingway: The Paris Years*. New York: Norton, 1989.

Ross, Edward Alsworth. *The Old World in the New*. New York: Century, 1914.

Ripley, William Z. *The Race of Europe*. New York: D. Appeleton, 1899.

Roe, John. O. "The Deformity Termed 'Pug Nose' and Its Correction, by a Simple Operation." *The Source Book of Plastic Surgery*. Ed. Frank McDowell. Baltimore: Williams and Wilkins, 1977. 114-19.

Savage, Kirk. *Standing Soldiers, Kneeling Slaves: Race, War, and Monuments in Nineteenth-Century America*. Princeton: Princeton UP, 1997.

Schultz, Alfred. P. *Race or Mongrel: A Brief history of the Rise and Fall of the Ancient Races of Earth: A Theory That the Fall of Nations Is Due to Intermarriage with Alien Stocks: A Demonstration That a Nation's Strength Is Due to Racial Purity: A Prophecy That America Will Sink to Early Decay Unless Immigration Is Rigorously Restricted*. Boston: L.C. Page, 1908.

Selfridge, Grant. "Plastic Surgery of Nose and Ears: A Further Contribution." *California State Journal of Medicine* 16. 9 (1918): 416-23.

Senaha, Eijin. "Ready-Made Boys: A Collision of Food and Gender in Ernest Hemingway's 'Big Two-Hearted River.'" *Japanese Journal of American Studies* 21 (2010): 49-66. <http://hdl.handle.net/2115/46803>

Wolf, Nahum. "Are the Jews an Inferior Race?" *The North American Review* 195.677 (1912). 462-95.

Young, Philip. *Ernest Hemingway: A Reconsideration*. University Park: Penn State UP, 1966.

Zieger, Robert H. *America's Great War: World War I and the American Experience*. Lanham: Rowman and Littlefield, 2000.

ル・ボン、ギュスターヴ『群衆心理』桜井成夫訳　講談社　一九九三年。

瀬名波栄潤「男らしさの神話と実話」『アーネスト・ヘミングウェイ――21世紀から読む作家の地平』日本ヘミングウェイ協会編　臨川書店　二〇一一年。五八―七五。

多木浩二『スポーツを考える――身体・資本・ナショナリズム』ちくま新書　一九九五年。

長谷川裕一「ヘミングウェイと『エスクァイア』――『男性消費者雑誌』という弁証法、そして1930年代」『ユリイカ』31.9（一九九九年）。一七二―八一。

米本昌平他『優生学と人間社会：生命科学の世紀はどこへ向かうのか』講談社　二〇〇〇年。

メディアへの愛――ミルドレッド・ギルマンの『ソブ・シスター』とウィリアム・フォークナーの『サンクチュアリ』

藤野　功一

フォークナーとギルマン

一九三一年三月、文芸雑誌『アメリカン・マーキュリー』の広告欄で、二つの新作が作家の肖像写真入りで宣伝された。ウィリアム・フォークナーの『サンクチュアリ』（一九三一年）とミルドレッド・ギルマンの『ソブ・シスター』（一九三一年）である（図1）。どちらの作品も女性が密造酒作りにかかわるギャングに監禁されるというスキャンダラスな事件を描き、女性がギャングにレイプされるかどうかという部分が幅広い読者の卑俗な関心を引く小説であった。ただ、当時のアメリカを代表する編集者であり評論家でもあったH・L・メンケンの編集する知的な文芸雑誌[1]である『アメリカン・マーキュリー』の誌上広告ということもあってか、広告の宣伝文句にはそこまで下世話な言葉は出てこない。それぞれの作品の惹句《じゃっく》としては、『サンクチュアリ』について「密造酒作りのギャングが棲む、テネシーの森の中にひっそりと立つ不吉に崩れ落ちた屋敷に、ウィスキーほしさにやってきた酔っ払いの若者に連れられ、若い娘、テンプル・ドレイクが訪れる。それからあとに起こった出来事に、人は言葉を失う。読者はただ、この小説は偉大だと言う以外にどんな形容詞も思いつかないだろう。」

と書かれ、もう一方の『ソブ・シスター』については「ジェイン・レイは現代のゾクゾクするような新聞報道の第一線にいるハードボイルドな女性記者《ソブ・シスター》である――少なくとも、彼女は自分がハードボイルドだと思っている。この刺激的な小説では、次から次へと事件が起こり、読者は息もつかせぬ思いで女主人公の行動を追うことになる」と書かれるにとどまる。

これら二作品は、どちらも話題となり、『ソブ・シスター』は一九三一年に同じ題名で映画化され、『サンクチュアリ』は一九三三年に『テンプル・ドレイクの物語』(*The Story of Temple Drake*)の題名で映画化された。のちになって振り返ってみると、フォークナーにとって『サンクチュアリ』は彼の三〇年代の作品の中では例外的に世俗的な成功を収め、後々まで版を重ねる作品となったのだから、彼のこの作品とその広告であつかいだけを取り出してフォークナーを当時の流行作家の仲間入りをさせることはできないが、それでも、

図1　アメリカン・マーキュリーに掲載されたフォークナーの『サンクチュアリ』とギルマンの『ソブ・シスター』の広告。Jonathan Cape and Harrison Smith, Advertisement, *American Mercury* Mar. 1931: xi.

この広告が掲載された時点では、フォークナーもギルマンも話題の若手作家として宣伝されたといってよいだろう。ただ、この二人の作家が華々しく扱われるにあたっては、マスメディアの中でその男性らしさ、女性らしさが強調され、さらに作者の性別が作品の内容の評価にも関わることを避ける

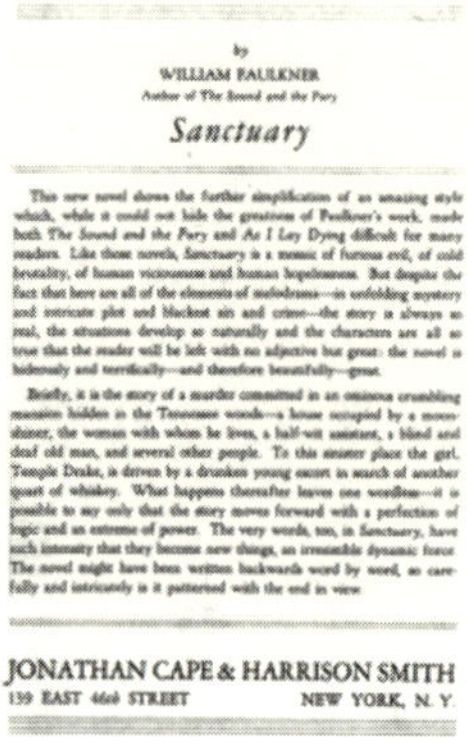

by
WILLIAM FAULKNER
Author of The Sound and the Fury

Sanctuary

This new novel shows the further simplification of an amazing style which, while it could not hide the greatness of Faulkner's work, made both *The Sound and the Fury* and *As I Lay Dying* difficult for many readers. Like those novels, *Sanctuary* is a mosaic of furious evil, of cold brutality, of human viciousness and human hopelessness. But despite the fact that here are all of the elements of melodrama—its unfolding mystery and intricate plot and blackest sin and crime—the story is always so real, the situations develop so naturally and the characters are all so true that the reader will be left with no adjective but great: the novel is hideously and terrifically—and therefore beautifully—great.

Briefly, it is the story of a murder committed in an ominous crumbling mansion hidden in the Tennessee woods—a house occupied by a moonshiner, the woman with whom he lives, a half-wit assistant, a blind and deaf old man, and several other people. To this sinister place the girl, Temple Drake, is driven by a drunken young escort in search of another quart of whiskey. What happens thereafter leaves one wordless—it is possible to say only that the story moves forward with a perfection of logic and an extreme of power. The very words, too, in *Sanctuary*, have such intensity that they become new things, an irresistible dynamic force. The novel might have been written backwards word by word, so carefully and intricately is it patterned with the end in view.

JONATHAN CAPE & HARRISON SMITH
139 EAST 46th STREET NEW YORK, N. Y.

図２『ソブ・シスター』初版のカバー。裏表紙に『サンクチュアリ』の宣伝が掲載されている。Mildred Gilman, *Sob Sister*, New York: Jonathan Cape and Harrison Smith, 1931, front cover, second cover and back cover.

ことはできなかった。フォークナーとギルマンは、口ひげや当時の流行の髪型によってそれぞれのジェンダーが強調された顔写真とともに登場し、その宣伝文句で『サンクチュアリ』が「偉大だ」（great）と形容されたのとは対照的に、『ソブ・シスター』は、「自分がハードボイルドだと思っている」女性記者の活躍を描く「刺激的な小説」として売り出され、すでにこの二つの新作には微妙な扱いの差がつけられている。

『ソブ・シスター』と『サンクチュアリ』が、この時代にあわせてそれぞれの女性らしさ、男性らしさを強調されつつも、同時に強く関連付けられて市場に売り出された状況は、ギルマンの『ソブ・シスター』初版本の表紙にも如実に反映されている（図２）。表紙側が『ソブ・シ

スター』の女性主人公のセンチメンタルな表情で飾られている一方で、裏表紙にはフォークナーの『サンクチュアリ』の宣伝文が掲載された。洒落たイラストが女性らしい感情の発露を表現している表紙とは対照的に、裏表紙でフォークナーの小説は「メロドラマのあらゆる要素」がありながら、その物語は「完璧な論理と極度の力強さを伴って進む」と紹介され、男性的な知的労働の結晶として示されている[2]。

THE GALVESTON DAILY NEWS.

BOOK NEWS AND REVIEWS

Stanley E. Babb's Literary Comment and Criticism

A CHRONICLE OF VANISHED SHIPS

A. J. Villiers Writes an Interesting Book About the Ships and Men of Tasmania.

ALAN J. VILLIERS

A MISSISSIPPI DOSTOIEVSKY

William Faulkner's New Novel, "Sanctuary."

WILLIAM FAULKNER

図３　『サンクチュアリ』の書評が掲載された記事の一部。“A Mississippi Dostoievsky: William Faulkner's New Novel, ‘Sanctuary,’” *Galveston Daily News* 26 Apr. 1931: 23.

　二つの作品の作者のジェンダーが強調され、それぞれの作品の内容とその評価にも関連付けられる状況は、その後の新聞の紙面での両作家、両作品の扱いを見るとさらにはっきりするだろう。たとえばフォークナーの『サンクチュアリ』は一九三一年四月の新聞の男性作家ばかりが扱われる硬派の文芸欄の書評欄で紹介されて、フォークナーの顔写真はいかにも男らしい風貌の二〇世紀初頭のオーストラリア出身の有名な冒険家であり作家であったアラン・ヴィラーズの顔写真と、彼の幾つかの新刊についての書評と隣り合わせに掲載され、その書評欄でフォークナーは「ミシシッピーのドストエフスキー」と紹介され、彼の作品は高尚な文芸批評の対象として扱われた（図3）。

いっぽう、ギルマンの小説のほうは、別の新聞の一九三一年三月で女性向けの家庭欄で「家事のヒント」（"Household Hints"）という記事と隣り合わせに宣伝が登場する。その宣伝内容では、彼女が以前は新聞の第一線で活躍した報道記者であったことと同時に、現在では夫と子供が一人いるという彼女自身の家庭の事情までが明かされてしまう（図4）。こうして、フォークナーとギルマンの両作品は、一度は出版社によって同じ紙面で宣伝され、関連づけられながらも、同時代のマスメディアの中で、一方は男性によって書かれ、文芸欄で扱われるような高尚な作品、そして一方は女性によって書かれた、大衆的で、家庭的な価値観を基盤とした作品として扱われてゆく。

モダニズムの時代に作家の男らしさ、女らしさが強調された理由については、ローレン・グラスが論じるように、一九世紀末から二〇世紀初頭にかけてのアメリカの出版界で、男女のロマンティックな恋愛とともに「新しい女性」を描く女性作家が大衆文学の中で台頭するとともに「男性の危機」が感じられ、その反動として、典型的な「男らしさをことさらに強調するスタイル」が作り出されたためだと考えられている（一七）。だが、さらに付け加えるなら、グラスの示すような事態を可能にしたのは、この時代のマスメディアが、あらゆる機会をとらえてそれぞれの作家と作品の男性らしさ、女性らしさを拡大再生産し、それによって読者の関心を惹こうとしたためでもあることが、フォークナーとギルマンという二人の作家とその作品の扱いからも見えてくる。後年、大衆文学の一つとして文学史の中に埋もれてゆくギルマンの『ソブ・シスター』と、モダニズム文学の一つとして高く評価されてゆくフォークナーの『サンクチュアリ』という同時代の二作品を、どちらもその出発点は同じメディアの上に登場してその販路を拡大しようとした文学作品として、ここであらためて比較することで、一九三〇年代初頭のアメリカにおけるマスメディアの拡大のさなか、当初は出版社によって強く関連付けられた二つの作品が、それぞれの作家の社会的位置づけとともに大衆小説とモダニズム小説という区別をされてゆく過程をみてみることにしたい。

1　『ソブ・シスター』における女性主人公とマスメディアとの関係

二〇世紀初頭から一九三〇年代にかけて、当時のアメリカのジャーナリズムでは、女性記者がセン

NOVEL WRITER ONCE "SOB SISTER"

Mildred Gilman

The story of a new novel, "Sob Sister," by Miss Mildred Gilman, New York, is founded on the hectic life of New York, which the author knows through years of newspaper work. Miss Gilman has covered virtually every kind of assignment known to modern journalism. She was born in Chicago, was graduated from the University of Wisconsin, and now lives at Troutbeck, Amenia, N. Y., with her husband, Robert Wohlforth, and her small son.

Household Hints

MENU HINT

Today's Recipes

図4　『ソブ・シスター』の広告とその下に続く「家事のヒント」の記事。"Novel Writer Once 'Sob Sister,'" *Kittanning Simpsons Daily Leader Times* 9 Mar. 1931: 7.

セーショナルな事件をいわゆる「女性の視点」から報道して読者の関心を引く記事が、しばしば新聞の第一面を飾った（ルーツ　七二）。ギルマンが『ソブ・シスター』の中で描き出したのは、売り上げを競い合うマスメディアのただ中で、その報道の内容にセンチメンタルな感情を付与して、読者に口当たりの良い記事を提供し続けるお涙頂戴の女性記者《ソブ・シスター》の姿である。この小説はこれまでの文学研究ではほとんど注目されてこなかったが、最近のメディア研究で、二〇世紀前半に新聞の第一面《フロント》を飾る記事を書いた花形女性記者《フロント・ガール》が注目されるとともに言及されるようになった。キャスリーン・A・ケアンズの『花形女性記者《フロント・ガール》、一九二〇–一九五〇』（二〇〇三年）、ジェーン・マリー・ルーツの『第一面を飾った女性記者たち』（二〇〇六年）、あるいは二〇世紀大衆文化におけるジャーナリストのイメージの変遷を論じたマシュー・C・エーリックとジョー・サルツマンの『ヒーローと悪党』（二〇一五年）などの研究において、ギルマンの『ソブ・シスター』が取り上げられている。これらの論のどれにおいても、ギルマンの小説は、この時期の女性記者たちが大衆文化の中でどのように保守的な傾向を示したかをよく示す作品、すなわち、ジャーナリストとして活躍する女性が、仕事を諦め、結婚して家庭の主婦におさまることになるという、当時としてはよくある大衆文学の傾向を典型的に示した作品として捉えられている。

センセーショナルな事件を追う女性記者《ソブ・シスター》の記事がいつからアメリカの新聞の紙面に登場するようになったかについては、ルーツがその時期を特定している。ルーツによれば、「ソブ・シスター」という用語が使われだしたのは、一九〇七年、三角関係の末に自分の妻の愛人を射殺した白人男性ハリー・ケンドル・ソーの公判を女性記者たちが競って報道した事がきっかけとなった。愛情のもつれから殺人に至った被告のソーに女性記者たちは大いに同情する記事を書いて世論を誘導し、「女性がニューヨーク州において陪審員に加わることのできるようになる三〇年も前に、ソーに関する裁判では、男性の陪審員たちは女性記者たちの記事の作り出す世論に従って判決を言い渡した」ために、ソーは無罪となった（ルーツ 九一－九二）。お涙頂戴の「ソブ・シスター」は、単に事実を報道するだけではなく、時に犯人への同情をセンチメンタルに誇張して報道するために、世論を誤って誘導しかねない女性記者を揶揄して指す用語でもあった。

扇情的な記事を書いて読者の同情を引こうとするあまり、事件の犯人に肩入れする女性記者の内面を、小説『ソブ・シスター』は風刺とともに描き出している。この小説の主人公、ジェーン・レイは、大衆向けのタブロイド紙『クーリエ』の第一線で活躍する女性記者である。新聞の第一面を飾るために、当時の女性記者たちは競ってセンセーショナルな事件を取材し、時には事実を誇張して、それを記事に仕立て上げた。ジェーンも「新聞記事は生の悲惨な人生の悲劇に想像力を混ぜ合わせて作られるものよ。……犯罪は魅力的で読みやすくなくちゃいけないわ。読者はその魅力を朝のトーストと一緒に食べて、朝のコーヒーと一緒に飲み込んでですもの」（一一〇）と信じている。しかしある時「自分が一度も被害者の死体に本当の同情など感じたことがないこと」に気づく。彼女はいつも、「生きて苦しみを味わい、逮捕され、あるいは辺境まで追いつめられる殺人者のほうに同情」（二三六）していたのだ。こうして、事実がメディアによって増幅され、さらには脚色さえされて人々の大量消費の欲望に応えるなか、その感受性が非人間的に歪んでしまった女主人公の状況が描かれる。

大量消費の市場とともに拡大するマスメディアの中、まともな倫理感を失ってゆくことにジェーンは危機感を覚え、さらには事実を誇張して記事を大量生産することにも疲弊してゆく。ジェーンの親友のヴォニーとその夫のダッチ・ルイスは、主人公に向かって仕事を辞め、結婚して家庭の主婦になれと力説する。

「女性が記者稼業なんかするもんじゃないわ」そう言うヴォニーは体にぴったりしたベストと大ぶりでふわりとしたスカート、そして淡青のドレスをきて、ひどく女らしく肉感的にみえる。するとダッチ・ルイスは大声でヴォニーの言葉を称賛した。「そのとおりさ、ヴォニーを見てみろよ。これがあらゆる女性のあるべき姿なんだ。とても自然に見えるだろ。女は母親たるべきだし、それこそ神が女性たちに求めているものなんだ。ただ赤ん坊を世話しているだけで、ヴォニーは完全に幸せなのさ、そうだろ、ヴォニー。」(一〇二)

女性に対する、この露骨なまでの家庭第一主義と母親的役割の押し付けは、しかしギルマンの『ソブ・シスター』の通俗的な主題の核心にあるものだ。主人公は折に触れて、周囲の人々から、家庭をつくり、母親的な役割を果たすことが女性の自然な役割であり、本来の姿だ、というメッセージを聞くことになる。自分が「人間から記事を絞り出す機械みたいになっている」(一四五)と感じるジェーンは徐々に彼らの言葉に耳を傾け始め、そして自分を生身の人間に戻してくれるかのように思われる恋人、有能な新聞記者のギャリーとの結婚を考え始める。

小説の後半では、彼女の決心を後押しする決定的な事件が起こる。編集長のベーカーはジェーンに大金持ちの幼い息子が誘拐された事件を取材するように依頼する。ジェーンは大金持ちの息子をさらった誘拐犯が潜んでいる密造酒売りのギャングのアジトに潜入して取材しようとするが、逆に誘拐犯たちに捕らえられる。彼女は誘拐された息子とともに監禁され、見張りの男に危うくレイプされそうになる。辛くもその危機を回避して誘拐犯の息子とともに逃げ出すが、その過程で、新聞社は現実の危機に陥った自分を守ってはくれないこと、また、事件に巻き込まれたことで新聞に掲載されるようなセンセーショナルな記事のヒロインになったとしてもそれは不毛な結果しかもたらさず、マスメディアに情報を搾取される人間になるだけであることを自覚する。彼女はとうとう「こんなふうに記事のヒロインになることなんかまったくおもしろくもない、自分の所属する新聞の第一面に掲載されてさらし者にされるなんて。そんなことになったら、大衆紙の読み物にされるように生まれついたつまらない人間の一員になってしまう」と考える（二九三）。そしてジェーンは、誘拐事件から無事帰還した直後、女性新聞記者を辞めて仕事よりも恋人との結婚することを選び、ギャリーに対して「この世の中の何よりもあなたのことを愛しているわ。あなただけが私にとって本当に確かなものなの。他のものはどれもこれも、安っぽくって馬鹿みたいなものばかりだわ」（二九六）と告白する。すると、たちまち夫としての役割を自覚したギャリーはジェーンを取材しようとする記者を追い払い、カメラマンたちに誘拐から帰還した後の疲れ果てた姿を撮らせず、明日再び、身支度を整えて撮影されるにふさわしい彼女の姿を撮らせるから、といって追い出してしまう。

結局、エーリックとサルツマンが述べているように、元ジャーナリストのギルマンは、この小説でたしかに「女性は男性と同じ劣悪な労働条件に置かれながら、それ以外にも様々な問題や重圧に耐えなければならない」という働く女性の切実な問題を取り上げはしたものの、主人公のジェーン・レイが、「結婚のために彼女の仕事を諦めるという、当時の女性記者を主題にした小説ではよくある結末」（六三）を書くことになった。一九三〇年から四〇年にかけて女性記者が登場する大衆映画においても、観客は仕事に有能な女性たちの活躍を画面上で楽しみはするものの、ついにはその女性たちが家庭における伝統的な役割を受け入れる結末に満足しており、「同じような二重のメッセージが、元女性記者だった作家のミルドレッド・ギルマンが花形女性記者を描いた一九三一年の小説にも見て取れる」とケアンズは論じている（二四）。男性記者との競争のなかで扇情的な記事を書かざるをえない女性記者の過酷な状況を描いた後に、女性は家庭においてこそ自然な状態でいることができるという旧来の価値観を再び肯定する結末は、この小説の大衆小説としての成功に貢献したと言えるだろう。

小説の結末において主人公のジェーンはマスメディアに対して徹底的な批判の目を向けるわけではない。むしろ彼女は結婚を決意する直前まで記者の仕事に未練を持ち、誘拐されて命の危険にさらされた後の憔悴しきった状態の時でさえ、家庭に入ってしまえば「もう女のスカートが短くなろうが、長くなろうが、それが人々の道徳心を乱そうが、乱すまいが、どうでもよくなる」だろうし、また、セレブリティたちに会えなくなって、「きっとさみしくなるわ」（二九五）とひとりごちて、女性記者を辞めて、人々の流行を追う報道をすることもなく、そしてまた、マスメディアの注目を浴びるセレブリティに会うこともなくなることを嘆いた。それでもなお彼女がギャリーの妻となり、家庭の主婦となる道を選ぶのは、家庭の中にいれば、取材する側であれされる側であれ、心を疲弊させるようなマスメディアの影響からは逃れられると信じるからだ。こうして仕事と家庭という二つの価値観が相容れないままに葛藤しているジェーンが行き着いたのは、自分が当事者となった事件について記者たちに語る特権を得たままに、マスメディアからは距離を置くことのできる家庭という安全な場所へ納まるという結末であった。このひねりの効いた結末によって、ジェーンは、マスメディアに対して自己演出《セルフ・ファッショニング》を行うことのできる主体になったことに大きな満足感を感じつつも、ギャリーとの結婚により自分の女性らしさへの回帰も同時に手に入れることになる。『ソブ・シスター』で語られているのは、男性と女性のロマンスであると同時に、マスメディアと女性主人公とのロマンスでもあり、たとえ一時のことであっても、ジェーンは家庭の主婦という立場と、自分の関わった事件に関する情報を自分の意のままに操る立場の両方を手に入れることに成功する。だが、この結末では、家庭の中にいれば、心を疲弊させるメディアの影響からは逃れられるという素朴な発想に何ら批判的な視点が与えられていないために、この小説はメディアと人間との根深い関係に都合の良い逃げ道を与える大衆小説の域を出ていないだろう。

2 『サンクチュアリ』におけるポパイとマスメディア

ギルマンの小説では、主人公とマスメディアとの関係が現代性のある重要なテーマとして前面に押し出されていた。犯罪に記者が群れ集まり、新聞雑誌に書き立て、それがいっそう人々の興味本位の反応をあおりたて、女性記者である主人公も否応なくこの非人道的な行為とマスメディアとの共犯関係に巻き込まれた。それに対して、フォークナーの『サンクチュアリ』では、スキャンダラスな犯罪行為は描かれるものの、そこには報道記者もタブロイド紙も出てこない。ましてや、犯罪をほめそやすマスメディアと世論との関係が描かれるわけでもない。だが、そのかわり『サンクチュアリ』には、密造酒作りのギャング、ポパイが登場し、この作品の登場人物とマスメディアとの関わりを強く示唆している。

　すでによく知られたことだが、密造酒作りのアジトに連れてこられたテンプルにトウモロコシの穂軸によって性的暴行を行い、さらに彼女を売春宿に監禁するギャングのポパイには、実在のモデルがいる。若くして当時の新聞の第一面をしばしばにぎわせ、実際に「ポパイ」のあだ名で呼ばれたギャング、ニール・ケレンス・パンフリーである。ジョーゼフ・ブロットナーによるフォークナーの伝記が記しているように、一九二六年のある日、フォークナーはナイトクラブで知り合った女性から、二〇代ながら有名なギャング、パンフリーの噂を聞く。彼は性的不能でありながら様々な道具を用いて女性と関係を持っており、とくにある一人の女性に対しては異様なものを使ってレイプし、その女性をしばらくのあいだ売春宿に居させたというのだ（四九二）。

　フォークナーがこの噂話をもとに『サンクチュアリ』を書いたことは周知の事実であるにしても、ここで注目したいのは、実在のパンフリーは、性的不能であったかもしれないが、一九二〇年代にはしばしばマスメディアでその犯罪が報道され、「新聞の第一面《フロント・ページ》を飾るギャング」（ロウターバック一八二）として、人々の噂の種となり、さらにはマスメディアを通じて自分の大胆な男らしさを喧伝していた人物であったという点である。たとえばフォークナーが『サンクチュアリ』の最終稿を仕上げる一九三〇年一二月[3]より半年ほど前、一九三〇年七月のブライスビル・クーリエ紙の第一面の記事では、N・K・「ポパイ」パンフリーが、アラバマ州のバーミンガムで強盗をしたのち、犯行現場から車で六時間ほど離れたアーカンソー州のホットスプリングスまで逃げる途中のメンフィスで、みずから警察に電話をかけて、警察の「うすのろどもに俺を逮捕などできるものか」と言って挑発し「笑って受話器をガチャリと置いた」ことが伝えられている（図5）。その大言壮語とは裏腹に、パンフリーは結局、ホットスプリングスで逮捕されてしまうのだが、逃亡中に自分から警察に電話をかけることによって、たとえ逮捕されたとしても、その芝居がかった行為が新聞で報道されて話題を呼ぶことを彼は計算していただろう。じっさい、何度も警察に逮捕されていたパンフリーだが、一九三一年十月のファイエットビル・デイリー・デモクラット紙も伝えたように、彼は一度も実刑判決を受けることなく、最後には自殺による死を遂げる（五）。いわば彼は、最後まで自分を法に

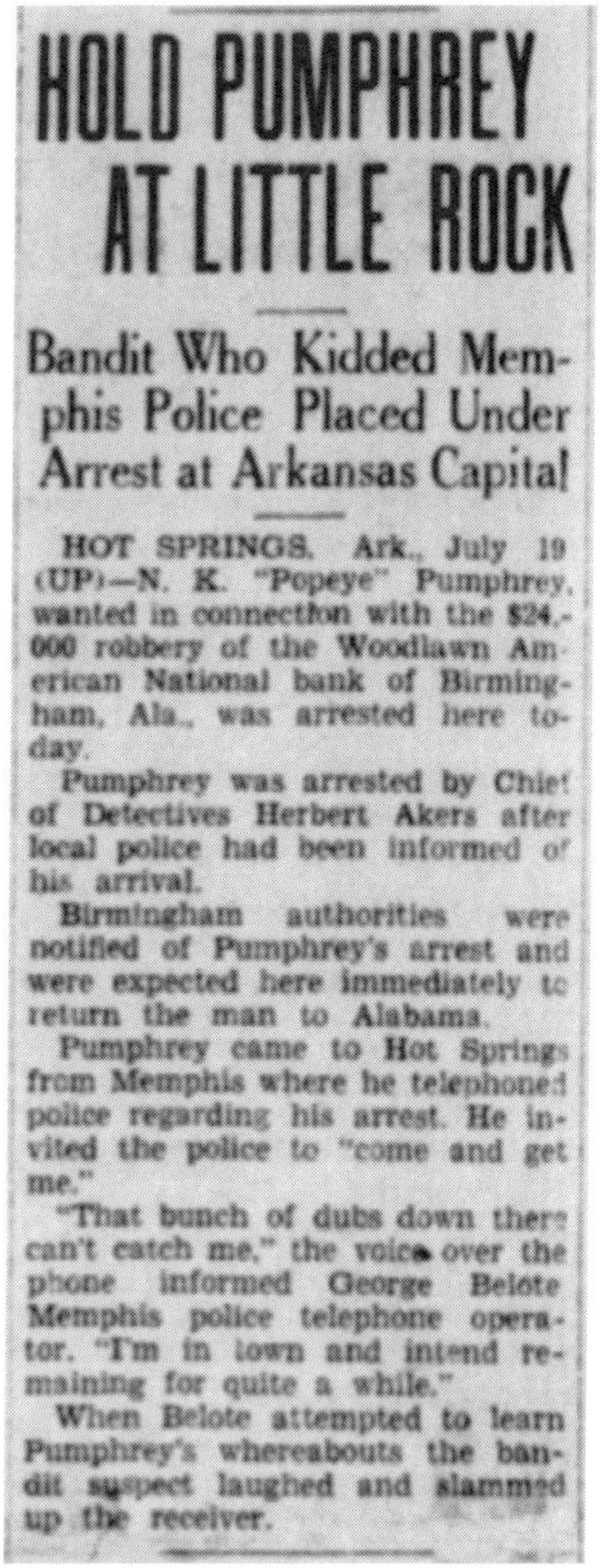

HOLD PUMPHREY AT LITTLE ROCK

Bandit Who Kidded Memphis Police Placed Under Arrest at Arkansas Capital

HOT SPRINGS, Ark., July 19 (UP)—N. K. "Popeye" Pumphrey, wanted in connection with the $24,000 robbery of the Woodlawn American National bank of Birmingham, Ala., was arrested here today.

Pumphrey was arrested by Chief of Detectives Herbert Akers after local police had been informed of his arrival.

Birmingham authorities were notified of Pumphrey's arrest and were expected here immediately to return the man to Alabama.

Pumphrey came to Hot Springs from Memphis where he telephoned police regarding his arrest. He invited the police to "come and get me."

"That bunch of dubs down there can't catch me," the voice over the phone informed George Belote Memphis police telephone operator. "I'm in town and intend remaining for quite a while."

When Belote attempted to learn Pumphrey's whereabouts the bandit suspect laughed and slammed up the receiver.

図5　N・K・「ポパイ」パンフリーの強盗事件を伝える記事。本文二行目にN. K. “Popeye” Pumphrey という表記がみられる。“Hold Pumphrey at Little Rock,” *Blytheville Courier News* 19 July 1930: 1.

よって裁かせることなく、その死までも利用して、マスメディアの紙面をにぎわせることに成功したギャングであった。

パンフリーが犯罪を繰り返しながらも実刑を免れることができたのは、世論が彼に対して同情的であったためだろう。たとえばプレストン・ロウターバックが伝えているように、彼が被告となった一九二七年のある裁判では、パンフリーの父親が出廷し、父親の息子への愛をしたためた詩を朗読した。多くの人々はそれを聞いて涙し、裁判長も「彼が悪者であることはわかっているが、もう一度チャンスを与えよう」と言って実刑を与えなかったことが、当時の新聞で報道されている（一八二）。実在のポパイ・パンフリーは、当時のマスメディアを活用して自己の犯罪を宣伝し、さらに犯人に同情する世論を利用して、最後まで実刑を免れ続けることができたギャングであった。

パンフリーにつけられた「ポパイ」というあだ名は、彼が驚いて大袈裟に目を大きく見開いたときの表情が、普通より飛び出た目（出目《ポップ・アイ》）に見える様子に由来している（ロウターバック 一八二）。人々は彼を、ポップ・アイをつづめてポパイ（Pop Eye = Popeye）と呼び、じっさいにパンフリーの名前を「N・K・（出目《ポップ・アイ》）パンフリー」と記述している新聞記事もある（図6）。このあだ名によってカリカチュアのように特徴を誇張されたギャングが、世間の人々に一種の魅力を振りまいたことは容易に想像がつく。フォークナーが「ポパイ」という名前によって喚起しようとしたのは、実在のパンフリーが体現しているような時代の申し子、性的不能でありながら、メディアによって自己の男性らしさを増幅し、人々を魅了する力を保ち続けることができた人物像であった。

フォークナーの『サンクチュアリ』に登場するポパイは実在のモデルのパンフリーのように新聞を

利用して自己の犯罪を世間に宣伝するようことはしない。また、世論を味方につけて裁判で刑を免れる描写も出てこない。むしろ、暴力で人を威嚇し、密造酒で金を儲けるギャングのポパイは、マスメディアとは無関係により直接的な力と金によって人々を支配しているかのように見える。しかし、マクルーハンがその『メディア論』のなかで示唆したように、新聞の出現によって人々がメディア本来の働きである「感覚と能力の外的な拡張」（二一一）をありありと感じ、事実であるとともに作為的に作られた新聞の報道によって「行為《アクション》と作為《フィクション》が共存する世界」（二一二）にますます巻き込まれるようになったとするなら、ポパイもまた、彼のモデルとなったパンフリーがそうであったように、二〇世紀初頭の新聞が指向する世界を体現した存在だったと言えるだろう。ポパイは、トウモロコシの穂軸を使って性的暴行を加えた上、さらに部下のレッドの身体を使ってテンプルを犯させ、ピストルによって人々を従わせる。その一方で毎年夏になると、わざわざペンサコーラまで母親に会いに行くことで親孝行な男という評判を維持する。それらはすべて自分の身体の延長として様々な外的な道具――トウモロコシの穂軸、部下のレッド、ピストル、自分の母親――を用いて作為的に自分の存在を増幅させ、それによって生じる世界の反

ALABAMA BANK YEGG SUSPECT FOUND AT SPA

Charters Plane To Take Him to Birmingham to Prove Innocence

Hot Springs, July 19. (AP)—N. K. (Pop Eye) Pumphrey, arrested here early today for questioning in connection with the robbery of the Woodlawn American National bank at Birmingham, Ala., left shortly before noon in an airplane for Birmingham. Chief of Detectives Akers accompanied Pumphrey, who engaged the plane himself.

図6　本文冒頭でパンフリーを N. K.（Pop Eye）Pumphrey と表記している記事。“Alabama Bank Yegg Suspect Found at Spa,” *Fayetteville Daily Democrat* 19 July 1930: 5.

応を自分の存在に織り込むために行われる。そのようなポパイの行動に、周囲の登場人物も、また、読者も、翻弄されることになる。たとえばテンプルはポパイが周囲の人間を支配するさまに絶対的な力を感じ、たとえポパイの監禁からのがれる機会があっても、結局は逃げ出すことをあきらめる。彼女はポパイの暴力の象徴であるピストルに触りたがり、彼を父親的存在として「パパ」(Daddy)とためらいなく呼び始める(4)(二三六)。

マクルーハンは、理性を持つものは経験を新たな様式で再認識することにこの上ない喜びを感じるものだと指摘して、「ごく自然に、自分たちの感覚をいつでも使いたいと望むのと同じように」人間はメディアに惹かれ、「目や耳を絶え間なく使うのと同じように」拡大した自分の感覚と能力が外界の事象をいままでにないかたちで自分のなかに取り込む喜びを味わうのだと論じて(二一一)、ありきたりな日常にそれまでにない感覚と能力の拡張を持ち込んでくれるものであれば、それがなんであれ人々は魅力を感じてしまうものだということを示唆したが、彼の議論は同時に、ポパイのように、不自然で作為的な行動によって新たな感覚を他人に与える存在になぜ人々が惹かれてしまうのかを説明してもいるだろう。たとえそれが他人を傷つけ、おとしめ、あるいはただ自分の評判を維持する目的であるにせよ、自己を拡張するメディアを使って新たな感覚を他人に与えるポパイに、人々は惹かれる。これまでの批評史のなかでも、たとえばクリアンス・ブルックスがポパイの「魅力的な生き方」(a charmed life)(一一八)に注目し、最近では、プレストン・ロウターバックがポパイの「ミステリアスな力」(his mysterious power)(一八四)に言及しているが、これらの批評はなぜポパイが人々にとって魅力的な人物であるかについての理由を必ずしも明確には論じなかった。だが、小説に登場するポパイとその現実のモデルとの関連、あるいはまた、フォークナーの小説と同時代の大衆小説である『ソブ・シスター』との同時代的な関係を視野に入れて考えると、ポパイが他の人々に影響を及ぼす様子をフォークナーがここまで印象深く描くことができたのは、一九三一年ごろ、すでにマスメディアによる事実の拡大がもたらす新しい感覚に人々が魅了されており、実際の犯罪とそれを報道する新聞、そしてそれを興味深い筋立てに仕立てて描く大衆小説が、その事態を十分に人々に認識させていた事実があったためだと考えられるだろう。

3　メディア、あるいはポパイの魅力

フォークナーの小説を、ギルマンの小説『ソブ・シスター』と同時期に同じ出版社から売り出された作品として読み直すと、自己を拡張するメディアを使って暴力的な支配力を周囲に振るうポパイからテンプルが離れることができない状況は、『ソブ・シスター』において劣悪な労働条件の中で主人公が疲弊しながらも、メディアに惹かれる心理と同じ構造であることが見えてくる。どちらの場合も、たとえそれに惹かれることがみずからの犠牲を伴うとしても、女性主人公が現実を拡張する存在（メディア、あるいはポパイ）に魅了され、近づこうとし、そしてみずからもその能力や感覚の拡大を楽しもうとすることにかわりはない。

大衆文学である『ソブ・シスター』においては、女性主人公がメディアを操る立場に立つ満足感は、彼女が家庭の主婦におさまりながら、しかもなお犯罪に巻き込まれた証人として他の記者に対して優

位な立場に立つという大団円の中で描かれる。その結末において、彼女が最後までメディアに惹かれる状態であることに批判的な視点が向けられることはない。だが、『サンクチュアリ』では、テンプルがみずから犯罪に巻き込まれた情報を他者に開示するときに感じる優越感が快楽として描かれ、そのおぞましさが徹底的に示される。ポパイによって売春宿に連れてこられたテンプルに事情を聞こうと会いにきた弁護士のホレス・ベンボウに対して、テンプルは、みずからがトウモロコシの穂軸で犯された経験を回想して語るのだが、そのときの彼女は、みずからの語りによってホレスという他者へ影響を及ぼす立場に立つことに自尊心を満足させる。そのためホレスも、テンプルが「女たちが自分は舞台の中心に立っているだと自覚したときによくやる、あのはなやいだおしゃべりのようなひとりごとのたぐい」を喋っているのだと気がつく（二一六）。テンプルはあたかも自分が舞台の上に立ったような陶酔を覚え、さらに彼女はその回想の中で、「ポンという音」をたてて、「まるでちっちゃなゴム管を裏返しにして、息を吹き込んで膨らませたときみたい」に、自分に男性器がつけ加わったような感覚があったと語る（二二〇）。実際にはテンプルはポパイに性的暴行を受けた時の自分の生殖器の感覚を述べているだけなのかもしれないが、この時のテンプルは、同時に、みずから言葉というメディアを使って他者に対して優位に立っている状態について、男性への性転換という夢想に託して彼女なりの言葉で自己言及していると解釈してもよいだろう。彼女は、いままさに自分の経験を伝えることでホレスに衝撃を与えることに満足を覚え、あたかも自分が男性となり、優位な立場に立ったかのような感覚を覚える。さらにその妄想じみた回想の中で、テンプルはポパイに対しても心理的に優位に立っていたと考えようとし、自分がポパイを叱り飛ばす中年女性の「学校の先生みたい」になり、次には「白い顎ひげをたらしたお爺さん」となり、ついには「男」となったかのように想像したと語る（二一九―二〇）。

もちろん、テンプルが事実とは異なる自己の妄想を語ったとしても、それは性的被害者であるテンプルがその稚拙な想像力で必死に自己の精神的外傷を癒そうとする過程であったと考えるべきだろう。だが、古臭いロマンティシズムを引きずり、言葉と事実の一致した関係を理想とする弁護士のホレスは、彼女の恣意的な言葉の使いぶりに深い絶望を覚え、ポパイの支配下に置かれて密造酒に惑溺しているとしか見えないテンプルを救おうとも思わず、売春宿を後にしてしまう。ホレスは帰り際に見知らぬ男女が路傍で言葉を交わしているのを目にする。暗がりで「男が活字にはできないような形容詞を次から次へと低い声で愛撫するようにささやき、女は男の前に立ってじっと動かず、官能的な恍惚感に酔いしれている」様子を目撃したホレスは、ただ他人に対する効果のみを狙って、次から次へと生み出される言葉というものが、悪というものへと至る「論理的な型《パターン》」になっているのだと考える（二二一）。ホレスはその後、コーヒーを一杯飲むのだが、彼はそれを消化することができず、帰宅すると便所でコーヒーを吐く。言葉というメディアによる事実の粉飾を、コーヒーとともにその身体に受け入れ、消化するという行為は『ソブ・シスター』ではごく一般に行われる現代的な行為として描写されていたが、対照的に『サンクチュアリ』では、テンプルらの示す言葉の濫用をホレスが受け入れられない事実を象徴するかのように、コーヒーは消化されずに吐き出され、一般にひろまった言葉のあり方に対する彼の腹の底からの嫌悪感が示される。

テンプルにとって、言葉は事実を伝達するものではなく、むしろその場における人間同士の力関係をさらに誇張して示すものだ。彼女はその後の裁判においても、地方検事の言いなりとなって、自分をトウモロコシの穂軸で犯したのは密造酒作りのグッドウィンという男だという偽証をおこない、犯罪とは無関係の人物に罪を着せる。テンプルは法廷を暗黙のうちに支配する言説に従い、ポパイの名を決して出さない。そして、過去に殺人の前科をもつために、社会の片隅に追いやられて密造酒作りを生業にし、ポパイの暴力と銃の脅威におびえながら生きることを余儀なくされているグッドウィンを犯人に仕立て上げるが、彼女に罪の意識は見られない。むしろ彼女は、「少し離れたところから眺めると、その二つの目と頬紅の二つの丸と口は、小さなハート形の皿に置かれた五つの無意味な物体のように」見え(二八六)、むしろ裁判所に充満する力関係に支配された人形のようにさえ思われる。いっぽう、グッドウィンを弁護するホレスは、他人に対する効果のみを狙う言葉遣いを軽蔑して、事実に固執するあまり、皮肉にも陪審員を説得する言葉を語ることができず、グッドウィンが冤罪を被ることをむざむざと許してしまう。

事実そのものや、自己のありのままの姿よりも、むしろ自分の能力と感覚を拡大してくれるさまざまなメディアに、テンプルは関心を持ち、従おうとする。この小説の結末では、娘が人々の噂の犠牲となることをおそれた父親によってテンプルは南部の片田舎から連れ出され、フランスに滞在するが、パリのリュクサンブール公園のベンチに座るテンプルは、小さなコンパクトの中に映る自分の「不機嫌な、不満そうな、悲しげな顔」から退屈そうに目をそらすと、むしろ「ひときわ凄まじく豊かに」鳴り響いて消えてゆく「音楽の波」のほうに注意を向ける。故郷から遠く離れたフランスで父親とともに暮らすテンプルは、あたかも『ソブ・シスター』の主人公と同じく、神聖な家庭の保護者のもと、ありのままの自己を回復することを期待されているかのように見える。だが、テンプルの関心を引くのは、自己の現実の姿をありのままに映してくれる鏡よりも、結局は彼女の情動を刺激しながら、ひろい世界へと拡散してゆく音楽というメディアのほうだ。

フォークナーの小説をギルマンの小説と対比してみると、ギルマンの『ソブ・シスター』が二〇世紀初頭の大衆小説と大衆映画が共有していた価値観を受け入れ、家庭に入れば女性は自分らしさを回復し、現代社会の悪影響からも守られるという結末を描いたのに対して、『サンクチュアリ』においてはそのような家庭への回帰や、自然な自己の回復への道は完全に断たれている。メディアによる感覚の拡張への欲望があらゆる場面で登場人物の行動に影響を与えていることを示すかのように、小説の冒頭では、ホレスが泉の上に身をかがめて水を飲み始めると、水面が砕け、その水面の無数の反映のあいまに、「音もなく現れたポパイの麦わら帽子」が映し出される（四）。人間はもはや単純にナルシスティックな自己像に満足する存在ではなく、常にポパイに象徴されるような、メディアによる感覚の拡大への欲望に侵食されていることがこの場面にも表れているだろう。ギルマンの小説が、結局は家庭をメディアに侵されない神聖な領域として描き出して、ヒロインに安息の場を与えたのとは対照的に、フォークナーの小説においては、人間がメディアの影響から逃れることのできる聖域《サンクチュアリ》はどこにもないことが示される。

メディアのなかの作家と作品

一九一〇年代末から三〇年代の初頭にかけて、アメリカは「大量生産がその生産物の消費を加速させるのとおなじように、メディアが情報を加速させる国」（A・ダグラス　一九一一）となった。市場と情報の拡大が高尚な文化と低俗な文化の両方を飲み込み、さらには人間の身体とその属性、たとえば性別その他の肉体的特徴までもが拡大再生産をくりかえすメディアのなかで認識されはじめる。この時代に、アメリカはもっとも「劇場化」（A・ダグラス　五五）し、世の中のあらゆる出来事が大げさに増幅されて示され、大衆はそれまで思ってもみなかった速度で、より多くのものを得るようになる。新聞や雑誌はより扇情的になり、H・L・メンケンがすでに一九二六年に嘆いてみせたように「アメリカの大衆の趣味の低劣さは底が知れない」（二）ものになっていった。[5]この時代の文学作品もまた、大衆文学としてそうした世の中の動きに迎合するにせよ、あるいは高尚な文学としてその趨勢に批判的な眼差しを向けるにせよ、この「大衆の趣味」のただなかから生まれざるを得なかった。一九三一年に出版された『ソブ・シスター』と『サンクチュアリ』は、その後のそれぞれの作品の評価も含めて、この事実を如実に体現しているだろう。

大衆のために、メディアはそれまでになく作家のイメージを拡大再生産し、作家に対しても、それにふさわしい言葉と作品を求める。だが、ギルマンはその後、メディアを意識して言葉を語り、そして作品を出版することに必ずしも成功しなかったようだ。『ソブ・シスター』を発表してから一年後の一九三二年、彼女は『二人への愛』（*Love for Two*）という題名の小説を発表するが、この作品は、彼女の私生活をただそのまま映し出した作品という印象を与え、『ウィスコンシン・ステート・ジャーナル』の書評で、ギルマンの才能は、自分の生活をありのままに記述する才能なのだが「そこにあるのは平凡で安っぽい日常でしかない」との酷評を受ける（ホールフェド 三二）。

これは『ソブ・シスター』の結末から導き出された当然の帰結かもしれない。『ソブ・シスター』の主人公は自分の生活がメディアによって増幅することに疲れ果て、夫となった敏腕記者ギャリーの庇護のもとに家庭の中へと退却することになった。ギルマンにとって、家庭生活がメディアにおける現実の増幅とは無縁である以上、彼女が自分の私生活をモデルに描く家庭小説においては、『ソブ・シスター』でギルマンが描き出すことができていた最も刺激的で現代的な要素、つまり、メディアによる現実の増幅とそれが主人公に影響を与えるさまは描かれないことになる。彼女の私生活の記述は作者個人の人生への興味をかき立てるかもしれないが、かえって、現代を生きる個人がどのようにメディアとかかわっているかについての作者の考察は、ギルマンの作品からは聞くことはできなくなった。

ギルマンとは対照的に、フォークナーは一九三二年に『サンクチュアリ』がモダン・ライブラリーから再販されるにあたって、メディアを十分に意識して、「この本は三年前に書かれた。私にとって、それは安っぽい思いつきをもとに、金儲けをしようとして生まれた作品だった」という有名な書き出しで始まる序文を新しく付け加えた（フォークナー 三二一–三二二）。『響きと怒り』や『死の床に横たわりて』といった、売れることなど考えてもいないような硬派の作品を書いた作者が意外にも金のことを口にしたこの序文は、すぐさま書評の書き手によって引用された。たとえば一九三二年六月一九日の『ソルト・レイク・トリビューン』の書評は、『サンクチュアリ』をロングフェローの詩集やベンジャミン・フランクリンの『自伝』と並ぶ「一流の作者」による作品であると紹介し（三二）、序文の冒頭部分をそのまま引用したうえ、さらにそれに続けてフォークナーが書いた序文の内容ほぼそのままを繰り返して、フォークナーが想像しうる限りの恐ろしい話を考えつき、それを三週間で書き上げたこと、そしてのちに、原稿を持ち込んだ出版社に到底これを出版することはできないと断られたこと、そして出版するために原稿をすっかり書き直したことを伝えている。こうしてフォークナーは、新たに書き加えた序文によって、自分が想像力の限界に挑戦する作家であること、そしてまた、それをさらに出版社の求めに応じて書き直し、質を高める能力があることを示しながら、さらに彼自身がメディアによって増幅する効果を考慮しながら言葉を発信する能力のある作家であることを示すことができた。

その後も『サンクチュアリ』の序文の内容は、作者によって様々なインタビューで繰り返し語られることになる。どうやらフォークナーも、このような下世話な創作の裏話が、メディアの上で拡大再生産されるにはふさわしいと自覚していたようだ。グラスも言うように、実際、あらゆる「失われた世代の作家たち」は、そのモダニズムの技法を用いた芸術においてはT・S・エリオットが言うような「没個性」的な美学を志向しながらも、同時に「大衆文化の中での名声を維持するのに十分な噂話になりそうな作家自身についてのゴシップを投下することで、アメリカの大衆文化の本流に顔を出し続けた」のである（五）。その意味では、フォークナーも、メディアに対してモダニズム作家として典型的な振る舞いをしたと言えるだろう。そしてこのゴシップ的な序文の内容は、「サンクチュアリ」がモダニズム作品として高く評価される際にも、頻繁に引用され、重視された。

二〇世紀の大量消費市場とメディアによる現実の拡張が生活のあらゆる面に入り込むなかで、女性とメディアの関係という刺激的な主題を扱う手腕を見せたものの、依然としてギルマンの大衆小説は、家庭を神聖化し、そこではありのままの自己が回復するという神話を再生産してしまった。そしてその後の作品でも家庭内の生活をメディアと切り離して考えようとしたため、かえってみずからの文学の新しさを失っていったのに対して、フォークナーはそれとはべつの道を選び、『サンクチュアリ』によって大衆市場の中で作家としての地位を確立する際には、むしろメディアに向けて自分の言葉をいかに語るかに神経を注いだ。一九三一年に出版された作品の一方が大衆文学として文学史の中に埋もれて行き、もう一方がモダニズム作品の一つとして高い評価を得るようになった運命には、同時に、この時代以降の作者と作品が、メディアによって増幅される現実から生まれるほかなくなったことが示されている。

注

（1）アメリカの「文化批評家の第一人者」であったメンケンがジョージ・ジーン・ネイサンとともに一九二四年に創刊した雑誌『アメリカン・マーキュリー』は、当時「アメリカにおける知的な雑誌の頂点」の地位を占めていた。（ジョルダーノ 一六一）。

（2）ギャローが述べるように、一九世紀後半には、すでに知識階級の読む文学作品は男性によるものと認識され、女性作家は自分たちの作品がベストセラーになった際も、自分たちの成功を謙遜して、それが「知的労働」（intellectual labor）の結果ではなくむしろ「感情の発露」（emotional outpouring）の結果にすぎないと述べることがしばしばあった（一二）。『ソブ・シスター』と『サンクチュアリ』に対する出版社の扱いにも、その傾向は色濃く引き継がれている。

（3）ブロットナーによれば、フォークナーは出版社に書き直しを依頼されたゲラ刷りを一九三〇年十一月半ばごろから改訂しはじめ、同年の十二月には改訂版を出版社に送っている（六七五―七六）。

（4）マクルーハンの『メディア論』およびフォークナーの『サンクチュアリ』からの引用は、それぞれ、*Understanding Media: The Extensions of Man.*（MIT Press, 1994）および *Sanctuary*（Vintage Books, 1993）に拠る。和訳に関しては、引用文献に掲げている訳本を参考にさせていただいた。

（5）メンケンによるこの有名なコメントは、しばしば "Nobody ever went broke underestimating the taste of the American people."（G・ダグラス 九〇）と引用されるが、本来の原文は "No one in this world, so far as I know—and I have searched the records for years, and employed agents to help me—has ever lost money by underestimating the intelligence of the great masses of the plain people."（メンケン 一）である。

引用文献

"Alabama Bank Yegg Suspect Found at Spa." *Fayetteville Daily Democrat* 19 July 1930: 5. *Newspaper Archive*. Web. 28 Feb. 2016.

Blotner, Joseph. *Faulkner: A Biography*. 2 vols. New York: Random, 1974.

Brooks, Cleanth. *William Faulkner: The Yoknapatawpha County*. 1963. Baton Rouge: Louisiana State UP, 1990.

Cairns, Kathleen A. *Front-page Women Journalists, 1920-1950*. Lincoln: U of Nebraska P, 2003.

Douglas, George H. *The Smart Magazines: 50 Years of Literary Revelry and High Jinks at* Vanity Fair, The New Yorker, Life, Esquire *and* The Smart Set. Hamden: Archon, 1991.

Douglas, Ann. *Terrible Honesty: Mongrel Manhattan in the 1920s*. London: Papermac,1997.

Ehrlich, Matthew C. and Joe Saltzman. *Heroes and Scoundrels: The Image of the Journalist in Popular Culture*. Urbana: U of Illinois P, 2015.

Faulkner, William. *Sanctuary*. 1931. New York: Vintage, 1993.（フォークナー『サンクチュアリ』西川正身訳　中央公論社、一九六七年）

Galow, Timotny W. *Writing Celebrity: Stein, Fitzgerald, and the Modern(ist) Art of Self-Fashioning*. New York: Palgrave Macmillan, 2011.

Giordano, Ralph G. *Satan in the Dance Hall: Rev. John Roach Straton, Social Dancing, and Morality in 1920s New York City*. Lanham, MD: Scarecrow, 2008.

Gilman, Mildred. *Love for Two*. New York: Harrison Smith, 1932.

—. *Sob Sister*. New York: Jonathan Cape and Harrison Smith, 1931.

Glass, Loren. *Authors Inc. Literary Celebrity in the Modern United States, 1880-1980*. New York: New York UP, 2004.

"Hold Pumphrey at Little Rock." *Blytheville Courier News* 19 July 1930: 1. *Newspaper Archive*. Web. 28 Feb. 2016.

Hohlfed, Adeline. Rev. of *Love for Two*, By Mildred Gilman. *The Wisconsin State Journal* 1 May 1932: 3. *Newspaper Archive*. Web. 28 Feb. 2016.

Jonathan Cape and Harrison Smith, Advertisement, *American Mercury* Mar. 1931: xi.

Lauterbach, Preston. "A Cheap Idea: How One Non-Faulkner Fan Found Sanctuary in the Non-Faulkner Book." *Virginia Quarterly Review*. 91.1(2015): 176-85. *Academic Search Complete*. Web. 5 Feb. 2016.

Lutes, Jean Marie. *Front-Page Girls: Women Journalists in American Culture and Fiction, 1880-1930*. Ithaca: Cornell UP, 2006.

McLuhan, Marshall. *Understanding Media: The Extensions of Man*. Cambridge: MIT, 1994.（M・マクルーハン『メディア論』栗原裕、河本仲聖訳　みすず書房、二〇一四年）

Mencken, H. L. "Notes on Journalism." *Chicago Sunday Tribune* 19 Sep. 1926: 1. < http://archives.chicagotribune.com/1926/09/19/page/87/article/notes-on-journalism>

"A Mississippi Dostoievsky: William Faulkner's New Novel, 'Sanctuary.'" Rev. of *Sanctuary* by William Faulkner. *Galveston Daily News* 26 Apr. 1931: 23. *Newspaper Archive*. Web. 28 Feb. 2016.

"Novel Writer Once 'Sob Sister.'" *Kittanning Simpsons Daily Leader Times* 9 Mar. 1931: 7. *Newspaper Archive*. Web. 28 Feb. 2016.

"Poet, Novelist and Philosopher Augment Library." *The Salt Lake Tribune* 19 June 1932: 3. *Newspaper Archive*. Web. 28 Feb. 2016.

"Suicide Closes Pumphrey Career." *Fayetteville Daily Democrat* [Arkansas] 29 Oct. 1931: 5. *Newspaper Archive.* Web. 28 Feb. 2016.

フォークナー再売り出し
――『ポータブル・フォークナー』成功の意味

樋渡　真理子

切り売り商法

小説は切り刻むことが出来る。次の発言を読んで頂きたい。

あの本はもうほとんど出来上がっていたんだよ。そしたら、乗馬靴が一足、欲しくなってね。で、その小説の塊の一部を切り分けて、『ニューヨーカー』に切り売りしてみた。その店にまだ支払いが残っていたから、さらに別の一部も切り売りした。とにかく現金が必要になると、いつでもその小説を切り売りしたんだ。何だか、まるで薪小屋に仔牛を一頭吊るしておいて、いつもそこからステーキ肉を切り取って行くといったような感じだった。そうしたら、冬が終わる前に、その小説をすべて切り売りしてしまっていたというわけだ。参ったね。（『往復書簡』二〇一二）

ここでは、小説が「仔牛」と同様に切り刻まれ、小分けにされて販売され、ついには消滅してしまうようすが淡々と、しかし生々しく語られている。そして、作者をそのような行為に駆り立てたのは、

「現金が必要」という当人にとって極めて切実な現実であった。

この発言の主はジョージ・ミルバーン（一九〇六―六六）というアメリカの作家である。ミルバーンは第一作目の長編小説が好評で、友人たちから第二作目の完成を心待ちにされていた。そこで彼は第二作目を書くために、ある冬、ケープ・コッド（アメリカのマサチューセッツ州にある半島）に赴いた。右の発言は、その第二作目の進捗具合について尋ねられたときのミルバーンの返答である。ちなみに、ミルバーンはこのような行為を「切り売り」（beef）という動詞を使って表現した。

ミルバーンの発言を直接聞いて記録したのはマルカム・カウリーという人物である。カウリーが何者であるかは後で述べることにしよう。実は、カウリーは自分が書いたある評論が膨大な量になってしまい、それを一挙に掲載してくれる雑誌が見当たらず困っていたのである。「だったら、俺も切り売り（beef）すればいいいじゃないか」、ミルバーンから聞いた話を思い出してカウリーはそう考えた。

早速、カウリーは「切り売り」の作業に取り掛かる。評論の一部を切り分けて、手始めに『ニューヨーク・タイムズ・ブック・レビュー』に送ってみると、これが首尾よく掲載された。次にもう少し長目の部分を『サタデー・レビュー』に切り売りして、これも掲載させることに成功。最後に、まだ残っていたさらに長い部分も切り分けて『スワニー・レビュー』に送るとこれまた掲載の運びとなった。かくして、カウリーが書いた長い評論は、めでたくそのすべてが活字になったのである(1)。

カウリーのこの「切り売り商法」の成功が、あのウィリアム・フォークナー（一八九七―一九六二）がアメリカを代表する作家となる一因になったと言えば、「風が吹けば桶屋が儲かる」式の話に聞こえるであろうが、しかしそれが事実である。順を追って話してみよう。

1　売れないフォークナー

現在の私たちは、フォークナーがノーベル文学賞を受賞し、アメリカ文学史にはもちろん、世界の文学史にもその名前を残す偉大な作家であることを知っている。そのような私たちからすると奇妙なことに思えるかもしれないが、フォークナーは売れなかった。少なくとも、売れない時期があった。

例えば三十代のフォークナーのようすを見てみよう。フォークナーは一九二八年の二月に『サートリス』の原稿を出版社に送ると、同年の四月から『響きと怒り』の執筆を始めて半年ほどでそれを完成させた。続けて『サンクチュアリ』、『死の床に横たわりて』と矢継ぎ早に長編小説を書き上げ、一九三二年には『八月の光』の執筆に取り掛かっている。しかもその間、約四十編の短編を雑誌社に送っている（もっとも、その約三分の一は没にされている）（ブレイカスタン　一三六）。たいへんな多作ぶりであるが、決して濫作ではない。この間に書かれた長編は（現在の目からすれば）驚異的な傑作ばかりなのである。

だが、当時、フォークナーの本は売れなかった。例えば『サートリス』の出版部数は二千部にも満たなかったし、しかも作者の意図に反する大幅な改竄と省略が加えられて刊行された（フォークナーが書いた通りのオリジナル版が世に出たのは、彼の死後十年以上が経った一九七三年のことであった）。他の作品も出版部数が少ない上に売れ行きも芳しくなく、作品は刊行されてもフォークナーは無名のままだった(2)（ブレイカスタン　一二九、一三六）。

もちろん、「売れない」ということと、評価が低いということは別問題である。この時期においてもフォークナーに注目し、フォークナーを高く評価していた作家や批評家は存在した。例えばキャロライン・ゴードンは早くからのフォークナーの熱狂的な支持者であった（『対話』一二）。しかし、一部の批評家から注目はされていたものの、結局、フォークナーは第二次大戦の戦前・戦中を通じてアメリカでは一般読者から「忘れられた作家」として過ごし、そのまま戦後を迎えることになる。この時期のフォークナーの状況を象徴するエピソードがある。一九四六年、フォークナーは、『エラリー・クイーンズ・ミステリー・マガジン』(3)が主催した第一回ミステリー小説コンテストで見事（？）第二位に入選し、二五〇ドルの賞金を手に入れている。すでに『響きと怒り』、『八月の光』、『アブサロム、アブサロム！』を書いているフォークナー、そしてこの四年後にはノーベル文学賞を受賞することになるフォークナーが、作家志望者よろしく小説コンテストで賞金を獲得しているのである(4)。

彼はある手紙の中でこのことに半ば自嘲的に言及している。

フランスでは、私は文学運動の父だ。ヨーロッパでは、私は現代アメリカにおける最高の作家、誰よりも優れた第一級の作家だと見なされているんだ。ところがアメリカでの私ときた日には、大量生産のミステリー雑誌のコンテストに第二席で入賞して、それでようやく三文作家が映画界で働いて貰える賃金にありつくというありさまだ。（『書簡集』二一七―八）

「半ば自嘲的」と書いたが、しかし残りの半分の部分にはフォークナーの自尊心も窺える。ヨーロッパでの名声と高評価である。アメリカで「忘れ去られた」状態にあったフォークナーは、この手紙で書いている通り、ヨーロッパ、特にフランスでは戦前・戦中・戦後を通じて変わることなく熱狂的に支持され、「神のごとくに」崇拝されていたのである。この情報をフォークナーに伝えた一人が、先に名前を出したマルカム・カウリーである。カウリーはフォークナーに宛てた手紙の中で次のように書いている。

あなたの作品について、ジャン＝ポール・サルトルが話したことはもうお伝えしましたっけ。サルトルは背の低い、ひどい歯の男ですが、これまで私が会った人物の中では最も優れた話術の持ち主です。雄弁家として最高だというわけではないのですが、理解力がずば抜けています。サルトルは、フランスにおける新世代劇作家の中でのベストです。彼が書いた戯曲の一つはパリで一年以上も上演されています。そのサルトルが言うには、彼の作品はアメリカ文学に見られる特徴を学び取った上で、それに基づいて書いたとのことです。そしてサルトルはあなたについてこう言ったのです、「フランスの若者にとって、フォークナーは神なのだ」と。この言葉、どうぞ、舌の上で何度も転がして下さい。（『往復書簡』二四）

フォークナーの自尊心をくすぐる心憎い文章である。あるいは、「忘れられた作家」フォークナーの傷心を癒す心優しい文章である。多分、フォークナーは、カウリー経由で伝わったサルトルの賛辞（カウリーはサルトルの賛辞をフランス語のままフォークナーに伝えている）を舌の上で何度も転がし、噛みしめ、味わったことだろう。なぜカウリーがこんなふうにフォークナーの自尊心を巧みにくすぐろうとしたのか。それは、カウリーにはフォークナーへの頼みごと、それもフォークナーを忘却状態から救い出すための頼みごとがあったのである。

2 カウリーと『ポータブル・フォークナー』出版計画

ここでカウリーについて紹介しておこう。マルカム・カウリー（一八九八-八九）は二〇世紀を代表するアメリカの編集者であり、かつまた、文学史家であり批評家であり詩人でもある。生まれたのは、アメリカのペンシルバニア州のベルサーノという町で、父親はそこから一〇〇キロほど離れたピッツバーグで医者をしていた。ピッツバーグの高校を卒業したカウリーは、一九一五年ハーヴァード大学に入学し、七百名の新入生のうちで第二位という優秀な成績を収める（『対話』一三八、一八三）。しかし、一九一七年の春、彼はハーヴァード大学を離れてしまう（『対話』九）。第一次世界大戦の戦場で負傷した兵士を運ぶ救護車両の運転兵を志願して、フランスに渡ったのである。後にカウリーは、それが当時「海外に出る一番手っ取り早い方法」だったと述べている（『対話』一四〇）。ちなみに、第一次世界大戦中、戦場での救護車両の運転兵に志願し戦地に赴いた人々の中には、アーネスト・ヘミングウェイ、サマセット・モーム、ジュリアン・グリーン、E・E・カミングス、ジョン・ドス・パソス等々、後に文学史を飾ることになる人々が数多くいた。

翌年、ハーヴァード大学に戻るものの、すぐに再び軍隊に志願する。一九一九年、ハーヴァード大学に再度戻り、翌二〇年に同大学を卒業。フラタニティ（友愛会）である「ファイ・ベータ・カッパ」の一員として卒業したと経歴には書かれているから、優秀な成績で卒業したわけである。大学を卒業後、フリーランスの著作家となるものの、生活の糧は『スウィートの建築カタログ』の宣伝コピーを書く仕事で稼いでいた。

二一年、カウリーは奨学金を得てフランスのモンペリエ大学に留学をする。二年間の留学であったが、年間千ドルの奨学金が支払われたのと、彼自身がフランスやアメリカの雑誌に寄稿することにより年間五百ドルの稼ぎがあったことで、妻と二人での生活は経済的には余裕があった（フォークナーが経済的に困窮していたのとは大きな違いである）。カウリーが住んだのはパリから西に八十キロほどの距離にあるジヴェルニーで、その地の利を生かして当時のダダイストたちとの交友の機会をもった。帰国後、一九三四年に出版した『亡命者の帰還――一九二〇年代の文学的オデッセイ』で注目を集める。

カウリーは、一九四四年にヴァイキング・プレス社から出版された『ポータブル・ヘミングウェイ』の編集に携わった。ここから、カウリーとフォークナーとの間に直接的な接点が生じる。『ポータブル・ヘミングウェイ』を出版した後、カウリーは『ポータブル』シリーズの続編として『ポータブル・フォークナー』を出版するというアイディアを練り始めた。『ポータブル・フォークナー』を出版するためには、著者であるフォークナーの了解と協力を得なければならない。先に引用したフォークナー宛の手紙は、まさにその件で書かれたものであった。

しかし、先程来述べてきた通り、当時のフォークナーはアメリカでは一般読者から忘れられた、過去の作家だった。実際、フォークナーの作品は『サンクチュアリ』以外すべて絶版という状態であった。『ポータブル・フォークナー』を出版したところで果たして採算が取れるのか、極めて疑わしかった。案の定、カウリーがヴァイキング・プレス社に『ポータブル・ヘミングウェイ』の続編に『ポータブル・フォークナー』を出版することを提案しても、色好い返事はなかった。「『ポータブル』を出すことを正当化するに足るだけの読者がフォークナーには見込めない」というのがヴァイキング・プレス社の見解だった。要するに、フォークナーの本を出したところで「売れない」というわけだ。(『往復書簡』二〇、『対話』一二)

このヴァイキング・プレス社の判断は、当時としては妥当な判断である。カウリー自身、「文芸株式市場」(literary exchange)という表現を用いて、当時の文芸株式市場における「フォークナー株」の「相場」について次のように述べている。

フォークナーが出した一七冊の本は実質的に絶版状態で、再版の見込みもなかった。一般読者からの需要がなかったからだ。文芸株式市場におけるフォークナー株の相場について語ることなど出来ない相談であった。一九四四年の時点では、フォークナーの名前は文芸株式市場に上場されてさえいない状態だったのだから。

ニューヨーク公立図書館の膨大な図書目録の中に、フォークナーの名前はほとんど見当たらなかった。当時、ニューヨーク公立図書館には『緑の大枝』と『村』のたった二冊についてのカードがあるだけだった。四番街の古書店で、残りの一五冊を見つけるのは困難であった。(『往復書

簡』五―六)

このありさまでは、出版社が二の足を踏むのも当然であろう。だが、フォークナーの作品に惹かれ、その天才を確信していたカウリーにとって、『ポータブル・フォークナー』の出版は何としても成し遂げなければならない事業であった。冒頭で触れた、自分の長い評論を「切り売り」(beef)して三つの雑誌に掲載させたとき、カウリーはそのような状況にあったのである。

カウリーが書いた長い評論とは、実はフォークナーについて論じたものだった。カウリーが「切り売り」(beef)しなければ、当然どこの雑誌にも載らないままに埋もれてしまったであろうフォークナー論が、立て続けに三つの異なった雑誌に掲載されたわけである。すると、ある日、カウリーのもとに思いもかけない電話がかかって来る。電話の主はヴァイキング・プレス社の編集長マーシャル・ベストだった。ここの部分はカウリー自身の証言を引こう。

するると、突然、ヴァイキング・プレス社の編集長マーシャル・ベストが電話をかけてきて、オフィスで会いたいと言ってきた。

ベストは「フォークナーは色々な雑誌で随分と注目を集めているようじゃないか」と言うと「いま『ポータブル・フォークナー』の計画を進めようと考えているところだ」と言った。私は、控え目に「ええ。フォークナーはあちこちの雑誌でかなりの注目を集めています」と答えた。(『往復書簡』二一、『対話』一二三)

ベスト編集長は続けて「こうなってくると、『ポータブル・フォークナー』が読者の関心を呼ぶ可能性がある。君、どのくらいで彼の作品を集められるかね」とカウリーに言った。ベストのこの発言によって、『ポータブル・フォークナー』の出版に事実上のゴーサインが出たのである。

ベストとカウリーのこのやり取りからすると、ベスト編集長は三つの雑誌に掲載されたフォークナー論が実はたった一人の人物によって書かれているという事実に気づいていなかったのではないかと思える節がある。彼の頭には、フォークナー論があちこちの雑誌に掲載されているという印象なり情報だけが残っていて、それが同一人物によって書かれているという事実にまでは気が回らなかったのかもしれない。もしそうだとすると編集長としては迂闊である。しかし、この迂闊さがフォークナーを忘却の淵から救い出す結果に結び付いたのである。

カウリーもまた、「実は、あれは全部私一人が書いたものです」とは正直に言わなかった。もし言ってしまったら、『ポータブル・フォークナー』出版計画はその瞬間に頓挫したかもしれない。「フォークナーは色々な雑誌で随分と注目を集めているようじゃないか」とベストが言ったとき、多分カウリーは内心「しめた！」と思ったであろう。カウリーは、ベストの誤解を訂正することなく、その誤解を咄嗟に利用したわけである。

「商談成立です（It's gone through）。ヴァイキングの『ポータブル・フォークナー』は出ることになるでしょう」とカウリーが嬉しそうにフォークナーに報告したのは、一九四五年八月九日付けの手紙においてのことだった（『往復書簡』二二）。

3 「切り分け」再び

しかし、『ポータブル・フォークナー』の編集作業はそうは簡単ではなかった。当初、分量はほぼ六百頁が目安とされた。その六百頁という枠の中に、どうやってフォークナーの代表作を収め、読者にフォークナーの魅力を伝えるか。一般論として言えば、六百頁という分量は決して少なくない頁数である。しかし、フォークナーは長編作家でもあるのだ。そのフォークナーの作品を「持ち運び《ポータ》可能《ブル》」な形にするのは容易ではない。しかも、カウリーは、この一冊で読者がフォークナーの作品世界を「一つのまとまり」(as a whole)として見てとれる本にしたいと願っていたのである。

ここでカウリーが用いたのは、彼自身は明言していないが、再び「切り売り」(beef)という手法であった。例えば、『響きと怒り』からは「ディルシー」(「一九二八年四月八日」と題された最終章)を、『野生の棕櫚』からは「オールド・マン」の一部を、『サンクチュアリ』からは第二十五章(「アンクル・バッドと三人の婦人」と名付けた)を、『八月の光』からは第十九章の後半部分を、それぞれ切り分けて掲載するといった具合である。もちろん短編はそのままの形で収録した。

もっとも、当初カウリーは『響きと怒り』から「ディルシー」の部分を切り売りしようとは考えていなかった。『響きと怒り』は「それ自体で一つの単位となっていますし……六百頁の本に収録するには長過ぎます」と彼はフォークナーに書いている(『往復書簡』二三)。つまり、カウリーは、『響きと怒り』は切り売り(beef)することのできない作品だと考えていたのである。ところがフォークナーは、『響きと怒り』の最後の部分、「ディルシー」の部分を使ってみたらどうか、とカウリーに提案してきた。しかも、読者の理解を助ける梗概を序文として書いてもよいとまで言った（『往復書簡』三二）。結果として、『響きと怒り』から「ディルシー」の部分が切り分けられて『ポータブル・フォークナー』に収録されることになった。

さらに、『ポータブル・フォークナー』を出版するためには別の意味での切り売り（beef）作業が必要であった。アンソロジーを編むためには、そこに収録する作品を複数の本から集めた上で、それを印刷所に渡さなければならない。しかし、当時はコピー機やスキャナーで手軽に作品を複製することなど出来ない時代である。どうしたかと言えば、元の作品が収録されている複数の本や雑誌を文字通りに「解体」し、そこから一頁ずつ切り取ったのである。従って、アンソロジーを作るのは大変な手間がかかる作業だった。しかも、元となる本や雑誌は二冊必要であった。なぜなら、植字工は活字を組む際に、頁をいちいち裏返す作業を嫌がったからである（その場合には、手間賃として別料金が発生した）。だから、奇数頁を切り取るための本と、偶数頁を切り取るための本の計二冊がどうしても必要となったのである（『往復書簡』三四）。

この手間に加えて、『ポータブル・フォークナー』の場合、そもそも解体するためのフォークナーの本が入手困難という事情があった。解体用の本を二冊どころか、一冊さえ手に入れるのも大変だったのである。ヴァイキング・プレス社が業界誌に広告を出して何とか数冊は手に入ったものの、残りの作品に関してはカウリーが自分で所有していた七冊の本を犠牲にするしかなかった。カウリーはベスト編集長宛の手紙で「解体なんかしたくありませんが」（though I hate to destroy them）（『往復書簡』三三）と訴えてはみたものの、結局、彼は自分の所有するフォークナー本を解体せざるを得なかった。これも一種の「切り売り」(beef)行為であるが、カウリーにとって愛着のある本を物理的に解体し小分けにする作業が辛さの伴うものであったことは想像に難くない。

　このような苦労を払って手に入れたフォークナーの作品を、カウリーは『ポータブル・フォークナー』にただ適当に並べたわけではない。カウリーはその配列に独自の工夫を凝らした。言うならば、「切り身」にした作品をどのように『ポータブル・フォークナー』という皿に盛り付けるか、その盛り付け方こそが、編集者でもあり批評家でもありフォークナーの愛読者でもあるカウリーの腕の振いどころであった。

　フォークナーは、彼が設定した架空の地「ヨクナパトーファ」での出来事をいくつもの小説で描いてきた。それらの小説は、必ずしも物語が進展する時間軸に沿う形で発表されたわけではない。そうした小説群を、カウリーは『ポータブル・フォークナー』に、物語が描く出来事が生じた年代順に並べ替えるという工夫を凝らして掲載したのである。従って、『ポータブル・フォークナー』の読者は、それを最初から読み進めることによって、ヨクナパトーファ・サーガを一続きの歴史物語として味わうことができるようになった(フォークナーもカウリーの熱意に応えて、「コンプソン家についての補遺」を新たに書き下ろして協力した)。

　実は、この工夫の背景には、当時の批評家たちに対するカウリーの不満があった(「イントロダクション」三一―二)。カウリーからすると、批評家たちはフォークナーの作品のどれか一つを個別に取り上げて論じるばかりで、作品の間に存在する繋《リンク》がりを見ようとしなかった。カウリーは、描かれる出来事の時系列順に作品を再配列することで、フォークナーの作品が「一つのまとまりとして(as a whole）」成立していることを見せようとしたのである。もっとも、このようなカウリーの編集方針（作品の選択、配列順序）は、その後、フォークナー研究者の間で議論を呼ぶことになるし、フォークナーが書き下ろした「コンプソン家についての補遺」はさらに大きな物議を醸すことになるのだが、それはまた別の話である。

さて、『ポータブル・フォークナー』を出版することは、フォークナーに正当な評価が与えられる機会を与えたいと願うカウリーにとって重要な意義を持つ仕事である。しかし同時に、それは冷厳なビジネスでもある。『ポータブル・フォークナー』を出版する案をカウリーから提示されたヴァイキング・プレス社が当初述べたように、本を出版するにはそれを「正当化」するだけの根拠が必要なのである。当然、その点はカウリーもフォークナーに伝えざるを得ない。『ポータブル・フォークナー』は「売上げの点から言ったら、大きな商売とはならないでしょう」とカウリーは、正直に悲観的な見通しをフォークナー宛の手紙の中で書いている。彼はさらに「ヴァイキング・プレス社のポータブルシリーズは、まあまあの売れ行きです。私が編集した『ポータブル・ヘミングウェイ』は［最初の一年で］三万部ほどが売れたのですが、ヴァイキング・プレス社はこれをものすごく良い数字だと考えました」と書いた（『往復書簡』二一－二二）。

フォークナーの心境は複雑だったであろう。たしかに自分の書いてきた作品が『ポータブル・フォークナー』という形で世の人々から読まれる機会ができたのは嬉しい。しかし、その一方で自分の本が売れていないという現実を突きつけられ、新しい『ポータブル・フォークナー』もさほど売上げは期待できないと出版される前から告げられ、しかも『ポータブル・ヘミングウェイ』の売上げと比較されてそう言われることは愉快ではあるまい[5]。

これに続けてカウリーは、次のように手紙に書いている。

しかし、今回の『ポータブル・フォークナー』が私にとってうれしいのは、『サンクチュアリ』を除いて――それさえも定かではありませんが――全作品が絶版状態にあるこの時に、あなたの作品の全体像を示すという機会が私に与えられたことなのです。この本を出せば、あなたが今後出す本の売上げも今より良くなるでしょうし、ランダム・ハウス社も尻を剣で突かれる格好になるわけですから、絶版にしていた本を再版すること請け合いです。(『往復書簡』二二)

末尾にある「ランダム・ハウス社の尻を剣で突いて再版させる」という部分についてだが、カウリーは一九八二年に行われたインタビューでこう語っている。

たしかにフォークナーの本は一般の評価が低く、第二次大戦半ばまでには、たった一冊、『サンクチュアリ』が絶版にされずに残っているだけでした。フォークナーの本を出していた出版社は、戦争協力のために、それ以外の本の組版を国に供出してしまいました。銅で覆われた弾丸を作るためにね。当時、出版社というのはひどく愛国的でした。(『対話』一一)

戦争中、アメリカの出版社は、本のために組んだ活版を戦争協力のために国に供出していたのである。フォークナーの小説用に組んだ活版（当時の活版は銅製だった）を国に供出してしまった出版社の中には、ランダム・ハウス社も含まれていた。カウリーによれば、ランダム・ハウス社はフォークナーの三冊の本の活版を戦争協力のために国に供出してしまったという（『対話』一九五）。少し想像をたくましくすれば、カウリーは、『ポータブル・フォークナー』を何としても成功させて、あなたの作品を事もあろうに「弾丸」に変えてしまったランダム・ハウスの鼻を明かしてやりましょう、とフォークナーをけしかけていたとも読める。[6]

さて、カウリーの熱心な編集作業によって『ポータブル・フォークナー』は一九四六年の四月に世に出た。その結果はどうだったのか。

4『ポータブル・フォークナー』の「成功」の意味

『ポータブル・フォークナー』が出版されたことによって、フォークナーは再評価され完全に復権し、ついには二〇世紀のアメリカを代表する作家の一人となったという見方は通説となっている。そしてカウリーこそがフォークナー復権の最大の功労者であるというのも確立した評価である。つまり、『ポータブル・フォークナー』は成功を収めたというのが、一般的な評価なのである。

しかし、事はそれほどに簡単ではない。『ポータブル・フォークナー』の「成功」の意味についてはもう少し慎重に考える余地がある。手掛かりとして、後年（一九八二年）、カウリーがあるインタビューで次のように語っていることに注目してみたい。

インタビュアー：『ポータブル・フォークナー』は発売後すぐに成功を収めたのですか。
カウリー：キャロライン・ゴードンがいなかったら、フォークナーの作品が再評価されるということはあり得なかったでしょうね。彼女は『ニューヨーク・タイムズ・ブック・レビュー』の第一面に書評を書いてくれたんですよ。それとロバート・ペン・ウォレン。彼は『ニュー・リパブリック』に長い記事を書いてくれました。あんまり長いので、二号に分けて掲載しなければならないほどでした。それからですよ、フォークナーについて語るなんて完全に英文科の沽券にかかわると思われていたのに、大学院生たちがフォークナーを研究し始めたのは。（『対話』一三）

カウリーはインタビュアーの質問に（それがイエスかノーかで答えられる質問であるにもかかわらず）ストレートには答えていない。彼は、まずはキャロライン・ゴードンとロバート・ペン・ウォレンの名前に言及し、その上で彼らが書いた書評のお陰でフォークナーが再評価され、「大学院生たちがフォークナーを研究し始めた」と述べている。すなわち、カウリーは『ポータブル・フォークナー』の商業的な意味での成否についてはまったく言及していないのである。

『ポータブル・フォークナー』の出版部数は発売後の四年間で二万部であった。単純に計算すれば、一年間に五千部の割合である。これは、『ポータブル・ヘミングウェイ』が最初の一年間だけで三万部売れ、五年間で四万五千部が売れたことと比較すれば少ないが、極端に悪い数字であるというわけでもない（シュウォーツ 五五）。ところが、カウリーはこの売上げ部数には触れていない。カウリーが『ポータブル・フォークナー』の成功の意味を、売上げ部数という商業的な意味での成功にではなく、ゴードンとウォレンの書評が直ちに掲載されたこと、そして、その結果、フォークナーが批評家たちに再評価され、アカデミズムの世界で公認されたという事実の内に見て取っているからである。

改めて確認すれば、カウリー自身が挙げる『ポータブル・フォークナー』の成功の要因は二つあった。一つは『ポータブル・フォークナー』が出版されるとすぐに五月五日号の書評欄の冒頭において、その書評が『ニューヨーク・タイムズ・ブック・レビュー』の一面を飾ったこと（カウリーは、別のインタビューで「ヴァイキング・プレス社の『ポータブル』が『ニューヨーク・タイムズ・ブック・レビュー』の第一面を飾るなんて、まさかと思うでしょう。でも、実際にそうなったんですよ」と述べている）（『対話』一〇九）。このゴードンの書評がフォークナー再評価という成功に繋がったというわけである。

二つ目は、ウォレンが長い書評を書いたこと。彼は、『ニュー・リパブリック』八月十二日号と八月二六日号の二号にわたって「カウリーのフォークナー」という長い書評を書き、『ポータブル・フォークナー』を高く評価した。ウォレンは『オール・ザ・キングス・メン』（一九四六年）でピュリッツアー賞を受賞した小説家であるが、カウリーによれば「ウォレンはアカデミズムの世界で極めて高い地位にあった人物」でもあった。（『対話』一五九）。その結果、フォークナーを研究対象とすることがアカデミズムの世界で公認されるという成功に繋がった。

こう見て来ると、フォークナーが再評価されるにあたっては「権威」という要因が働いていたとも言えそうである。すなわち、『ニューヨーク・タイムズ・ブック・レビュー』という権威、及び、アカデミズムにおけるウォレンという権威が『ポータブル・フォークナー』の成功に大きく寄与した。

とりわけ、ウォレンの権威が与えた影響についてのカウリーの言い分は興味深い。それまでフォークナーごときについて語ることは「英文科の沽券」にかかわると思われていたのが、ウォレンが長い書評を書いたことで、風向きが変わり「フォークナーを研究対象に選んでもよいのだ」という安心感が大学院生たちの間に広がったのである。

建前から言えば、研究者や大学院生は自分が関心を抱く作品や作家を自由に研究対象として選ぶことが出来るはずであるし、またそうでなければならないはずなのだが、現実はそうではないことをこの事例は示している。カウリーの証言を信じれば、戦後のアメリカでは研究対象として公認されている作家と、そうでない作家（その作家について論じることが「英文科の沽券にかかわる」ような作家）との区別は厳然として存在していた。そして、その区別に大した根拠がなかったことは、ウォレンが書評を書いたことで、その区別が（少なくともフォークナーに関しては）あっさり崩れてしまったことからも明らかであろう。

そのウォレンの書評について、シュウォーツは次のような指摘をしている。

彼［「ウォレン」］の分析は二つの点で重要である。第一に、ウォレンは、研究者及び批評家たちに向けて、フォークナーが達成した膨大な業績における基本的な論点のアウトラインを提示した。フォークナーの業績は註釈を必要とするものであり、ウォレンは研究者と批評家たちにフォークナーを研究しその価値を認めることを求めたのである。第二に、フォークナーは南部の一地方作家ではまったくなく、彼が伝えるメッセージは、彼自身が強調する南部性を超えた、「普遍的」

なものなのだとウォレンは論じた。(二一六)

ウォレンの書評が、一般読者ではなく、「研究者及び批評家たち」を念頭に置いて書かれていたという指摘には注意を促したい。ウォレンは「研究者及び批評家たち」にフォークナーを「研究する」よう呼びかけた。実際、その書評においてウォレンは「フォークナーを研究することは、現代アメリカ文学において批評が引き受けるべき、最も取り組み甲斐のある唯一の課題(the most challenging single task)である」とまで強調しているのである(ウォレン 二三七)。

ウォレンの言わば「お墨付き」が与えられたフォークナーは、かくして批評家や文学研究者、大学院生たちにとっての「公認の研究対象」という地位を獲得した。だが、『ポータブル・フォークナー』の出現によって、フォークナーが一般読者の間で広範な人気を獲得したわけではないし、ウォレンの書評も一般読者を主たるターゲットにしていたのではなかった。一般読者はフォークナーを「研究する」ために『ポータブル・フォークナー』を読むわけではない。

たしかに『ポータブル・フォークナー』は成功し、多大な影響を及ぼした。その点で通説に異を唱えるつもりはない。しかし、その成功の意味や、それが及ぼした影響の範囲と性質については十分な注意が必要である。ある種の権威から「影響を及ぼされてしまう人たち」の範囲というのは限定される。『ポータブル・フォークナー』の場合、その範囲は大学教員を含む知識人、及び大学院生を含む知識人予備軍に限られていた。『ニューヨーク・タイムズ・ブック・レビュー』や『ニュー・リパブリック』等を読む人々、そしてそれを読んで実際に本を買って読み、研究し、仲間と論じ合い、さらには論文を書いて発表する人々――『ポータブル・フォークナー』が与えたインパクトとは、そのようなネットワークの中に棲息する人々の間で発生し浸透し拡大していく種類の影響だったのである。

もう一つ、カウリーは『ポータブル・フォークナー』が果たした「貢献」に言及している。一九八三年に行われたインタビューにおいて、『ポータブル・フォークナー』はフォークナーの本が再版されるのに力を貸したと思うかと尋ねられたときのことである。カウリーは「もちろん、力を貸しましたし」と応じた上で、『ポータブル』の出版を通じてフォークナーとヘミングウェイに対して自分が行った貢献とは「二人を教えられる形にしたこと」(I made them teachable) にあったと述べている。カウリーはさらに続けて「二人はそれまで［大学のクラスで］教えられてきませんでした。長い間、研究者たちは『ポータブル』を信用していませんでした。しかし、『ポータブル』は研究者たちにフォークナーの作品を読むように仕向けたのです。そして、先程言ったように、フォークナーを教えられるようにしたのです」と述べている（『対話』一九四）。

これが、当事者カウリーの独断ではないことは、同様の指摘をロバート・ハムリンがしていることからもわかる。ハムリンによれば、『ポータブル・フォークナー』の出現によって、大学教員が教室で読むテクストにフォークナーを指定することが可能になった。彼は次のように述べている。

論じられることは少ないが、『ポータブル・フォークナー』がもたらした極めて重要な成果は、大学教員たちが教室でテクストとして使用できる手頃なアンソロジーを手に入れたということである。フォークナーは、その難解さのせいで、一般読者から人気があったためしがない。彼の本の売上げの大部分は、大学での文学クラスのために本を購入するよう求められる学生たちから来ている。このような流れに先鞭をつけたのが、『ポータブル・フォークナー』に他ならない。（八八）

「論じられることは少ない」とハムリンが述べているように、文学作品の市場としての大学が果している（果たしていた）役割というのは、もっと論じられてしかるべきであろう。「実学」重視の流れに呑み込まれている現今の大学にそのような役割を期待することはもはや出来ないであろうが、『ポータブル・フォークナー』が出版された時代にあっては、大学での文学教育は文学作品の市場を支えるという機能をも兼ね備えていたのである。

また、一九八五年八月二日に行われたジェイ・パリーニとの対談においてクリアンス・ブルックスも次のように述べている。

フォークナーが書いたどのテクストについても【教室で】なすべきことが沢山ありました。著者によって用心深く巧妙に隠されているものを明るみに出すためにすべきことが沢山あったのです。彼の本は教室でとても良く機能しました。ですから、教授たちも彼の本に惹かれたのです。フォークナーの本は一種の能動的な読み方を要求するものでしたから、教授たちは学生たちにそのような読み方を教えることができたのです。（パリーニ　二九二）

フォークナーは［教室で］教えられましたし、しかも教えるべきことは数多くありました。彼の作品はフィクションの仕組みについてとても多くのことを説明するものでした。その作品は、教室で用いるのに申し分のない《パーフェクト》ものだったのです。そして、ある世代の批評家たちに刺激を与えました。その世代の批評家たちは、フォークナーを読むことによって精読の技法を学んだのです。（パリーニ　三二八）

ブルックスが、フォークナーの作品は「教室で用いるのに申し分ないテクスト」だったと述べるとき、ある作家が研究対象となり教室で取り上げられるために備えているべき資質のいくつかが図らずも明らかにされている。テクストが研究対象とするにふさわしい程度の、また教室で教員からの教示がないと読めない程度の難解さを持っていること。さらに、教員の説明意欲をそそり、教員の存在価値を学生たちに知らしめる程度（場合によっては学生たちからの「尊敬」を集められる程度）に説明の余地が十分にあること。フォークナーのテクストはそれらの条件を「申し分ない」までに満たしていたのである。とりわけ、ニュー・クリティシズム全盛期のアメリカにあって、フォークナーのテクストは教室で精読の実演をするための格好の素材として機能した。そのような時代に、フォークナーのテクストが『ポータブル・フォークナー』という形で入手しやすくなったことが、大学教員や研究者たちに歓迎されたであろうことは想像に難くない。

そして、教室でフォークナーを読まされ「教えられた」学生や大学院生たちの中から、先程述べたような「ネットワーク」の中に組み込まれ、そこで交わされる言説を解釈する技法を身に付けた者が現れる。やがて彼らは研究者となって自らの言説を構築し発表するというサイクルを動かし始め、次の世代を同様のサイクルの内へと巻き込んでいく。そのサイクルの起点となったのが『ポータブル・フォークナー』だったのであり、その成功の意味の核心はそこにあったと言える。現代のフォークナー研究者たちもこのサイクルの末端ないし最先端に存在しているわけだが、それはまさに『ポータブル・フォークナー』が始動させたサイクルなのである。

「ハイブラウ」カウリー

ノーマン・ポドーレッツは、一九三〇年代のカウリーが「スターリニスト」に与する「ハイブラウ」であったと書いている。この場合の「スターリニスト」という呼称はスターリン批判以前のものであるから、「親ソ」もしくは「急進的左翼」という意味で用いられている。カウリーに、当時の意味における「スターリニスト」としての一時期があったことは、彼自身の次の発言からも確かめられる。

三〇年代初期、我々(すなわち作家と知識人)は、資本主義は生き延びないだろうと信じていました。その後、極めて徐々にですが、革命を訴えることから、ヒトラーとファシズムの脅威から我々の文明を守ることへと力点が変わって行きました。これは三〇年代前半の秘密でした。(『対話』二一四)

すなわち、カウリーは、一九二九年の大恐慌後のアメリカにあって、資本主義の終焉と社会主義革命の可能性を信じていた「作家と知識人」の一人だったのである。実際、一九四〇年にカウリーは旧友エドマンド・ウィルソンから「頭から政治を追い払え。政治は君のためにならない。君にとって政治は現実《リアル》ではないのだから」と忠告を受けるほど、政治にコミットしていた。あるいは、政治という観念を頭に詰め込んでいた。

一方、カウリーが「ハイブラウ」だったということについては、ポドーレッツは「つまりモダニズムの味方だ」と註釈を加えている。その前後の部分を引用しておこう。

三〇年代におけるアメリカの文学関係者の大多数は、文学の趣味において「ミドルブラウ」（つまり、モダニストの運動には気持ちがそぐわないか、またははっきりと敵意を持っているかで、その当時はシオドア・ドライサーによってもっとも強力に代表される自然主義的伝統の方がずっと意にかなった）であるばかりか、政治的共鳴の点ではスターリニストであった。もちろん、スターリニズムがかならずしもミドルブラウニズムをともなうわけではなく、マルカム・カウリーやケネス・バークのように、スターリニストに与する（バークは《モスクワ裁判》の弁護を書くために、彼のアクロバット的な巧妙さを用いることとさえしたのだ）ところの「ハイブラウ」（つまり、モダニズムの味方だ）もいた。（ポドーレッツ 九〇）

このポドーレッツの分類において、「スターリニストか反スターリニスト（保守主義者）か」という区別は立場の相違を示すものであるが、「ミドルブラウかハイブラウか」という区別には上下の関係が露骨に反映されている。ミドルかハイかを分ける基準は、文学上のモダニズム運動に対して好意的かそうではないかにあった。そして、大多数の文学関係者が「スターリニストでかつミドルブラウ」だった時代にあって、カウリーは「ハイブラウ」(すなわち上位)に位置づけられる少数派のエリートであったわけだ。(この分類に従って、例えばT・S・エリオットは「反スターリニストでかつハイブラウ」と規定されている。)

「スターリニストでかつハイブラウ」であったカウリーが『ポータブル・フォークナー』の編集に携わり、「フォークナー再売出し」に関わったということは、十分に留意しておいてよいことだと思う。彼にはフォークナーを大衆(一般読者)に向けて売り出すつもりなどまったくなかった。それが言い過ぎであれば、彼は少なくとも大衆を彼の主たるターゲットとして選んではいなかった(カウリーが『ポータブル・フォークナー』の売上げについて当初から悲観的な見通しを持っていたことを思い出してほしい)。

例えば『ポータブル・フォークナー』のカバーに掲載された宣伝文を見てみよう。本のカバーにどのような宣伝文を載せるかをめぐっては、ヴァイキング・プレス社(あるいはカウリー)とフォークナーとの間で意見の対立が生じたが、最終的には次のような文言で落ち着いた。原文も併せて示しておく。

●ポータブル・フォークナー(*The Portable Faulkner*)

ヨクナパトーファ郡をめぐる、一八二五年から一九四五年までのサーガ。ミシシッピにおけるフォークナーが描いた架空の地に関する初の年代記的見取り図。――本書は実質的にフォークナーの新作であり、これまで公刊された長編と短編の中から最高の作品を選んでいる。主要な一族の一つについて、本書のために特に書き下ろされた解説を付す。(The saga of Yoknapatawpha County, 1825-1945, being the first chronological picture of Faulkner's mythical county in Mississippi――in effect a new work, though selected from his best published novels and stories; with account of one of the principal families written especially for this volume.)(『往復書簡』六九)

シェリル・レスターは、この宣伝文を「図々しい広告」(immodest advertisement)だと評している(三七六)。レスターが「図々しい」と評するのは、この宣伝文がフォークナーの小説世界を勝手に「ヨクナパトーファ郡をめぐる年代記的見取り図」という枠の中に押し込め、そのことに対して当然生じる問いを封殺してしまっているからである。しかし、この宣伝文の本当の問題点は、それが広告としてほとんど機能していないという点にあるのではないだろうか。フォークナーに関して予備知識のない一般読者がこれを読んで購買欲や読書欲を刺激されるとは考えづらい。センセーショナルな表現もまったく使われておらず、その意味ではむしろ「慎ましい広告」であるとさえ言える。また、『ポータブル・フォークナー』が「実質的にウィリアム・フォークナーの新作」であるという部分には編者としてのカウリーの自負も込められているのであろうが、「これまで公刊された長編と短編の中から最高の作品を選んでいる」と明かしている部分がそれを台無しにしてしまっている。

この部分を読んだ人が「これまで出版された本から作品を集めておいて新作だと謳うのは、詐欺広告ではないか」と思ってもおかしくない。そのため、この「実質的に」（in effect）という表現はまったく意味不明なのである（フォークナーはこの「実質的に新作」という部分を削除することを提案したのだが、受け入れられなかった）。「最高の作品を選んだ」という表現にしても陳腐である以前に当り前であって、訴えるものがない（誰がわざわざ「最低の作品」を選んでアンソロジーを編むだろうか）。

この宣伝文に惹きつけられ『ポータブル・フォークナー』を購入するのは、すでにフォークナーについて何らかの知識を持っている人やフォークナーの愛読者であろう。そして、カウリーの狙いも彼らに向けられていたように思われる。彼は、自分と同じ「ハイブラウ」な批評家や研究者たちが『ポータブル・フォークナー』の出版を機にフォークナーを再読し、書評を書いてくれることを期待した。だからこそ、カウリーは『ポータブル・フォークナー』が「実質的にフォークナーの旧作」であるにもかかわらず、「実質的にフォークナーの新作」であるという文言を掲げた。「新作」であれば、書評に取り上げられやすいことは言うまでもない。

カウリーは、そして彼の『ポータブル・フォークナー』は、たしかにフォークナーを再評価させることに大きな役割を果たした。しかし、彼は最初からフォークナーを普通の意味で売り出す（つまり、多くの新しい一般読者を獲得する）ことのみを考えていたわけではなかった。彼の視線はむしろ一貫して批評家、知識人、研究者及びそれらの予備軍に向けられていた。そしてその狙いは成功した。フォークナーは批評と研究の対象となったのである。そして、その成功を大きく支えたのは、当時の大学で行われていた文学教育であった。

注

（1）カウリーが三回に分けて記載した評論は時系列に並べると以下のような順番で出版された。一九四四年十月二十九日付けの*New York Times Book Review*に“Faulkner's Human Comedy”（セクションのみでは四、通しで五六）がまず掲載され、次に一九四五年四月十四日付けの*Saturday Review*上で“William Faulkner Revisited”（一三-六）として出版、そして最後に*The Swanee Review*の一九四五年第五三巻三号に“William Faulkner's Legend of the South”として出版された。

（2）『ポータブル・フォークナー』が出版されてから約十年が経過した一九五四年から五七年の三年間にフォークナーについて書かれた著書や論文の数は百六十にまで達しており、当時現存していた他の作家たちを圧倒するまでになった（ちなみに、T・S・エリオットが九十六、ヘミングウェイは七十八である）（シュウォーツ 一〇）。もちろん、この数字にはフォークナーのノーベル文学賞受賞という出来事が大きな影響を与えているにせよ、『ポータブル・フォークナー』がアカデミズムに与えた影響も無視できまい。

（3）本稿ではカウリーの『ポータブル・フォークナー』がいかにしてフォークナーをアメリカ文学の文壇に再登場させたか、ということを論じることが目的であり、本筋とはずれてしまうので割愛しているが、デュヴォルは一九四〇年代半ばから一九五〇年年代初期にかけてフォークナーの短編を一般大衆に向けて発信することに大いに貢献したパルプマガジンとして『エラリー・クイーンズ・ミステリー・マガジン』を挙げ、カウリーによってフォークナーは新たな読者層を獲得した、という従来のフォークナー批評に複眼的な視点を取り入れることに成功している（一一三）。デュヴォルによれば、当時二五セントで販売された本誌は、もともと一九三一年八月に『ハーパーズ・マガジン』で出版されたフォークナーの短編“The Hound”を一九四四年一月に転載したことを皮切りにフォークナーの短編を本誌で再出版して一定の読者層を獲得することに成功した。

（4）フォークナーのエージェントであるハロルド・オウバァが『エラリー・クイーンズ・ミステリー・マガジン』コンテストに応募した（ハムリン　八七）。入選した“An Error in Chemistry”は、他の出版社からの不採用を数回経て改訂という紆余曲折の末、この時ようやく三〇〇ドルで売れた。また、二位に入賞したことでフォークナーはさらに二五〇ドル手にすることになる（ブロットナー『フォークナー』一二〇一）。ちなみに一位はManly Wade Wellmanによる“A Star for a Warrior”で、賞金は二千ドルであった（デュヴォル　一一七-一一九）。

（5）ランダム・ハウス社が一九四六年に『響きと怒り』の再版を計画したとき、その序文をヘミングウェイに書いてもらったらどうかとフォークナーに持ちかけたことがある。フォークナーは「まるで、レースの真最中に、競走馬に『同じレースを走っている別の競走馬の宣伝をしてくれ』と頼むようなものだ」と言ってその提案をはねつけた（カウリー『仕事』五）。フォークナーがヘミングウェイを文字通りの「商売敵」と見なしていたことが、この発言から窺える。とすると、カウリーから『ポータブル・ヘミングウェイ』の好調な売れ行きを知らされ、それと比較されたのはフォークナーにとって愉快ではなかっただろう。

（6）実際、『ポータブル・フォークナー』はランダム・ハウス社の尻を突く剣となった。さらに『ポータブル・フォークナー』が出版されて八年後の一九五四年に、同社は『フォークナー・リーダー』というアンソロジーを出版した。明らかに二匹目のドジョウを狙ったものであるが、しかし、そこには一九五〇年にフォークナーがノーベル文学賞を受賞したという事情も大きく働いていた。このとき、すでにフォークナーは本を出せば売れるという状態にあったのである。

※本研究は JSPS 科研費　JP18K00517 の助成を受けたものである。

引用文献

Bleikasten, André. *William Faulkner: A Life through Novels*. Trans. Miriam Watchorn and Roger Little. Bloomington: Indiana UP, 2017.

Blotner, Joseph. *Faulkner: A Biography*. 2 vols. New York: Random, 1974.

—, ed. *Selected Letters of William Faulkner*. New York: Vintage, 1978.

Cowley, Malcolm. *And I Worked at the Writer's Trade: Chapters of Literary History, 1918-1978*. New York: Viking, 1978.

—. "Faulkner's Human Comedy." *New York Times Book Review* 29 (1994): 56.

—. *The Faulkner-Cowley File: Letters and Memories, 1944-1962*. New York: Viking, 1966.

—. "William Faulkner Revisited." *Saturday Review* 28 (1945): 13-6.

—. "William Faulkner's Legend of the South." *The Suwanee Review* 53.3 (1945): 343-361.

—, ed. Introduction. *The Portable Faulkner*. By Cowley. 1946. New York: Penguin, 1977. vii-xxxiii.

Duvall, John N. "Faulkner's Return of Print Culture, 1945-1951." *Faulkner and Print Culture: Faulkner and*

Yoknapatawpha, 2015. Eds. Jay Watson, Jaime Harker and James G. Thomas, Jr. Jackson: UP of Mississippi, 2017. 121-136.

Hamblin, Robert W. *Myself and the World: A Biography of William Faulkner*. Jackson: UP of Mississippi, 2016.

Lester, Cheryl. "To Market, To Market: *The Portable Faulkner*." *Criticism* 29 (1987): 371-92.

Parini, Jay: *One Matchless Time: A Life of William Faulkner*. New York: Harper Collins, 2004.

Podhoretz, Norman. *Making It*. 1967. Intro. Terry Teachout. New York: New York Review of Books, 2017.（ノーマン・ポドーレツ『文学対アメリカ 北米ユダヤ作家の記録』北山克彦訳　東京：晶文社、一九七三年一二七頁）

Schwartz, Lawrence H. *Creating Faulkner's Reputation*. Knoxville: U of Tennessee P, 1988.

Warren, Robert Penn. "Cowley's Faulkner." *New Republic* 115.6 (1946): 176-80.

—. "Cowley's Faulkner." *New Republic* 115.7 (1946): 234-37.

Young, Thomas Daniel, ed. *Conversations with Malcolm Cowley*. Jackson: UP of Mississippi, 1986.

＊本文中の引用にはカウリーの著・編集による文献が複数あるため、便宜上、次のような省略を行っている。

「イントロダクション」—Introduction in *The Portable Faulkner*

『往復書簡』—*The Faulkner-Cowley File*

『対話』—*Conversations with Malcolm Cowley*

『仕事』—*And I Worked at the Writer's Trade: Chapters of Literary History, 1918-1978.*

＊＊本稿におけるポドーレツの著作からの引用は、引用文献に掲げている訳文を参考にしている。

「大衆」とフォト・テクスト
――ニューディール、エイジー、文化の政治学

塚田　幸光

写真のコレクションのなかで、私にとって一番重要なのは顔だった。疲れ果てて、仕事も土地も家も失うならば、生涯をかけて丹精してきたもの一切を失うならば、人は絶えず悲劇的な表情をその顔に浮かべるだろう。だが私は、アメリカ人にはその苦しみに耐え抜く力があると、信じて疑わなかった。そしてこれらの写真の顔に表れていたのは、そういうアメリカ人の姿でもあったのだ。

ロイ・ストライカー(1)

「文化」生成とドキュメンタリー

「大衆」を視覚化する。その試みは、フランクリン・D・ルーズヴェルトが主導するニューディール政策、とりわけメディア政策と相性がいい。大恐慌からの新規まき直し、或いは公共事業や銀行

救済のイメージが強いニューディールだが、興味深いのはその「文化」的側面である。全米作家計画（FWP：Federal Writers' Project）が地誌を編纂、フォークロアを収集し、戦時情報局（OWI：Office of War Information）がプロパガンダ映画を統括し、農村安定局（FSA：Farm Security Administration）が一六万枚にも及ぶ、キャプション付きの写真を製作する。ニューディールの文化事業とは、文化シンクタンク、或いは文化のデータベース化の別名だろう。ルーズヴェルト／ニューディールの「文化」生成とは、「大衆」を記述、記録し、その多様性や雑種性を、ナショナリズムに包摂、管理、再構成するプロセスに他ならない。

一九三〇年代、大恐慌の余波《アフターマス》を受け、アメリカが「大きな」政府、言い換えれば社会民主主義的国家へと傾倒していくなかで、「文化」という概念が再考されたことは重要だろう。フォトジャーナル『ライフ』の創刊に顕著なように、ドキュメンタリー映画やストレート・フォトグラフが急速に発展し、「アメリカ」が視覚化されたからだ。[2] 例えば、ペア・ロレンツ監督のドキュメンタリー映画『平原を拓く鋤』(*The Plow That Broke the Plains*)（一九三六年）はどうだろうか。ここで重要なのは、中西部を襲ったダストボウル災害の驚異的映像だけではない。砂嵐で家や畑を失った農民の「顔」、言い換えれば恐慌下の「大衆」こそが、観客の同一化を促し、「感情」を揺さぶるモメントとなる。記録としての「ドキュメンタリー」に対し、感情を喚起する「ドキュメンタリー」は、リアリズムに近接するフィクションであり、ドラマ的リアルだろう（ストット　五―一七）。

ウォレン・サスマンが言うように、三〇年代のアメリカを表象《リプリゼント》／代表するのは、イデオロギーや実利的な思考ではない。ドキュメンタリーが表象する「文化」こそが、アメリカを再定義するキーワードとなる（一五七）。ここで本論が注目するのは、ハイブリッドなドキュメンタリー、『我らが有名人を讃えよう』（*Let Us Now Praise Famous Men*）（一九四一年）である。ウォーカー・エヴァンズが写真を提供し、ジェイムズ・エイジーが文章を付与したこのフォト・テクストは、クロスメディアの実践的成果であり、ニューディールの文化生成の好例だろう。ＦＳＡからフォト・テクストへ。ナショナルな写真が「文化」となり、それは如何なる「大衆」を映すのか。クロスメディア的視座から、フォト「テクスト」を考察する。

1 農業と写真——ニューディールの功罪

一九二九年、ハーディング、クーリッジ、フーヴァーという三人の共和党大統領のもとで享受してきた経済的発展は、一夜にして終焉を迎える。ウォール街の株の大暴落が全世界に影響を与え、アメリカが転落の時代を迎えたことは言うまでもない。だが、興味深いことに、恐慌の主要因とその後のニューディールの失敗が、すべからく「農業」に起因したことはあまり知られていない。[3] 一連の歴史的な経緯を見ていこう。

第一次世界大戦時、欧州での旺盛な需要を満たすため、アメリカ中西部ではテクノロジーによって生産力が増強され、穀物の大量生産が開始される。その象徴であるトラクターが大草原《グレートプレーンズ》を耕し、広大な農地が整備されたのだ。結果、市場は拡大し、投機も盛んに行われ、それは一大ブームとなる。例えば、ジョン・スタインベックの『エデンの東』（一九五二年）のエピソードが興味深い。主人公のキャルは、大戦期の穀物先物取引で大もうけし、父の損失を埋めようとしてはいなかったか（その援助を父は拒絶するが）。しかしながら、終戦後は農作物の需要が激減し、生産過剰による価格の下落が加速する。加えて、小作制度に依拠する南部では、収穫物を売ることで地主に土地代を支払うという、旧来のシステムが残存し、生産を縮小できない（それは小作人にとってはダブルバインドだろう。作ると売れない、作らないと払えない）。結果、穀物価格は暴落し、小作人は土地を離れ、耕作放棄地が増加する。表土は剥がれ、土埃が舞う。数メートル先も見えない強烈な砂嵐、ダストボウルの誕生である。

世界恐慌とダストボウル、そして干ばつ。農業の推進と放棄が、土壌の崩壊と自然破壊に接続し、返す刀で人間を襲う。「人為的」災害に対し、政治は為す術がない。一九三三年、中西部では失業率が五〇％を超える異常事態のなかで、ルーズヴェルトが大統領に就任する。[4] 同年、農業調整法が可決され、三五年には農務省のもとで再定住局（RA：Resettlement Administration）が設立（三七年にFSAに名称変更）、大統領の「ブレイン・トラスト」であるレクスフォード・タグウェルが招聘される。だが、農業調整法では地主にしか報奨金が支払われず、大部分の小作人は移動農民へと転落。RAの失業者対策である耕地保護事業やダム建築は、共産主義的と見なされ、反対の憂き目に会ってしまう（ハイス 一七–一八）。以後、RAの失策をカバーし、広報と情報収集のために「情報宣伝課」が作られ、その下部組織「歴史課」の一員として、ロイ・ストライカーが抜擢され、写真撮影と現地調査を連動させる奇妙なプロジェクトが開始されるのだ。[5] ここで我々は、ニューディールと写真との皮肉な結びつきを見るべきだろう。そもそも何故RA／FSAという農務省の末端組織が、独自の意義と自律性を持ち得たのか。そして、たった一人の官僚が、一六万枚を超える規模のコレクションを生み出し、写真芸術のフォーマットを変えるほどに影響力を行使できたのか。

ＲＡの広報、歴史課は、議会やメディアに提出する文書に写真を添える部署だった。その仕事は、雑誌の写真を切り抜きファイリングするという、窓際部署を彷彿とさせる地味なものだが、ストライカーが就任すると事態は一変する。彼は有望な若手フォトグラファーを雇い、全米への派遣を開始するのだ。アーサー・ロススタイン、ドロシア・ラング、ウォーカー・エヴァンズ、ベン・シャーン、ラッセル・リー。彼らはストライカーの指示で「農村／農民」を切り取ることになる。その指示とは、「課題」を与え、「撮影台本」を作成し、「映像」スタイルを指定するという厳密なものだった。写真一枚に対し、撮影場所や時期などのキャプションを準備させ、現地の新聞やパンフも添付し、メモを義務付ける。写真のレトリックは管理され、行動も制限されるのだ。例えば、ＦＳＡ写真の象徴、ドロシア・ラング『移動農民の母』（*Migrant Mother*）（一九三六年）に関して、米国議会図書館のマイクロフィルムを見ると、手書きのメモは二四頁にも及ぶ。この徹底した管理体制は、ストライカーが厳格な官僚であったことと表裏だろう。だが、ニューディールのメディア政策という視座から見ると、奇妙な点が浮かび上がる。宮本陽一郎が述べるように、ストライカーの役割は、ヘイズ・オフィスにおいてハリウッド映画のパラダイムを作ったジョゼフ・ブリーンに限りなく近いのだ（宮本 二〇三一〇四）。これは、管理された芸術が独自性に接続する瞬間だろう[6]。

当然のことながら、ストライカーの独自のスタイルは、官僚組織においては異端である。農務省が求めるプロパガンダには興味を示さず、彼自身の美学、或いは欲望に従って、フォトグラファーを管理したからだ。しかしながら、農民たちを威厳ある「個人」、或いは困難に立ち向かう強き「大衆」として活写する一連のFSA写真は、逆説的にニューディールを補完する。つまり、被写体や主題を「規格化」したことで、アメリカ農民のレトリカルな「強さ」や「威厳」が前景化し、ニューディールのプロパガンダ、或いはポリティカル・アートに近似するからだ。そして、「写真」には、フォトグラファーのメモが添えられ、一種の「物語」が出現する。『移動農民の母』における母子が、キリスト教的な時間に接続し、聖書ナラティヴへと変質する点は重要だろう。

加えるならストライカーの戦略は、写真レトリックの規格化と管理だけではない。彼はFSA写真をメディアに無料配布し、「大衆」の視覚化を促進する。スタインベックの『怒りの葡萄』（一九三九年）の出版よりも早く、『移動農民の母』が移動農民のイコンとして流通していた事実は無視できない。[7] 例えばそれは、一九三六年三月一〇日、『サンフランシスコ・ニュース』に掲載され、同年九月『サーヴェイ・グラフィック』、同年一〇月『ミッド・ウィーク・ピクトリアル』と『U・S・カメラ』に転載される。そして、三八年にはニューヨーク開催の「第一回国際写真博」（FSA写真七〇枚）、四〇年には、ニューヨーク近代美術館の所蔵コレクションとして展示される（竹中 一五一―一八）。新聞、雑誌、美術館を経た『移動農民の母』は、「ドキュメントから芸術の伝統的なジャンルであるポートレイトへ、しかも聖母子像を連想させる母子像へと格上げ」（竹中 一八）され、普遍的イコンへと変貌を遂げたと言っていい。つまり、メディアが「大衆」を作るのだ。

2 フォト・テクスト、エヴァンズ、「壁」

キャプションや解説文は、写真の意味を補完し、複数の解釈を可能にする。『移動農民の母』がメディアを「移動」する際、文字と写真は奇妙な「対話」を果たすだろう。[8] だが、フォト・テクストには政治的危うさが潜む。

FSA写真がニューディールのプロパガンダへと「結果的に」変質したのに対し、『ライフ』は「積極的に」ニューディールの旗を振る。『ライフ』は、『タイム』『フォーチュン』を創刊したヘンリー・ルースの肝いりである。一九三六年一一月二三日、創刊号の表紙は、マーガレット・バーク＝ホワイトの写真「フォート・ペック・ダム」（"Fort Peck Dam"）。ミズーリ川に建設されたこのダムは、ニューディールの公共事業の象徴であり、モダニズム的ポリティカル・アートである。写真に加え、バーク＝ホワイトは同誌の「フランクリン・ルーヴェルトの大西部」というエッセイで、ニューディールを賛美する。荒くれ者が集う西部。そこに注がれるニューディールの恩恵。ダンスし、歓喜する大衆。「ルーズヴェルトは待っている」というキャプションを付け、彼女は労働者／大衆を誘う。バーク＝ホワイトが、写真とエッセイで、プロパガンダを煽ったことは自明だろう。フォト・エッセイ、フォト・テクストが政治性を有した瞬間である。[9]

バーク＝ホワイトのテクストに対し、FSAフォトグラファー、ウォーカー・エヴァンズと、作家ジェームズ・エイジーによる『我らが有名人を讃えよう』はどうだろうか。このフォト・テクストは、『フォーチュン』のライター時代にエイジーが書いた「綿花小作人」（一九三六年）が原型である。不運にも不採用となり、それ以後、彼は『フォーチュン』と袂を分かつことになるが、右寄りの扇動記事に翻弄される生活からの幸運な解放と捉えることもできるだろう（実際、これを契機に、彼は映画評論家・脚本家として開花するからだ[10]）。そして、一九三七年、グッゲンハイム奨学金の企画書に書いた「アラバマの記録」こそが、エイジーとエヴァンズ、文学と写真を結びつける契機となる。エイジーはアラバマへの取材旅行に、エヴァンズを指名するのだ。

果たせるかな、ＦＳＡのフォーマットは、ここでも意味を持つ。八×一〇の大判ビューカメラによる撮影は、エヴァンズのリアリズムを担保し、写真にリアルを与えるからだ。メランコリックでもなく、ノスタルジーでもなく、ただ被写体の「あるがまま《リアル》」を撮る。エヴァンズは言う「絶対に手を加えないこと。一歩こちらに寄ったり、一歩あちらに離れたり、フレームを確定するときに操作するのはかまわない。しかし写真に決して何かを付け加えてはいけない」（ストット 二六九）。

厳格なまでのリアリズムは、ストライカーの影響だろう。そして、「単数形」の人物像は、匿名性・無名性の究極のレトリックとなる――「個人が大衆を作る。個人を捉えた写真は、いかなるドキュメンタリー報道においても重要である」（ストライカー 一三七〇-七一）。そして加えるなら、大衆という集合的なアイデンティティを「個人」、つまり「アメリカ的伝統に読み変えるコード、そして被写体の匿名性を逆説的に「個人」の尊厳に結びつけるコードが、ＦＳＡドキュメンタリー写真を特徴づける」と言えるのだ（宮本 二〇〇九）。苛烈な現実に生きる農民の眼差しは、強靭な個人の意志を示し、それは同時に「大衆／アメリカ」の意志となる。ここで興味深いのは、ドキュメンタリー、或いはリアリズムとしての写真が、「アメリカ」を表象／代表し、象徴的な意味を担う点である。エヴァンズの撮る「個人」は、単なる無名の人ではなく、アメリカの「大衆」、アメリカそれ自体のメタファーとなるからだ。

実際に、写真を分析してみよう。『我らが有名人を讃えよう』の写真だけを見ると、エヴァンズの頑なさが際立つ。写真にはキャプションすらもなく、エイジーの文章から切り離されているからだ。しかしながら、エイジーの「グッジャー家」(“Gudger”)とエヴァンズの『バーローズ家』(*Burroughs*)を対比してみると、その繋がりが鮮明になる。例えば、エヴァンズの最も有名な一枚、『アリー・メイ・バーローズ』(*Allie Mae Burroughs*)を見てみよう(図1)。醒めた表情でこちらを見据える一人の女性。彼女は唇をきつく結び、頬はこけて、汚れている。安物の服装をまとい、化粧は皆無である。打ちつけただけの板壁を見れば、日々の労働に追われ、質素なままに生活していることが分かる。彼女は女優でもなければ中産階級ですらない。生活が向上しないまま、その土地でじっと耐えているだけだ。当然のことながら、その女性は南部の小作人に他ならない(ダストボウルにより、中西部の多くの小作人は移動農民と化しているからだ)。とはいえ、彼女の「顔」はその現実の厳しさを物語るだろう。バストショッ

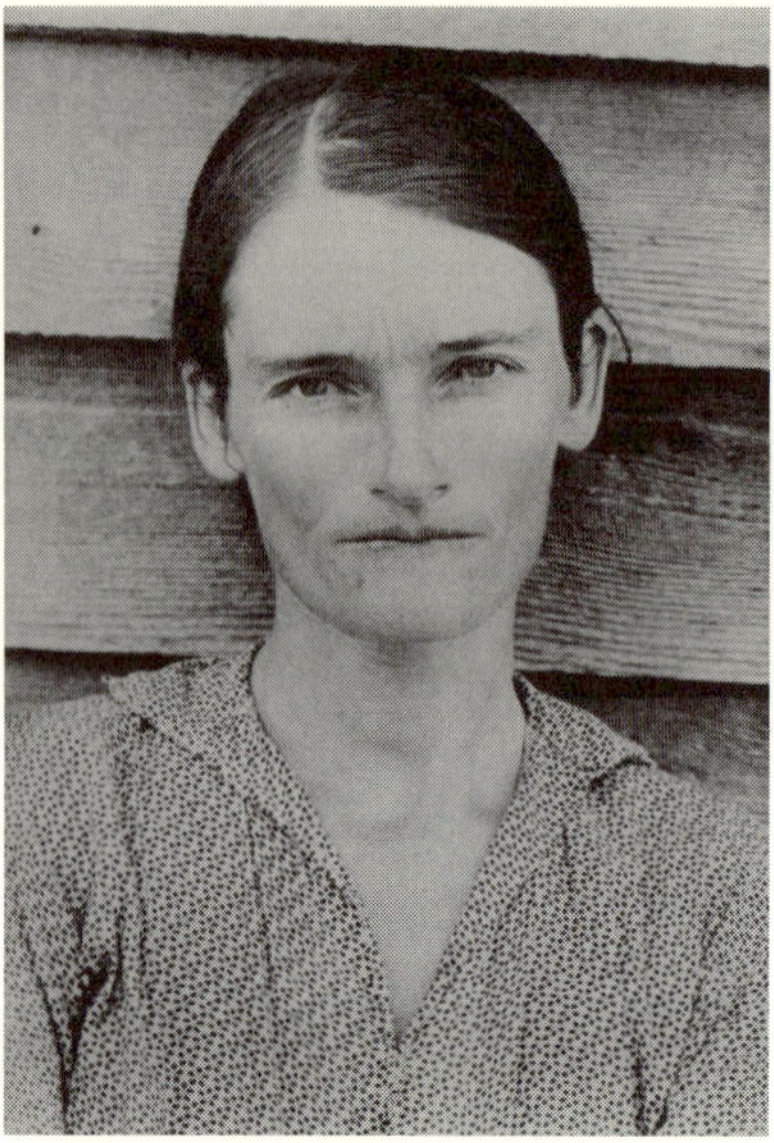

図1

図2

図3

トにすることで、「顔」と「個人」が強調され、我々はその力強さから目を背けることができない。『フロイド・バーローズ』(*Floyd Burroughs*)や『ルーシール・バーローズ』(*Lucille Burroughs*)のレトリックも同様である。唇を結び、こちらを見据える父と子。奇しくも『我らが有名人を讃えよう』において、彼らは名前すら与えられていない。「単数形」の人物が、匿名性・無名性を全開し、我々に問う。「想像してみろよ、こちらの生活を」、と。

エヴァンズの人物写真に対し、室内写真は解釈が難しい。特徴がなく、家財道具もわずかで、人物も不在だからだ。しかしながら、ドキュメンタリーである限り、その写真には多数の意味が付与されている。そして意味は細部に宿るだろう。バーローズ家を始めとして、室内写真には生活の痕跡が存在する。食べて、寝て、祈り、語らう場《トポス》。『洗面台とキッチン』(*Washstand and Kitchen*)を見よう(図2)。そこには、アメリカの開拓者時代の禁欲さ、言い換えればピューリタン的、宗教的倫理性が漂う。画面中央には吊された白いタオルがあり、洗面器に水はない。奥のキッチンには、テーブルの上にランプがあり、棚も見える。ディープフォーカスの空間は、手前の壁の横板と奥の部屋の縦板を調和させ、キリスト教絵画の祭壇のイメージを演出するだろう。生活と祈りの場。だが、ここには消費文化に繋がるものは何一つない。純粋で静謐な世界があるだけだ。

図4

『キッチン・コーナー』（*Kitchen Corner*）においても（図3）、同様のイメージが読み取れる。中央にタオルがあり、その両脇にはホウキと椅子しかない。社会の底辺を生きる家族の痕跡だけが示され、写真はそれ以上の介入を拒む。多木浩二が指摘するように、「エヴァンズの多くの写真は饒舌ではないし、押しつけがましい感情の表出はない。ドラマティックでもない」（多木 五三）。エヴァンズは、彼らの生きた痕跡だけを示す。そして、不在の名もなき人々を想像するように促すのだ。写真が伝えるのは乾いたリアリズムではない。そうではなく、血の通ったドキュメンタリーとして、空白をイメージせよ、と迫るのだ。

最後に『フィールズ家の台所の壁』（*Kitchen Wall*

in the Fields House）を見よう（図4）。壁に渡した板は、キッチンの収納棚の代わりだろう。だが、そこにはスプーンやフォークが差し込まれているに過ぎない。皿も鍋もない。コップもない。しかしながら、この貧しさの向こうには、そこで生きる家族の生活がある。エヴァンズの特徴である「平面」は、それを見る側のスクリーンとして機能するだろう。想像力が導き、「家族」が可視化する「枠」。雨水の染みた板に映る幻想の家族。それは「平面／正面」が見せる一時の幻だろうか。家族を想像させるスクリーンは、皮肉にも「貧困」と無縁ではない。

3 実験的フォト・テクスト——エイジーとドキュメンタリー

『我らが有名人を讃えよう』の前半はエヴァンズの写真、後半がエイジーの文学から構成され、両者はメタレベルで交差する。先にも述べたが、エヴァンズはキャプションを否定しているため、写真だけを見ると、統一的な解釈は困難である。だが、エイジーのテクストがメタフォリカルなキャプションとして機能し、エヴァンズの写真解釈に寄与している点は重要だろう。そして、エイジーのテクストは、写真をただ説明するのではなく、写真に暗示されたアラバマ「大衆」のドキュメンタリーである点も看過すべきではない。両者のテクストは、大衆への「共感」によって支えられ、同時にその困難を伝えるのだ。実際、エイジーとエヴァンズが「有名人」と呼ぶ人々は、「無名の人たち」であり、アメリカ国民の最大公約数になっている。「有名人の業績を紹介しても意味がない。街を往来する無名の人たち。彼らが何を着て、何に乗っているのか。どんな仕草をするのか。我々が無意識にカメラで集中するのはそれである」(エヴァンズ 一五一)。

エイジーとエヴァンズの方法は、上意下達の主張でも、感傷的同情でもない。不在の空間に家族を幻視する想像力(エヴァンズ)、或いはドキュメンタリーの対象である家族に同化し、自身の過去を見つめ直す想像力(エイジー)に依拠する。貧農を「忘れられた人々」「虐げられた人々」として感傷・鑑賞しても意味がない。そうではなく、問題なのは馴れ合いのジャーナリズムではないのか。この意味において、エイジーとエヴァンズの試みは、マーガレット・バーク=ホワイトとアースキン・コールドウェルによる『君は彼らの顔を見た』(*You Have Seen Their Faces*)(一九三七年)とは決定的に異なる。バーク=ホワイトらは、貧農をルポルタージュし、それを中上流の知識人に向けて「スペクタクル」として開示しているに過ぎないからだ。エイジーとエヴァンズの主眼は、他者に同化し、その生活に入ってゆくことにある。

『我らが有名人を讃えよう』において、エイジーの共感が際立つのは、パーソナル・ジャーナリズムと呼びうる「導入」("Inductions")の章である。ジャーナリスト・エイジーは、小作農家のグッジャー家の人々と出会う。そして、家に招待されて、夕食を共にする。心の交流が描かれるわけだ。グッジャー家とは、バーローズ家の別名だろうか。傷んだシャツやボロボロのオーバーオール、へたりきった靴、そして静かで質素な家「シェルター」。バーローズ家の写真が表象した風景は、グッジャー家の記述で反復し、読者の想像力を喚起するだろう。視覚化された「シェルター」は、宗教的な意味が付与され、清貧の美しさに反転し、エイジーの心を打つ。そして、彼はベッドルームの「壁」に、エヴァンズ的なスクリーンを見出す。その「壁」は、まるで自分と家族を隔てる「悲劇的な詩」(二〇四)

であるが、幻想／理想の家族を映す「枠《フレーム》」となる。もちろん清貧それ自体は美しくない。心が通っているから「美しい」と思えるのだ。

だが、一方で、エイジーの共感は、自責、後悔、不安、苛立ちという自戒・自虐の感情と無縁ではない。とりわけそれは、幼少期になくした自身の家族の絆を、眼前のグッジャー家に見出すときに顕著だろう。エイジーのパーソナルな視線は、グッシャー家の中に、自身の過去を捉えるのだ。この意味において、このドキュメンタリーは限りなく主観的な記憶に接近し、エイジー自身のノスタルジアとなる。食べて、語って、共感する。粗末な食事は「家庭の味」（四一六）へと変貌し、過去の記憶が呼び戻され、喪失感に苛まれる。共感は罪悪感へとスライドし、家族はいつしか羨む対象となり、自身はそれを覗く「スパイ」となる。

エイジーのグッジャー体験とは、自身の記憶との対峙・同化であり、追体験に他ならない。ドキュメンタリーとはあくまで同化であり没入である。そこに対象との距離など存在しないと言いたげだ。エヴァンズの「壁」とエイジーの「壁」。写真と文学を往復するメタファーは、相互浸透し、互いの欲望を映し出すだろう。「導入」の章が興味深いのは、エヴァンズとエイジーの主題が、メディアを超えて接続しているからであり、その交差が想像力を喚起するからと言えるだろう。だが、この実験的フォト・テクストは、その分かりやすさのまま終わらない。

「住居」（"Shelter"）、「衣服」（"Clothing"）、「仕事」（"Work"）はどうだろう。ドキュメンタリーが現実の創造的ドラマ化とされる一方で、これらの章では人間の主観／意識が極力排除されている。エイジー版カメラ・アイは、農民たちの生活に対し、断片的イメージを繋げ、総合的な解釈を拒むのだ。

そして、この客観的・実験的記述に対し、「序文」（"Preamble"）や「教育」（"Education"）では、主観的・感情的論調で、ジャーナリズムや教育制度批判を展開する。エイジーは貧農のルポルタージュを描き、返す刀で自身の立場、ジャーナリズム批判をして見せる。そして、双方向性を持たせることで、従来のジャーナリズムを更新しようと試みるのだ。この革新性と実験性は、当然のことながら、難解さの裏返しだろう。しかしながら、この試みこそが、ステロタイプを嫌うエイジーの面目躍如と言えるのだ。

4 フォト・テクストとフォークロア——FWPとナショナリズム

「大衆」の記述は、ニューディールのメディア政策の核心であり、政治性と無関係ではない。『我らが有名人を讃えよう』というフォト・テクストが、複層的に試みた「貧農」の可視化は、言い換えれば「大衆／アメリカ」の視覚化であり、客観／主観的な表象の実験スタイルだろう。ここで忘れてはならないのは、写真とFSAの相似形、或いは、文学とニューディールとの政治的繋がりである。

先にも述べたが、ニューディール時代、FSAが写真家を取り込み、OWIが映画関係者を巻き込み、FWPが多くの作家・編集者を救済したのは周知だろう。FWPによる「地誌編纂事業」とは、各州のガイドブック「アメリカ・ガイド・シリーズ」刊行に収斂し、地域文化やフォークロアを収集し、その多様性や雑種性を管理、包摂するナショナルな事業だった。FWPはフォークロアを通じてアメリカを視覚化し、奇しくも作家のナショナルな「共同作業」の端緒となる。(11) 実際、FWPの作家にはフォークロアに関する「課題」が割り振られ、「調査」と「報告」が義務づけられた。FSA写真に課されたルーティンな「課題」や「報告」と同様、FWPのフォークロア採集は「大衆」イメージの収集だったのだ(村上 三七-三八)。

ここで重要なのは、「アメリカ・ガイド・シリーズ」を通じて、多くの作家がFWPの影響下にあったことだ。例えば、フォークナーはどうだろう。ラルフ・エリスンやソール・ベロー、スタインベックらが積極的に関与したのとは異なり、フォークナーとFWPとの関係は希薄に見える。しかしながら、『尼僧への鎮魂歌』(一九五一年)のト書きに、『ミシシッピ・ガイド』からの多数の引用が確認できること以上に、フォークロアとフォークナーの関係性は無視できない。左翼運動はドキュメンタリーと連動するだけでなく、フォークロアを重用し、文化産業はその大衆的人気を取り込むからだ。そして、FWPはそれを積極的に利用し、リージョナルな文化の「ナショナル化」を目論む。フォークロアとは、一九三〇年代における文化と政治の結節点であり、だからこそフォークナーは、その意義に鋭敏に反応したと推測できるのだ。フォークロアという大衆文化の祖型に依拠して文化的統合を図ること。敷衍すれば、フォークロアとプロレタリアートという左寄りの文化が、恐慌とニューディールのもとで、ナショナルな文化へと反転すると言えばいいだろう。米国現代語学文学協会(MLA：Modern Language Association)のアメリカ文学部会の結成やトウェインをキャノンに押し上げた風潮も、この時代の特徴のひとつなのだ。そして当然のことながら、このような「アメリカ」の可視化は、エヴァンス/エイジーの仕事と同根である。

加えれば、FWPのフォークロア部門をベンジャミン・ボトキンが統括し、アメリカ作家同盟のコンスタンス・ルアークがアメリカ文学の起源と大衆を結びつけていた事実も重要だろう――「彼女（ルアーク）の『アメリカのユーモア』は、アメリカ文学の起源を民衆のフォークロア的文化に遡って解明しようとした、左翼的なアメリカ文学史の試みだった」（村山　三八）。ボトキンのフォークロア採集、口承文学への視座は、多文化主義の先取りであり、ルアークの思想は、アメリカ「国文学」というナショナルな行為に接続するからだ。そして、一九三五年の「人民戦線」の方針転換、つまりファシズムの脅威に対し、階級闘争ではなく国内統一を目指すという戦略への転換が、文化伝統の擁護、ひいてはフォークロア重視の文化主義に繋がっていたことも重要だろう（ボトキンらの文化政策は、戦後、リチャード・ドーソンによる反共政策によって、抹消されていく運命ではあるのだが）。

さらに言えば、雇用促進局（WPA：Work Projects Administration）の下部組織がFWPであり、そこでは文学、音楽、美術、演劇の四つの分野で、芸術家が政府に雇われている。この失業者事業に関しては、共産党の協力が不可欠で、ニューディールは彼らを上手く取り込みながら、ナショナルな事業を遂行していたことも看過すべきではない。

再びフォークナーに戻るが、一九三〇年代以降、彼が『征服されざる人々』（一九三八年）、『村』（一九四〇年）、『行け、モーセ』（一九四二年）というように、フォークロアに満ちた小説群（初出は短編）を発表している点も重要である。『アブサロム、アブサロム！』（一九三六年）に顕著な「記憶への遡行」という初期スタイルではなく、パッチワーク・キルトのように、フォークロアを収集し、それを南部というリージョンに接続し、ひいてはネイションを表象するというスタイルへの変化は、FWPの余波と言えるだろう。これはフォークナーのトウェイン化であり、先のエイジー／エヴァンズのフォト・

テクストと同期する(そこでは貧農の家族が前景化されていたはずだ)。そして、主人公が、クエンティン・コンプソンのような知識人ではなく「大衆/農民」である点、或いは過去の英雄を誇大妄想的に語る老婦人が出現しない点なども、大きな変化と言っていい。FWPは、フォークロアの収集を通じて、アメリカを再定義する。そしてそれは多様性の抑圧でなく包摂であり、モザイクなネイションを肯定するイデオロギー装置となる。

ニューディールと「ニュー」・アメリカニズム

一九二〇年代、映画監督ジョン・グリアソンが述べた「ドキュメンタリー」とは、身近な社会を記述し、感情に働きかけるナイーヴな表現形式であった。しかしながら、一九三〇年代、ルーズヴェルトに収斂する全体主義的思想に接近するなかで、「ドキュメンタリー」はその意味を変容させるのだ。左翼系知識人、そして社会主義的思想・運動と結びつき、ドキュメンタリーは政治性を帯びる。

奇しくもドキュメンタリー映画/写真の隆盛は、ニューディール時代の「アメリカ」を活写し、そのメディア政策下において、「大衆」を可視化するだろう。ここで興味深いのは、ニューディールのFSAやFWPが主導するレトリックが、左翼系ドキュメンタリーに接続する点である。アメリカのナショナルな政策が、何故左寄りのテクストに接近するのだろうか。FSAが描き出す、恐慌やその苦難の人生に耐える崇高な「農民」。それはFSAのレトリックが生み出す「大衆」の顔であり、そのイメージはナショナリズム的共産主義/社会主義と限りなく近い。民主主義の国家プロジェクトが、そ

共産主義／社会主義的な風景を切り取り、それが新たな「アメリカニズム」となる矛盾。この奇妙な表象のレトリックは、ルーズヴェルト時代における内向きのアメリカの「別の顔」だろう。映画、写真、小説、雑誌。メディアを横断し、思想を攪乱しながら、「文化」は生成され、変貌を遂げる。我々は、テクストとコンテクストの関係性を見つめ、クロスメディアの可能性とその政治学に対して、リアクトする必要があるだろう。

注

(1) FSA写真に関して、ストライカーは「農民」に過剰な肯定的メッセージを付与する発言をしている。無名農民の「顔」を撮る。それは「大衆」を視覚化し、ナショナリズムに接続することを意味する。(レヴァイン 三三)

(2) 一九三〇年代におけるドキュメンタリーに関しては、エリック・バーナウとウィリアム・ストットを参照されたい。

(3) 世界恐慌と一九三〇年代に関して、それを「飢え」の時代と捉えた概論、T・H・ワトキンスが詳しい。

(4) 絶望的な失業率とダストボウルの最中、シカゴ国際万国博覧会が開かれている点は重要だろう。「進歩の一世紀」(センチュリー・オブ・プログレス)というタイトルのもと、流線型が生み出す「未来」が提示され、テクノロジーが礼賛されているからだ。三〇年代は恐慌の時代だが、エンパイヤ・ステートビル(ニューヨーク)やゴールデン・ゲート・ブリッジ(サンフランシスコ)など、巨大建造物がこぞって作られている。その振れ幅の大きさは無視できない。

(5) ロイ・ストライカーとFSA写真プロジェクトに関しては、ジェームズ・カーティスとフォレスト・ジャック・ハーレイが重要である。カーティスの論考のなかで、ラングはストライカーに関して「嫉妬深くファイルを守る官僚」(カーティス 一一)と述べている。少なくともフォトグラファーにとって、ストライカーは芸術の庇護者ではなかったからだ。

(6) アメリカ文化を官僚が作る、といえば奇妙だろうか。例えば、一九三〇から四〇年代の「ハリウッド映画」をイメージしよう。スタジオ時代のハリウッド映画は、性や暴力描写が描かれず、モラルからの逸脱がない(一見)健全な紋切り型である。これらは、

OWIにおいて、ジョセフ・ブリーン（そしてウィル・ヘイズ）が検閲フォーマット（映画制作倫理規定）を実施した結果に他ならない。一九三四年から六八年に至るまで、この検閲はハリウッドの枷であり、特色となったわけだが、「写真」において、ストライカーが行った管理・統制も同種の意味を持つ。逆に言えば、ニューディール期の官僚による管理と統制は、同時代のアメリカ文化に強い影響力を与えたと言えるのだ。

(7) 一九三六年、ラングは『移動農民の母』を撮影する。その年は、フォトジャーナル誌『ライフ』が創刊され、スタインベックがジャーナリストとして活発に動き出す年でもあった。スタインベックは、『ネイション』に農村労働者の苦境を描く「カリフォルニアにおける疑わしき戦い」を寄稿し、『サンフランシスコ・ニューズ』に移動農民の現状をルポする「収穫するジプシーたち」を発表する。様々な角度から「農民」が可視化されている点は重要だろう。

(8) FSA写真と「対話」したフォト・テクストを見ていこう。アーチボルト・マクリーシュの『妖精の国』（*Land of the Fee*）（一九三八年）とリチャード・ライト『千二百万人の黒人の声』（*12 Million Black Voices*）（一九四一年）が好例である。『妖精の国』では、八八枚のFSA写真が使われ、見開き二頁の左側が散文詩、右側には写真が配置されている。社会批判のための写真は、いつしか主役に踊り出ているのだ。これは文字テクストと写真の関係を反転させた好例だろう。一方、『千二百万人の黒人の声』では、ストライカーのもとで編集を務めたエドウィン・ロスカムが構想を立てる。言語と写真の相互作用を試みて、それが功を奏している。

(9) 我々はもう一つのフォト・テクストを看過すべきではない。スタインベックの『怒りの葡萄』である。ドロシア・ラングとの共同作業、そして『ライフ』カメラマン、ホーレス・ブリストルとのカリフォルニア移動農民の取材が、『怒りの葡萄』という国民文学を生み出したことは、実はあまり知られていない。『我らが有名人を讃えよう』と同じく、写真イメージが先行した例だろう。興味深いことに、スタインベックは写真イメージを「中間章」の客観描写に置き換えているのだ。
　ジョード家の旅路とは、乳と蜜が流れるカナンを目指すモーセのそれに重ねられ、恐慌の苛烈な現実は、聖書的ナラティヴで覆われる。ここで強調されるのは、苦難を乗り越える強靭な意志、そして家族の絆という「思想」を、如何にレトリカルに「切り取るか」だろう。ラングの『移動農民の母』がスタインベックに与えたメッセージとは、まさにそのレトリックであり、政治的メタファーに他ならない。官僚ロイ・ストライカーが管理したFSA写真のレトリックが、後にノーベル賞を受賞する国民作家に手渡された瞬間である。

(10) フォークナー、オルダス・ハックスリー、ナサニエル・ウエスト、そしてエイジー。ハリウッドの脚本家として、才能を浪費した彼らだが、エイジーはその立場を最も上手く利用した一人である。彼の脚本には、晩年の傑作『アフリカの女王』(*The African Queen*)(一九五一年)や『狩人の夜』(*The Night of the Hunter*)(一九五五年)がある。映画評論家としての確立は、生活の安定をもたらし、創作への土台を築くことになる。

(11) FWPに関しては、ジェレ・マンジョーネやモンティ・ノーム・ペンカウワーが詳しい。

引用文献

Agee, James. *Let Us Now Praise Famous Men, A Death in the Family, Shorter Fiction.* New York: Library of America, 2005.

Adams, Mark. *Roy Stryker Papers, 1912-1972.* Stanford: Microfilm Corporation of America, 1982.

Balio, Tino. *Grand Design: Hollywood as a Modern Business Enterprise, 1930-1939.* Berkeley: U of California P, 1993.

Barnouw, Erik. *Documentary: A History of the Non-fiction Film.* New York: Oxford UP, 1993.

Campbell, Russell. *Cinema Strikes Back: Radical Filmmaking in the United States 1930-1942.* Ann Arbor: UMI, 1982.

Coleman, Arthur. "Hemingway's *The Spanish Earth.*" *The Hemingway Review* 2.1 (1982): 64-7.

Cowley, Malcom. *The Portable Faulkner*. New York: Viking, 1946.

Curtis, James. *Mind's Eye, Mind's Truth: FSA Photography Reconsidered.* Philadelphia: Temple UP, 1980.

Denning, Michael. *The Cultural Front: The Laboring of American Culture in the Twentieth Century.* New York: Verso, 1996.

Evans, Walker and John T. Hill. *Walker Evans at Work: 745 Photographs Together with Documents Selected from Letters, Memoranda, Interviews, Notes.* London: Thames and Hudson, 1982.

Faulkner, William. *Absalom, Absalom!* New York: Vintage, 1990.

Federal Writers' Project of the Work Progress Administration. *Mississippi: The WPA Guide to the Magnolia State.*

Jackson: UP of Mississippi, 1938.
Hurley, Forrest Jack. *Portrait of a Decade: Roy Stryker and the Development of Documentary Photography in the Thirties*. Baton Rouge: Louisiana State UP, 1972.
Levine, Lawrence W. "The Historian and the Icon." *Documenting America 1935-1943*. Eds. Carl Fleischhauer and Beverly W. Brannan. Berkeley: U of California P, 1989.
Mangione, Jerre. *The Dream and the Deal: The Federal Writers' Project, 1935-1943*. Boston: Little Brown, 1972.
Nelson, Cary. "Hemingway, the American left, and the Soviet Union: Some Forgotten Episodes." *The Hemingway Review* 14.1 (1994): 36-45.
Penkower, Monty Norm. *The Federal Writers' Project: A Study in Government Patronage of the Arts*. Urbana: U of Illinois P, 1977.
Steinbeck, John. *The Grapes of Wrath*. New York: Penguin, 2006.
Stott, William. *Documentary Expression and Thirties America*. Chicago: The U of Chicago P, 1973.
Stryker, Roy E. "Documentary Photography." *The Complete Photographer* 4.21 (1942):1364-74.
Susman, Warren. *Culture as History: The Transformation of American Society in the Twentieth Century*. New York: Panthon, 1984.
Trachtenberg, Alan. *Reading American Photographs*. New York: Hill and Wang, 1989.
Watkins, T. H. *The Hungry Years: A Narrative History of the Great Depression in America*. New York: Henry Holt and Company, 1999.
Waugh, Thomas. "Water, Blood, and War: Documentary Imagery of Spain from the North American Popular Front." *The Spanish Civil War and the Visual Arts*. Ed. Kathaleen M. Vernon. Ithaca: Cornell UP, 1990. 14-24.
ウルリッヒ・ケラー「ウォーカー・エヴァンズ『アメリカン・フォトグラフス』　大陸を超えた文化批判」『ウォーカー・エヴァンズ　アメリカ』（リブロポート、一九九四年）五九―七七頁
クリスチーヌ・ハイス「不況時代のアメリカ　政府の委嘱によるドキュメント写真」『ウォーカー・エヴァンズ　アメリカ』（リブロポー

ト、一九九四年）一七–二六頁
多木浩二「エヴァンズの方法」『ウォーカー・エヴァンズ　アメリカ』（リブロポート、一九九四年）五一–五八頁
竹中悠美「FSA写真再考――大恐慌期アメリカのドキュメンタリーにおける貧しき者への眼差し――」『社会科学』第四五巻第三号一–二四頁
中良子「記憶のドキュメンタリー――『我らが有名人を讃えよう』におけるテキストの写真性――」大井浩二編『共和国の振り子　アメリカ文学のダイナミズム』（英宝社、二〇〇三年）一九五–二一〇頁
ビッキー・ゴールドバーグ『美しき「ライフ」の伝説　写真家マーガレット・バーク＝ホワイト』佐復秀樹訳（平凡社、一九九一年）
村山淳彦「フォークナーとフォークロア」『フォークナー』第五号三三–四三頁
宮本陽一郎『モダンの黄昏　帝国主義の改体とポストモダニズムの生成』（研究社、二〇〇二年）

人種を語る自伝的言語の構築――『ブラック・ボーイ』／『アメリカの飢え』における「リチャード・ライト」の位置

永尾　悟

「世界と私の間に」――黒人作家の自伝的視座

作家として駆け出しの頃のリチャード・ライトが『パーティザン・レビュー』に発表した詩「世界と私の間に」（一九三五年）は、南部の人種的暴力のトラウマが黒人の自己認識を歪める不可避性を描いたものである。ある晴れた日の朝、森の中を歩いていた「私」は、草の上の「物体」に突然つまずく。足元には「折れた小枝」と「焼け焦げた葉脈」、「黒い血で固まったズボン」（二四六）と灰の上に横たわる骨があり、かすかに漂うガソリンの匂いに気づく。踏みつけられた草の上には「葉巻と煙草の吸殻」、「ピーナッツの殻」、「空っぽになったジンのフラスク瓶」、そして「娼婦のリップスティック」（二四六）が散らばっている。見世物になって燃え果てた男性の痕跡から「私の心が恐怖という凍った壁に囲まれる」（二四六）のを感じながら、その骨と灰が次第に「私」の身体の一部となり、転がった頭蓋骨の眼窩から朝日を仰ぎ見る感覚にとらわれる。犠牲者と視点を共有した「私」は、「その場の煤けた細部が世界と私の間にぐっと押し入ってきた」（二四六）と語るように、「世界」へのまなざしが南部の人種的暴力と死への恐怖によって阻まれることを実感するのである。

アメリカ黒人作家の地理的想像力についての先駆的論者メルヴィン・ディクソンは、この詩の「私」がライト自身だとすれば、作家という職業の可能性を求めて北部に渡った彼が「文学的な声」を発見したのは、南部という「過去」への想像上の「帰郷」を果たした瞬間だと指摘する(五七―五八)。南部を離れたライトは詩の中の犠牲者と同じ運命を回避したが、作家としての彼の地位は、逃れようとした故郷の過去との分かち難い結びつきを確認することで初めて確立できたというのである。このように、「世界と私の間に」入り込む人種的暴力の「細部」が、思想的な制約と解放という相反的要素をもたらすことは、この詩の約十年後に出版されるはずだった自伝的小説『アメリカの飢え』の結末と重なる。南部各地で転居を繰り返した後にシカゴに渡った語り手リチャード・ライトは、共産主義運動に対する傾倒と幻滅を経て作家として身を立てる決意を固め、「私は、私と外の世界との間に言葉という架け橋をかけよう」(三八四)と考える。[1]「言葉」が自己と世界の隔たりを繋ぐ「架け橋」になることは、地理的かつ人種的境界といったアフリカ系アメリカ人にとっての制約を「私」という視点から語る作家の位置を探ることで乗り越えようとするライトの試みを暗示する。

二部構成の『アメリカの飢え』は、出版社やブック・オブ・ザ・マンス・クラブの意向を受けて、南部時代を描いた第一部「南部の夜」のみが『ブラック・ボーイ』として一九四五年に出版された。シカゴ時代に関する第二部「恐怖と栄光」は、ライトの死後二十年以上を経て一九七七年に『アメリカの飢え』として日の目を見ることになる。『ブラック・ボーイ』の結末において、語り手リチャードは、「人生の様々な可能性をぼんやりと覗き見るようになったのは、偶然読んだ小説や文芸批評のおかげだった」と語り、その例として「ドライサー、メンケン、アンダスンという人が書いた本」を挙げる

（四一三）。つまり、人種的かつ地理的制約を越えて本格的な作家修行へと語り手を導くのは、リアリズムと自然主義、そしてモダニズムの作家たちである。南部という「世界」で生きる意味を理解して表現するための「言葉」は、人種的感性を共有するはずの黒人知識人たちのものではない。

ヨーロッパ系アメリカ人作家の「言葉」を通して周縁化された人種的自己を認識する行為は、自伝的作品に取り組む黒人作家としてのライトの戦略を映し出している。先行研究でも指摘されるように、この作品はマイグレーション・ナラティブの系譜に位置づけられ[2]、南部大農園の黒人奴隷とその末裔が抑圧を逃れて北部に移住するという歴史化された人種的共通経験を描いている。ライトが作品名に「ブラック・ボーイ」という黒人男性の呼称を選んだのは、人種的な連帯意識によって声なき黒人たちに言葉を与える役割を意識したことの表れである。しかし、個人の経験を南部黒人の文化的アイデンティティの表現へと昇華しながらも、この作品が中心的に描くのは、南部生まれの黒人少年が作家という職業を志して精神的成長を遂げる物語である。『ブラック・ボーイ』で無学な少年リチャードが新しい言葉に触れ、読書を重ねて「世界」への認識の手がかりにすることは、『アメリカの飢え』で貧困の中で作家として身を立てようとする青年期の物語への布石となっている。この自伝的物語は、作家としての立ち位置をめぐるライトの自己言及であり、さらに言えば、当時の黒人作家が人種にまつわる自己表現をする上での制約的状況を映し出している。

そこで本論では、『ブラック・ボーイ』／『アメリカの飢え』の語り手が、言語の習得を積み重ねて人種的経験への意味づけをする過程を辿りながら、この自伝的テクストを通して黒人作家ライトの書くことへの自意識がいかに浮かび上がるのかを考察する。「世界と私の間に」の「文学的な声」の発見と同様に、リチャードの語る主体の位置づけは、ライトが人種的制約を越えた作家としての自己像を構築する試みであった点を明らかにしたい。先行研究の多くは、先に出版された『ブラック・ボーイ』のみに着目しながら、黒人少年としての共通経験の表象を読み取ろうとしており、『アメリカの飢え』との一貫性についての検証は十分になされてこなかった。[3] よって本論では、構想から出版までの事実関係を確認し、草稿を含む執筆過程で施された改稿について部分的にではあるが考察する。

1 人種を語る作家の自伝的意識

『ブラック・ボーイ』/『アメリカの飢え』は、ノンフィクションに近い自伝と見なされることもあるが、[4] 構想から執筆、そして出版までの経緯を見ると、個人的事実を記した自伝として一面的には捉えられない複雑な背景が存在する。「すべての著述は秘められた形式の自伝である」と自ら語るように(ロウリー 四一〇)、ライトの作品は自伝的意識によって書かれたものが多い。初期のエッセイ「ジム・クロウの生活倫理——自伝的小品」(一九三六年)は『ブラック・ボーイ』のもとになった習作であり、これが収められた『アンクル・トムの子供たち』(一九三八年)の短編はすべて出身地ミシシッピ州が舞台になっている。そして、彼が一九三〇年代中盤に書いた最初の長編小説『ひでえぜ今日は!』(一九六三年)は、主人公ジェイクの設定が、大恐慌期のシカゴで郵便局員として働いていたライト自身に基づいている。写真家エドウィン・ロスカムと共作したフォトエッセイ『千二百万人の黒人の声』(一九四一年)は、南部の農村とシカゴのゲットーに生きる人々の日常的現実に目を向けながら、人種にまつわるアメリカ史を「私たち黒人は」という一人称複数の視点で語っており、アメリカにおいて黒人存在や経験がいかに定位され、その中で創り出される集合体としての人種的自己を作家自身が内包していることを暗示している。このように、歴史的かつ社会的諸状況の中で構築される人種的自己を捉える試みは『アメリカの息子』（一九四〇年）にも見られる。主人公ビガー・トーマスは、シカゴで起きた連続殺人事件の犯人ロバート・ニクソンについての綿密な調査に基づいて、ライトが南部で実際に出会った様々な黒人男性の総体として生み出された（「ビガーはいかに生まれたか」四三七）。この人物造型においてライト自身の人生との直接的接点はあまり見当たらないが、映画版では自らビガー役を演じた事実を踏まえると、登場人物が表象する人種のパフォーマティヴな性質を自演することで、そこに現前する黒人男性としての自己を確認しようとしたと考えることもできる。

代表的なライト伝の著者ミシェル・ファーブルによると、ライトは、『アメリカの息子』出版前後に自伝執筆の可能性を代理人ポール・レイノルズに打診した（二五一）。作家としての地位を固めつつあった時期に、これまで間接的に作品に組み込んできた個人的な経験を自らの名前で語る思いが強まっていたのであろう。それから一年後にはタイプ用紙で六六九枚分もの草稿を書き、「黒い告白」というタイトルをつけた。草稿では、自らの実体験の描写とその意味を自問する内省的な文章の組み合わせが繰り返され、実在する人物名もほぼそのままである。また、幼少期に見知らぬ女性の排尿を見て強い衝撃を受けたり、思春期に頭皮に傷のある少女への共感のような恋心を抱く経験など、のちに削除される性や恋愛にまつわる場面も含まれている。特筆すべきなのは、メンフィスを旅立って列車でシカゴに到着するまでの場面が同じパラグラフの中で描写されている点である。列車から見える

「田畑」が「よく手入れされた農園」になり、「北上するにつれて景色から文明の変化が実際にわかるのだ」と考えながら、オハイオ川を渡ってイリノイ州に到着する（「黒い告白」三七五）。この場面に基づけば、草稿の段階で南部と北部の連続性の中で自己像を表象する明確な意図を持っていたと考えられる。

草稿としてまとめた自伝の出版を固く決意するきっかけとなったのは、一九四三年四月にテネシー州ナッシュビルのフィスク大学で自らの生い立ちについて講演をしたときのことである。当時住んでいたニューヨークから南部への帰郷を果たしたライトは、黒人専用車両での移動を強いられ、リベラルな黒人たちが発言を規制される大学の雰囲気を感じ取り（ファーブル 二四九-五〇）、南部時代に経験した人種的苦境を再認識する。白人と黒人の聴衆を前に生い立ちを語るライトは、静けさの中で「興奮しつつも半ば抑制した、張り詰めた笑い」が起こるのを感じ、「黒人が公的に発言すべきではないこと、白人によって禁じられてきたことを口にしている」のだと自覚する（ファーブル 二四九）。聴衆の複雑な反応によって、「声なき黒人少年たちに私の言葉を貸し与えたい」という思いを抱き（キナモン／ファーブル 六五）、当時取り組んでいた小説を中断して「黒い告白」を全面的に書き直し、講演から八か月後には「アメリカの飢え」というタイトルの原稿をレイノルズに送った。その原稿は、南部で生まれた黒人少年リチャードが人種的抑圧の経験の中で文学への情熱を募らせていく第一部、そして、移住した恐慌期のシカゴで作家として身を立てようとする葛藤が描かれる第二部で構成されていた。つまり、全体を通して集合的人種経験を自伝的な声によって表象する前提を保ちながらも、作家としての自己に焦点を当てた個人的で特殊な側面を併せ持つ物語となったのである。

自伝を通してライトが意識した自己と人種との不可分な関係は、ジェイムズ・ボールドウィンが「代表／表象《リプリゼンテーション》の責務」と表現したように、黒人作家は人種全体を代表して表現をする「公的な役割」を求められるという「共通の苦悩」（ゲイツ 一八）に起因している。とりわけアフリカ系アメリカ人が専業作家になることが難しかったこの時代に『アンクル・トムの子供たち』と『アメリカの息子』をハーパー社から上梓していたライトは、広く認知された数少ない黒人作家の一人として大きい影響力を持っていた。このことは、ラングストン・ヒューズが一九三九年の講演において、「黒人が職業作家になることは困難である。アメリカの雑誌社、新聞社、出版社は我々に対してきつく閉ざされているのだ」と述べながらも、その例外としてライトの名前を挙げていることからもわかる(5)（二〇四）。また、『アメリカの息子』は黒人作家の作品として初めてブック・オブ・ザ・マンス・クラブの選定図書になって商業的に成功したように（キナモン 一二二）、白人主流の出版業界はライトに対しては「きつく閉ざされて」はいなかった。さらに、作家としての実績に乏しかった一九三五年に、雇用促進局（WPA）によって設立された作家支援組織「イリノイ作家計画」から固定給を得ていたように（ロウリー 一〇八）、当時のライトは他の作家よりもはるかに制度的な恩恵を受けていたである。

黒人作家の「代表／表象《リプリゼンテーション》の責務」を引き受ける立場にあったライトは、自伝的小説を書く前提として「自分はまさしく平均的な黒人だ」という認識があったと主張する（キナモン／ファーブル 六六）。確かに『ブラック・ボーイ』の多くの逸話は、南部黒人少年が経験する貧困や人種的抑圧の暴力性を反映しており、『アメリカの飢え』は、グレート・マイグレーションを経た黒人が北部で直面する困惑や苦難を言表する。その一方で、作家を目指す語り手は、人種という呪縛から抜け出せば

「私が何者であるか、何になりうるかを知る」（四一四）可能性を信じ、未知なる「真実の私」を探求するべく作家の道を歩む決意をする。語る「私」の特殊性が前景化されることによって、黒人であることと個人であることの二重意識が激しくせめぎ合う状況がテクストに刻印される。語り手は、周囲の黒人と白人の両方から「黒人らしい」言動を求められるが、黒人らしさが場所や状況といった関係性の中で偶発的に変化する差異の構築であることを理解して抵抗しようとする。語り手が内面化する差異の流動性は、ステュアート・ホールが定義する文化的アイデンティティの第二の定義、つまり、「本質化された過去のようなものに永遠に固定化されるようなものではなく、歴史、文化、権力の継続的な『戯れ』に左右される」という見方（二二五）に手がかりを見出すことができる。ホールは、「共通の歴史と先祖を持つ人々が内包する集合的な『唯一の真実の自己』」という第一の定義に対して、第二の定義は、文化的アイデンティティが「場所、時間、歴史、文化を超越して既存するものではない」として、複数の差異の中から「つくられる同一性や縫合の不安定な地点」だと主張する（二二三—二二六）[6]。この第二の定義による文化的アイデンティティとは「『あるもの』というだけではなく『なるもの』だ」とホールは言うように（二二五）、ライトの自伝的テクストは、黒人としてのアイデンティティを固定化された起源に求めるのではなく、「黒人少年《ブラック・ボーイ》」に「なる」ことに対する語り手の自意識を映し出すのである。

黒人性の構築性にまつわるこの自意識は、作品出版までの複雑な経緯とも重なる。フィスク大学での講演から約八か月後に完成した原稿は、南部時代を描いた「南部の夜」とシカゴ時代の「恐怖と栄光」の二部構成になっており、南北の境界をまたぐ南部黒人男性の物語には明確な一貫性があるという自負をライトは抱いていた。一九四三年一二月にレイノルズ宛に原稿とともに送付した手紙には、「この原稿に大きく手を加えることは今後ないと思う……全体としてこのままにしておくべきだ」と述べており(ファーブル 二五三)、翌年四月二五日付のハーパー社のゲラ刷りはライトの意志通り二部構成になっている。(7) しかし、一九四五年に同社から出版されたのは、第一部の「南部の夜」に結末を書き足した作品であり、却下された第二部の「恐怖と栄光」の原稿は『アトランティック・マンスリー』が買い取ったが、同誌に掲載されたのは共産主義活動に関する部分をまとめた内容であった(ファーブル 二五五)。『ブラック・ボーイ』というタイトルは、作品の分断を知らされたライトが新たに考案したものだが、「黒人少年《ブラック・ボーイ》」に「なる」過程は、当時の黒人作家が作品の編集と出版を通して対峙せざるを得なかった現実だとも言える。

リチャードが北部行きの電車に乗る場面で終わる『ブラック・ボーイ』は、人種的抑圧を逃れて北部に自由の希望を見出すというカラーラインと南北の地理的境界を重ね合わせる読みを許容するようにも見える。しかし、人種の問題を南部の地域特有のものとして単純化することは、「恐怖と栄光」の冒頭部でリチャードが初めて目にしたシカゴの景色が「僕のすべての幻想を嘲笑った」(二六一)という印象とは明らかに矛盾する。総菜屋の雑用係の仕事に就いたばかりの彼が「白人と黒人の分離という事実」に直面し、「アメリカにおける黒人の精神」は「不毛地帯に押し込められている」と考えるように(二六五)、南部からの地理的移動が自由を保障しない状況を示唆する。さらに、人種的差異を構築する白人のふるまいは、メンフィスでは「足蹴り」のような身体的苦痛によって容易に認識されうるが、シカゴでは疑心暗鬼で彼らの真意を探るような「不確かなもの」だと理解する(二六五)。

このように、「恐怖と栄光」が黒人の周縁性を国家的文脈で捉えようとするのであれば、これを「南部の夜」から切り離すことはライトの作品執筆の意図に反することになる。

第二部を切り離した背景について、ジェフ・カレムは、ハーパー社の担当編集者エドワード・アズウェルに対して『ブラック・ボーイ』を選定図書にしたブック・オブ・ザ・マンス・クラブからの働きかけがあったことを両者の書簡に基づいて指摘する（七七）。一九二六年に設立されたこの団体は、三〇年代以降になるとペーパーバック版の普及によって会員数を増やし、四〇年代にはその数が五〇万人に達するほどになり、白人中産階級の会員を対象とした書籍の売り上げにおいて出版社以上に強い影響力を持っていた（ヤング 七八）。一九四五年二月二八日に刊行された『ブラック・ボーイ』は、同年三月の選定図書としてグレンウェイ・ウェスコットの『アテネのアパート』とともに三ドルでセット販売されたように、幅広い読者層に向けた販売促進が展開された。[8] 刊行から半年間の売り上げ五〇万部のうち六割以上が同クラブの会員によるものだった点を踏まえれば（ファーブル 二八三）、作品の大幅な変更を受け入れることはライトにとって合理的な判断であったと言える。『アメリカの息子』が選定図書になった際にも、性描写の削除や白人女性メアリー・ドールトンの男性に対する積極性を修正するというクラブの要求に応じていたのである（ヤング 七〇）。

『アメリカの飢え』についてクラブから求められた修正は、選定委員の一人ドロシー・キャンフィールド・フィッシャーからの書簡を通して概ね明らかになっているが（二三一―三九）、「恐怖と栄光」を切り離す理由については言及がない。しかし、その手がかりとして考えられるのは、北部をアメリカ的自由と平等の希望が実現する理想的な場所として描くというフィッシャーの提案である。彼女はライトに対して「アメリカの理想を信じるすべての人々を勇気づけるような」希望ある言葉を結末に追加することが「私たち」の提案だとして、「不正という監獄の中からでさえ、人種的抑圧というあのバスティーユ監獄の格子窓を通して、リチャード・ライトがアメリカの国旗を一目見たということにできないでしょうか」と綴る（二三二－二三三）。「不正」と「人種的抑圧」の「監獄」としての南部からの脱出が、「アメリカの国旗」が象徴する自由と平等の「理想」に導くというフィッシャーの比喩的表現が示すように、人種にまつわる南北の対比を明確にするというクラブの意向が強く働いていたことが推測できる。こうした背景を踏まえれば、フィッシャーが『アメリカの飢え』のタイトル変更を求めたのは、国家に対する否定的なイメージを喚起する語句は、第二部が切り離された作品には合わないという判断に基づいていたと考えられる。

ブック・オブ・ザ・マンス・クラブの啓蒙的役割について、ジャニス・A・ラドウェイは、教養ある中産階級の読者たちとは異なる境遇の登場人物に対して彼らの同情や共感を引き出す「感情教育」（二八二）であったと指摘する。選定委員が想定する読者の「感情」という曖昧な基準は、『ブラック・ボーイ』の出版に作用する結果を招いた。これによって、おおむね好意的だった出版当時の書評の中で、W・E・B・デュボイスなど黒人知識人による書評は、作品が黒人存在を南部の地域的特殊性と結びつけて表象していることへの批判を展開した。デュボイスは、ライトが「大農園で生まれ、アーカンソー州エレインやメンフィスのスラム街で過ごしたことで黒人《ニグロ》全体を理解したと思っている」（三四）と揶揄し、南部での苦難に満ちた時代を描くライトの自伝的テクストが黒人経験の真正性を捉えているという誤解を招く可能性を示唆した。さらに、ライトが「芸術家としての役割を忘れている」（三四）

とデュボイスは批判するが、もし二部構成の自伝的作品を通して「黒人少年《ブラック・ボーイ》」に「なる」自意識を地理的越境者の視点で捉える当初の目的が明らかになっていれば、作品への評価は異なるものだった可能性は否めない。

2 言語の習得から「リチャード・ライト」の誕生へ

加筆された『ブラック・ボーイ』の結末において[9]、北部行きの電車に乗る語り手は、「白人南部」に対する表現方法としての「反抗」について思いめぐらす。「人生は感情的に拒絶をする世界に私を陥れたが、私は自由な選択によって反抗することを受け入れたわけではない」(四一三)として、制限と抑圧に満ちた環境の中で可能な主体的ふるまいこそが「反抗」であった。さらに、「私の環境が私を支えたり糧を与えたりしなかったとき、私は本にしがみついた」(四一三)と語り、読書という言語行為を通して絶望的な日常を生き抜こうとしたと回顧する。「反抗」という自己表現が「自由な選択」ではない点について、ヒューストン・A・ベイカー・ジュニアは、アレン・ロックが『新しいニグロ』の序文で指摘したような「強いられた」言説の「変形」によって黒人たちが構築した「人種的あるいは表現上の戦略」と同質のものだと指摘する(『モダニズム』八一)。ロックが編纂した『新しいニグロ』を「モダンなアメリカ黒人の表現活動の時期」を象徴するものだと評するベイカーは、所有された状態からの解放という黒人たちの探求が「言語の占有権移転」[10]という表現上の企てによって表象されることがアメリカ黒人のモダニズム特有の形式だと指摘する(『モダニズム』五三―六九)。

白人たちの言葉によって思考の領域が支配されるのではなく、その言葉を自らの経験を位置づける新たな意味体系の中で変形させることで人種的独自性をつくり出すのである。『ブラック・ボーイ』／『アメリカの飢え』の語り手と言語の関係を通してライトが実践するのは、ベイカーが定義する「言語の占有権移転」による人種にまつわる自己表現の獲得である。この自伝的作品が辿る物語は、語り手が代表する黒人少年の人種的抑圧の経験を通した成長であると同時に、彼が人生の重要な契機に新たな言葉を習得し、彼の混沌とした経験に意味的な秩序を与えて表象するための言葉に変形していく過程である。そして、人種認識と言語の相関性に対して成長とともにより意識的になる語り手は、「黒人の人生は無意識な苦しみが秩序なく広がる土地のようなもので、自分たちの人生の意味を知り、自分たちの物語を語ることができる黒人はわずかしかいない」（二六七）と十九歳の時点で実感するのである。

言語にまつわる通過儀礼の初期段階において、無垢なリチャードが意味を知らずに言葉を覚え、その言葉を使う本能的な自己表現の喜びを禁じられる逸話がある。メンフィスに移り住んだ六歳の彼は、食べ物を買う小銭を乞うために近所の酒場付近をうろつき、泥酔した大人たちのふるまいを恐怖と好奇心をもって観察する。その様子に気づいた客の一人が、彼に無理やり酒を飲ませ、淫らな言葉を言われた通りに繰り返したら小銭をやると言う。「朦朧と酒に酔った状態で不可解な言葉を発したときの男や女たちの反応は私を夢中にさせた」（二一）ため、母親から制止されるまで何度も酒場に足を運ぶようになる。このように、幼いリチャードは、自分には無意味な言葉が引き起こす状況に戸惑いながらも、言葉が人々に与える影響を漠然と認識し、新しい言葉を貪欲に吸収する。それから小学校に通い始めた彼は、昼休みに校庭で年長の児童から複数の卑語を教えられ、新しく覚えた語句を披露したい衝動にかられる。この中には酒場で知った言葉も含まれていたため、教室の中で発言すべきではないと理解するが、衝動を抑えきれずに自宅や近所の家の窓に石鹸を使って大きな文字で落書きをする。語り手が石鹸の卑語を「ひらめきの殴り書き《インスピレーショナル》」（二五）と呼ぶことは、禁じられた言葉であっても表現する衝動を肯定的に捉える姿勢の表れであり、一貫した自己表現への理想を求める作家としての未来を暗示している。しかし、石鹸の文字を消すよう命じた母親の厳しい叱責によって「以後こうした言葉は決して書かずに心の中にしまっておく」（二五）と誓うように、「ひらめきの《インスピレーショナル》」表現という内発的な創造性が社会的には禁忌であることを知るのである。

幼少期の経験を通して自己表現の禁忌を知る語り手は、成長するにつれて言葉への渇望を強めながら黒人共同体の中で孤立していく。言葉への渇望は読書への目覚めにつながり、読書が示す言葉の魅力は彼を物語の執筆へと駆り立てるが、言葉が生み出す想像力は、思考と感情を抑制する南部黒人の生き方への疑念を深める。このきっかけとなる出来事として、彼が初めて物語の世界を知る場面が描かれる。父親の家出によってさらなる貧困に陥った一家は、ミシシッピ州ジャクソンに住む祖母の家に身を寄せるが、下宿人の女性教師から読み聞かせてもらった「青ひげと七人の妻」の物語に衝撃を受ける。小説が「悪魔の仕業」だと考える祖母によって結末の直前で止められるが、リチャードには虚構の物語が「真の人生を味わう」ことを可能にし、「持てるすべての感情が引き出された最初の経験」となる（四〇）。文学的想像力は「禁じられた魅惑的な土地への入り口」として日常的現実とは別の世界の可能性を示し（四〇）、黒人少年を取り巻く南部の環境への疑念を生み出すのである。この疑念は、十五歳になったリチャードが初めて短編小説を書いたことでより強固なものとなる。感情に任せて三日間で書いた「地獄の半エーカーのブードゥー魔術師」は地元の黒人紙『サザン・レジスター』に掲載されるが、同級生は黒人少年の彼が物語を書く理由を理解しない。物語を書くことで「彼らに近づけるはずだったが、これまで以上に完全に彼らから切り離された」（一六七）と感じる。そして、彼らとの距離感の背景にあるのは、学校が黒人の文学について教えず、彼らの夢や野心を「抑圧するよう仕組まれた南部の教育制度全体」（一六九）だという認識に至るのである。

学校教育に組み込まれた人種秩序への反抗を表明する儀式として、卒業式での演説の逸話が描かれる。ジム・ヒル公立学校の卒業生代表に選ばれた語り手は、校長が書いた原稿をそのまま読むよう命じられ、白人の出席者がいる以上「彼らに話すことを君一人で考えることができるものか」と言われる（一七四）。校長を白人に「買収されている」と蔑むリチャードは、自分が書いた原稿を読む意志を貫くが、校長の原稿を読む代表として級友のグリッグスが選ばれる。そして校長と衝突した彼は、他の生徒や家族から激しく非難されて孤立感を深めるのである。このように、「強いられた言語」を従順に読み上げて制度内で「黒人少年《ブラック・ボーイ》」に「なる」ことを受け入れるグリッグスに対して、「一人で考える」ことで自ら選んだ言語表現を貫く語り手は、白人南部で人種的他者として生きる級友たちの連帯を撹乱する。リチャードの反抗的自己は、グリッグスとの対照性によって明確化されているが、実際のライトのふるまいは語り手とは部分的に異なる。一九二五年にスミス・ロバートソン中学校の卒業式で代表に選ばれたライトが、校長が準備した原稿を読むことを拒否し、別の生徒[11]がそれを読んだ点は作品と一致するが、自分の原稿の中で人種隔離政策を批判する箇所は校長の指示に従って削除した（ファーブル 五四）。作品出版にまつわる彼の判断と同じように、十七歳を目前にしたライトは、「黒人少年《ブラック・ボーイ》」の文化的アイデンティティが制御する現実との妥協の中で書くことを選んだ。実現しえなかった言葉の抵抗を分身としての語り手が果たすことは、書くことをめぐる自己演出とも言える。

語り手が本格的に文学的表現の模索を始めるのは、北部に渡る資金を稼ぐためにメンフィスに移り住んでからである。これまではパルプ雑誌を読むことが多かったが、古本屋の常連になって『ハーパーズ・マガジン』や『アメリカン・マーキュリー』などの雑誌に親しむようになる。メンフィス時代の彼に文学的開眼をもたらす契機は、地元紙『コマーシャル・アピール』でH・L・メンケンの南部観を非難する記事を目にしたことである。「南部で非難されるのは、私が聞く限り黒人だけだ」と思っていた彼は、『アメリカン・マーキュリー』の編集長であるメンケンが黒人と同じように「非難」されていることに「同情」を感じ（二四五）、アイルランド系の同僚の図書館カードを使って『序文集』を借りる。本に登場する発音の仕方もわからない名前の作家たちを目にして、語り手は「新しい何かを感じて、世界の見方を変えるようなものに触発されたい」衝動にかられ、メンケンのように「私も言葉を武器として使えるだろうか」と自問するのである（二四九）。この衝動の高まりによって読書に夢中になった彼は、シンクレア・ルイスの『本町通り』の登場人物が抱える「閉鎖的な人生の限界」を感じ、シオドア・ドライサーの『ジェニー・ゲアハート』と『シスター・キャリー』によって「母の苦しみの感覚がはっきりとよみがえる」（二四九―五〇）。リチャードにとって「母の苦しみ」は、貧困や飢えや「無意味な痛みと終わらない苦しみ」を集約する「心の象徴」として彼の人生観を形成してきた。そして、「無意味な苦しみから意味を絞り出そうとして初めて生きる意味が生まれるという信念」（一〇〇）を抱き続けてきた。この「信念」を実現する手がかりを与えるのが、メンケンの本で知ったアメリカ作家の小説だと彼は確信する。

語り手の特殊な小説の捉え方について、ベイカーは、「彼自身の凝縮された感情に燃料を与えるために小説を『燃やして』いる」と表現しながら、「感情や物の見方」を明らかにするために「消費する」対象物だと述べる「(『ブルース』一四五)。つまり小説は、「真の価値」や「文学的技法」といった審美的判断の対象とはならず、黒人の人生の諸相を言語的に構築する「相関物」の役割を果たすため、小説の「従来的言説はゼロへと還元される」と論じる（『ブルース』一四五-四九)。この議論を踏まえて着目したいのは、語り手に「感情や物の見方」を示すアメリカ小説は、自然主義からモダニズム期にかけての白人主流作家によるものだという点である。メンフィスで物を書くための「より良い言葉の感覚」を模索する語り手は、メンケンの本で知った白人作家の小説を読んで、「視点を掴んだと感じたらすぐにその作者を捨てていく」（二五二）のだと考える。そして、シカゴで本格的な作家修行を始めた彼は、「自分が読んだ小説に匹敵するレベルの表現」を求めてガートルード・スタインの『三人の女』のモダニスト特有の文体を試みる。そして「言葉を習得し、それらを消去し、新しく作り直して意味あるものに変えて」「読者が新しい世界に浸る感情のクライマックス」に引き込むような文章を書くことが「私が生きる唯一の目的」だと考えるようになる（二八〇)。「習得」した既存の文学的言語を「作り直して」新たな意味を付与することは、「言語の占有権移転」というベイカーが定義する黒人モダニズムの企てと重なる。語り手は、自らの環境と思考を形成する「強いられた」白人中心的言語を書き換えることで、南部黒人として生まれ育った経験を新たな意味体系の中で表象することを目指す。南部黒人としての自己は人種主義的制約の中で構築されるが、この構築性に抵抗する語り手の文学的自己は、こうした制約を超越する想像力の源泉となる。

語り手による「言語の専有権移転」は、ライトが作家としての地位を確立していく中で実践を続けてきたことである。初期の評論「ニグロ文学のための青写真」（一九三七年）では、「黒人のフォークロアと同様にエリオット、ジョイス、プルースト、ヘミングウェイ、そしてアンダスン……が黒人作家の遺産を形成するのだ」（五〇）と述べて、黒人作家が人種の伝統的表現を守りつつも超越的視点を持つことでアメリカ作家として認知される可能性を主張した。これを裏付けるように、同時期に取り組んでいた『ひでえぜ今日は！』では、ダズンズという黒人的掛け合いとジョイスを思わせる意識の流れが共存している。そして、自然主義的とされる『アメリカの息子』にはシュールレアリズムの影響を受けた描写が多く見られる一方（マレン 五〇一）、ビガー・トーマスの人物像は一九三〇年代の犯罪ミステリーなどのパルプ小説の影響が色濃く見られる（エンティン 二三六-二三七）。ライト作品の実験性は同時代の文学的潮流との接点を模索する意図が読み取れるが、彼に求められたのは、初期の代表的短編「ビッグ・ボーイ故郷を去る」（一九三六年）に見られるような黒人特有の表現に富む会話と写実的描写による作品であった。このことは、「ビッグ・ボーイ」の成功によって長編小説の執筆を依頼したノートン社が、ライトが書き下ろした『ひでえぜ今日は！』に対して「あなたらしい平易さと文体と写実性を保った」作品が望ましいとして出版を断った事実からもうかがえる（カレム 六二）。『ブラック・ボーイ』が『アメリカの飢え』から切り離された点についても、主人公の北部への旅立ちの場面で終わる「ビッグ・ボーイ」的な物語展開を「南部出身の黒人作家らしい」とする編集者側の見方が前提にあったと言えるだろう。ライトが彼らに譲歩したのは、数少ない黒人専業作家として「代表／表象の責務《リプリゼンテーション》」を果たすための現実に即した判断であった。このように日常的現実と作家活動の両面において構築される人種的自己に対して、ライトは、自らの過去を一貫性のある言語経験の物語として再構築しながら、作家としてこれからあるべき姿をテクストの中で表象したのではないだろうか。

未来に向けた過去の再編成――書き換えられる作家の自己像

『アメリカの飢え』の結末は、共産主義活動に幻滅したリチャードが、一九三六年のメーデーの喧騒から離れ、閉ざされたアパートの一室で静かに机に向かう場面が描かれる。これまでの人生で「私が掴んだのは言葉、そして、この国が人間らしい生活について何も手本を示してくれなかったという漠然とした認識だけだ」と考える彼は、「私と外の世界との間に言葉という架け橋をかけ」、「私たちの心に表現しがたい人間らしい感覚を生かし続けたい」と決意する（三八三）。「私たち」のために書く「私」とは、「代表／表象の責務《リプリゼンテーション》」への意志を暗示しているが、語り手の机上にある「一枚の白紙」（三八三）からもわかるように、「何を書くのか」については手探りのままである。この時点で『アンクル・トムの子供たち』の中の三つの短編を書き終えた設定であるため、語り手は職業作家リチャード・ライトとしての一歩を踏み出していたことになる。しかし、これらの短編は彼が「探し求めていた経験の質を捉えていなかった」（三四二）と実感するように、『ブラック・ボーイ』／『アメリカの飢え』の全体が、作家としての自己が見出されるための未完の過程である。このことは、『ブラック・ボーイ』出版の翌年にライトが自由な表現を求めてパリに渡り、実存主義哲学やネグリチュード運動に影響を受けつつ『アウトサイダー』（一九五三年）などの作品を生み出す未来を予言するものでもある。

　これまで論じたように、『ブラック・ボーイ』／『アメリカの飢え』は、語り手リチャードが人種的経験を言語化する自己を位置づけようとする葛藤を辿りながら、その分身としてのライトの書くことへの自意識を反映した作品である。執筆の主な動機は「声なき黒人少年たちに私の言葉を貸し与えたい」という思いであったが、その方向性は「代表／表象《リプリゼンテーション》の責務」を負う作家としての表現方法や立ち位置を探ることへと移行した。これによって、「黒人少年《ブラック・ボーイ》」に「なること」の集合的経験を自伝的テクストの中で表象しながら、再編成された過去にこれから見出されるべきリチャード・ライト像を投影しようとした。しかし、白人主流作家の言語体系を書き換えることで意味を付与される黒人像は、ブック・オブ・ザ・マンス・クラブから白人中心の読者層に向けて修正を求められ、作品出版を優先したライトはこの要求を受け入れた。しかし、編集される黒人像／作家像と対峙しながらも人種的制約を越えた表現方法を探求するライトの姿勢は、語り手の言語にまつわる葛藤の中に刻印されている。さらには、「声なき黒人少年たち」に「貸し与え」ようとするライトの「声」は、人種化された自己を言語的に構築される自意識によって相対化することで、人種を「一つの経験」として集合的に捉える視点を越える可能性を持つのである。

注

(1) Richard Right, *Black Boy (American Hunger): A Record of Childhood and Youth*. New York: Perennial-Harper, 2006, 348.『ブラック・ボーイ』／『アメリカの飢え』、および作品注釈からの引用はすべてこの版により、これ以降ページ数のみを括弧内に記す。また、引用文の日本語訳はすべて筆者による。

(2) 例えばファラ・グリフィンは、マイグレーション・ナラティブを規定する四つの要素として、北部への移住のきっかけとなる出来事、北部の都市景観との初めての対峙、都市生活における苦難の経験、都市生活の継続あるいは南部への帰郷の展望だと指摘する(三一〇)。この定義に基づけば、『ブラック・ボーイ』／『アメリカの飢え』はマイグレーション・ナラティブの典型だと言える。

(3)『ブラック・ボーイ』／『アメリカの飢え』は、一九九一年に初めてライブラリー・オブ・アメリカから一つの作品として出版され、その中で一九四五年当時の書き換えの多くについて確認できるようになった。それ以前の批評では『ブラック・ボーイ』の南部経験を完結した物語として解釈するのが主流であり、近年の批評においてもシカゴ時代の物語を除外する傾向がよく見られる。

(4)『ブラック・ボーイ』は、モダン・ライブラリー編集部による二〇世紀の英語ノンフィクション百選で一三位にランクされている。

(5) サディアス・M・デイヴィスが指摘するように、ライトの一世代前にあたるハーレム・ルネッサンスの作家たちは、人種的表現としての芸術の可能性を広げた点で大きな社会的影響をもたらしたが、彼らの多くは別の仕事をしながら執筆活動をしていた(一四一)。

(6) この第一の定義は、アイデンティティに対する本質主義的な立場を含むが、ホールは、「強いられたあらゆるディアスポラの歴史の離散と分断の経験に想像的一貫性を付与する手段」として重要な役割を果してきたため、決して過小評価すべきではないと指摘する(二二四)。

(7) ゲラ刷りは、イエール大学バイネッキ図書館のリチャード・ライト・ペーパーズ第一三ボックスの収録資料に基づく。標題紙には『アメリカの飢え――自伝』(*American Hunger: An Autobiography*)と表記されているが、一九七二年の没後版では「自伝」が削除されている。

(8) 個別購入の価格は二ドル五〇セントであったため、会員はほぼ一冊分の金額でセット購入が可能であった(ライト・ペーパーズ第一三ボックス)。

(9) この部分は、『アメリカの飢え』の執筆中に「より感情的な結末で締めくくる」べく試行錯誤の上に書かれていた（ライト・ペーパーズ第一二ボックス）。『アメリカの飢え』の完成原稿では一旦削除されるが、その後『ブラック・ボーイ』の結末としてそのまま使用された。よって加筆の内容は、編集者側の意図に沿ったものではなく、作品の分断以前のライトの考えが反映されている。

(10)『新しいニグロ』が出版された一九二五年はハーレム・ルネッサンスの最盛期であるが、この文芸運動を西洋的基準の模倣に過ぎないとして「失敗であった」という批判的見方に対し、ベイカーは、表現上の可能性が後続の世代へと受け継がれていくことになったと主張する。

(11) グリッグスのモデルは、ディック・ジョーダンというライトの長年の友人である。「黒い告白」では実名で登場しているが、出版社に送る直前のタイプ原稿にはジョーダンという文字の上にグリッグスと打ち直した跡がある。

引用文献

Baker, Jr., Houston A. *Blues, Ideology, and Afro-American Literature: A Vernacular Theory*. Chicago: U of Chicago P, 1984.

—. *Modernism and the Harlem Renaissance*. Chicago: U of Chicago P, 1987.（ヒューストン・A・ベイカー・ジュニア『モダニズムとハーレム・ルネッサンス——黒人文化とアメリカ』小林憲二訳　未來社、二〇〇六年）

Book-of-the-Month Club News (February 1945). Richard Wright Papers, Box 13, Folder 235. Yale Collection of American Literature, Beinecke Rare Book and Manuscript Library, New Haven.

Davis, Thadious M. *Southscapes: Geographies of Race, Region, and Literature*. Chapel Hill: U of North Carolina P, 2011.

Dixon, Melvin. *Ride Out the Wilderness: Geography and Identity in Afro-American Literature*. Urbana: U of Illinois P, 1987.

Du Bois, W. E. Burghardt. "Richard Wright Looks Back: Harsh, Forbidding Memories of Negro Childhood and Youth." *Richard Wright's* Black Boy (American Hunger): *A Casebook*. Ed. William L. Andrews and Douglas Taylor. Oxford: Oxford UP, 2003. 33-36.

Entin, Joseph B. *Sensational Modernism: Experimental Fiction and Photography in Thirties America*. Chapel Hill: U of North Carolina P, 2007.

Fabre, Michel. *The Unfinished Quest of Richard Wright*. 2nd ed. Trans. Isabel Barzun. Urbana: U of Illinois P, 1993.

Gates, Jr., Henry Louis. *Thirteen Ways of Looking at a Black Man*. New York: Random, 1997.

Griffin, Farah Jasmine. *"Who Set You Flowin'?": The African-American Migration Narrative*. Oxford: Oxford UP, 1995.

Hall, Stuart. "Cultural Identity and Diaspora." *Identity: Community, Culture, Difference*. Ed. Jonathan Rutherford. London: Lawrence and Wishart, 1990. 222-37.

Hughes, Langston. *Essays on Art, Race, Politics, and World Affairs*. Columbia: U of Missouri P, 2002.

Kinnamon, Kenneth. Introduction. *New Essays on* Native Son. Ed. Kinnamon. Cambridge: Cambridge UP, 1990. 1-33.

—, and Michel Fabre, eds. *Conversations with Richard Wright*. Jackson: UP of Mississippi, 1993.

Madigan, Mark J. *Keeping Fires Night and Day: Selected Letters of Dorothy Canfield Fisher*. Columbia: U of Missouri P, 1993.

Mullen, Bill V. "Richard Wright: *Native Son*." *A Companion to Modernist Literature and Culture*. Ed. David Bradshaw and Kevin J. H. Dettmar. Malden: Blackwell, 2006. 499-506.

Radway, Janice A. *A Feeling for Books: The Book-of-the-Month Club, Literary Taste, and Middle-Class Desire*. Chapel Hill: U of North Carolina P, 1997.

Rowley, Hazel. *Richard Wright: The Life and Times*. Chicago: U of Chicago P, 2001.

Wright, Richard. *American Hunger: An Autobiography*. Ts. Richard Wright Papers, Box 13, Folders 222-26. Yale Collection of American Literature, Beinecke Rare Book and Manuscript Library, New Haven.

—. "Between the World and Me." 1935. *Richard Wright Reader*. Ed. Ellen Wright and Michel Fabre. New York: Harper, 1978. 246-47.

—. *Black Boy (American Hunger): A Record of Childhood and Youth*. New York: Perennial-Harper, 2006.

—. "Black Confession." Ts. Richard Wright Papers, Box 9, Folders 202-08. Yale Collection of American Literature, Beinecke Rare Book and Manuscript Library, New Haven.

—. "Blueprint for Negro Writing." 1937. *African American Literary Theory: A Reader*. Ed. Winston Napier. New York: New York UP, 2000. 45-53.

—. "How Bigger Was Born." 1940. *Native Son*. New York: Perennial-Harper, 1993. 431-62.

Young, John K. "'Quite a human as it is Negro': Subpersons and Textual Property in *Native Son* and *Black Boy*." *Publishing Blackness: Textual Constructions of Race since 1850*. Ed. George Hutchinson and John K. Young. Ann Arbor: U of Michigan P, 2013. 67-92.

ラルフ・エリスンのモダニズムと大衆文学・文化

山下　昇

ブラック・モダニズムの系譜とエリスン

二〇世紀初頭に文学のみならずさまざまな分野において世界的なモダニズム運動が進展する。アメリカ黒人文学のモダニズム運動を高らかに宣言したのが、アレン・ロックの「ニュー・ニグロ」宣言（一九二五年）であり、ハーレム・ルネッサンスの黒人作家たちの作品にモダニズムを標榜したものが多数見受けられる。最初のブラック・モダニズムの作品がジェームズ・ウェルドン・ジョンソンの『元黒人の自伝』（一九一二年）だと言われ、ジーン・トゥーマーの『サトウキビ』（一九二三年）や、ネラ・ラーセン『パッシング』（一九二八年）、ゾラ・ニール・ハーストン『彼らの眼は神を見ていた』（一九三七年）を始めとして、少なからぬ黒人作家によるモダニズム作品が輩出する。

ハーレム・ルネッサンス期から少し時間が経過して登場するラルフ・ウォルドー・エリスン（一九一四–九四）の小説『見えない人間』（一九五二年）がアメリカの代表的なブラック・モダニズムの作品であることに異議を唱える人はほとんどいないと思われる。そのモダニズムは、しかしながら、例えばアーネスト・ヘミングウェイやウィリアム・フォークナーら白人作家のものとは異なる側面を有しており、それ故に「ブラック」・モダニズムと呼ばれる。これは彼がアフリカ系アメリカ人であることと無関係ではない。アメリカ黒人には、歴史的な理由もあって、独自の文化があり、その黒人文化との関係が、「黒人文学」の独自性をもたらしている。一方でエリスンは普遍的な文学というものに自覚的な作家であり、「黒人作家」と呼ばれることを嫌い、自分は「黒人文学」を書いているのではないと主張している。

本論は、そのエリスンのモダニズムの特質を、大衆文学・文化との関係から読み解こうという試みである。いずれの文学においてもそうであるように、モダニズムと大衆文化との関係は一筋縄ではいかない。両者の関係は、後者の否定の上に成り立っている場合もあり、後者の洗練された発展である場合もある。その点を念頭に置きながら、いくつかの要素を検討していくこととする。そして最後にこの作品の評価に関わることとして、近年になって明らかにされた作品改訂のプロセスに関する成果を参考にして、筆者の考えを述べることとしたい。

1　コンヴェンションへの反発

『見えない人間』は名前のない語り手が自らの来歴について語るという形式の作品であり、いくつかの著名な伝記や伝記的作品への言及ないしはそれらの影響が見受けられる。「僕は見えない人間である。かといって、エドガー・アラン・ポーにつきまとった亡霊のたぐいではないし、ハリウッド映画に出てくる心霊体でもない」(三)、という書き出しに見られるように、ゴシック小説の祖の一人であるポーに言及するとともに、言外に英国作家H・G・ウェルズの同名作品『透明人間』(一八九七年)を喚起させながらも、同時にハリウッド映画やSFのような大衆文化・文学でないことを宣言している。SFについては、一九八一年版の著者解説において「私が書きたくないのはSF小説である」(xv)と明確に否定の対象としている。ハリウッド映画への言及に関しては、三〇年代にドラキュラ・シリーズやフランケンシュタイン・シリーズ、吸血鬼や狼男シリーズ、ポーの作品の映画化などが盛んになされ、先の『透明人間』も三三年に映画化されているが、そのことが主人公の無意識的な時代感覚に反映されていると言えるだろう。

一人称の語り手が語る物語はアメリカ小説のおはこであり、古くは『白鯨』(一八五一年)のイシュメイル、『ハックルベリィ・フィンの冒険』(一八八四年)のハック、『グレート・ギャツビー』(一九二五年)のニックなど枚挙に暇がない。そうした観点からすればこの小説も「偉大なアメリカ小説の伝統」に与しようとする野心的な作品であると言えよう。この語り手＝主人公を巡っては、先の著者解説で作者は「どうして(白人の描いた黒人人物は言うまでもなく)アフロ・アメリカ小説のほとんどの主人公には知的な深みがないのか」(xix)と不満を吐露している。それはつまりこの物語の主人公には知的な深みをもたせ、それによって従来の「黒人文学」にはなかった新しい小説を作り出そうとしたということである。これに関してヘンリー・ルイス・ゲイツ・ジュニアはリチャード・ライトの文学との比較を通して、次のように指摘している。

ライトの『アメリカの息子』と『ブラック・ボーイ』という題名には人種や自己、存在の意味が含まれている。エリスンが織りなす文彩は**不可視性**という言葉を冠する『見えない人間』という題名で、つまり、不在をもって黒人や先住民の将来の存在を描くという皮肉な応答に見出せる。また、**人間**という言葉は、**息子**や**少年**という言葉に比べて、成熟したつよい立場になることを示唆している。（一〇六）（太字原著者、傍線筆者）

つまりライトの作品では主人公は一人前の大人でなく、自己の存在を主張するのが精一杯の息子や少年であるのに対して、エリスンの主人公は皮肉な応答ができる余裕のある大人として設定されているということである。

このような主人公（語り手）の設定に影響したのは、作者自身が明かしているように、ドストエフスキーの『地下室の手記』（一八六四年）の主人公である（xix）。この主人公も名前が無く、現在は中年だが二四歳の青年の時の出来事を回想している。青年は甚だしく自意識過剰で、「病的なほど知性が発達して」おり、人付き合いが極度に不得手である。そこに描き出されているのは、「終わりのない絶望と戦う人間の姿」である。時代と場所、抱えている問題が異なるとはいえ、この物語と『見えない人間』の間には大いなる共通性があることは明らかである。

モダニズムの手法と関係して、もうひとりのモデルとなったと考えられるのが、ジェイムズ・ジョイスの『若い芸術家の肖像』（一九一六年）のスティーヴン・ディーダラスである。こちらの方は少年期から青年期のアイルランドにおける性や宗教や政治との葛藤に苦しむ多感な人物の物語だが、言うまでもなくモダニズムの旗手としてのジョイスの面目躍如たる手法と言語にあふれている。この作品にヒントを得て、エリスンが「アフリカ系アメリカ人の芸術家の肖像」の物語を書こうとしたと言っても的外れではないであろう。

これらの知的で多感でプライドの高い若者の内的葛藤をモダニズムの作品に結実させたエリスンが、ライトらの自然主義的ないしはリアリズムの作品に対して飽き足りない思いを抱いたのはやむを得ないことだったかもしれない。例えばライトの『アメリカの息子』(一九四〇年)の主人公は、犯罪を冒して収監され、白人の弁護士によって指摘されるまで黒人の社会的立場を言葉によって説明できない人物である。ビガーは外的な力(運命)によって犯罪者となり、死刑となる。小説はそのプロセスを自然主義小説として外部より描いていく。このような小説にエリスンが同調できなかったのは当然だろう。

そもそもエリスンはオクラホマ時代から「ルネッサンス的人間」を目指していたと述べており、三五年にT・S・エリオットの『荒地』(一九二二年)に出会い、三七年ころには文章の練習で、ジョイス、ドストエフスキー、ガートルード・スタイン、ヘミングウェイを研究し、特にヘミングウェイを熟読したことを明らかにしている。周知のとおり彼は元々クラシック音楽の作曲家を目指していたのであり、音楽についての造形の深さはプロ級である。そのこともあり、音楽と小説技法に関して、「音楽の技法に関心を向けていたおかげで、現代詩と小説のある種の技法や意図などを学ぶ過程ではまったく違和感を覚えませんでした」(『影と行為』一六〇)と述べている。また、「肝心なのは自分が小説の技法に強い関心を抱いていたということで、ほとんど始めからきわめて意識的に、自己発見の手段として小説技法に取り組んでいた」(一六一)と技法への強い関心を強調している。そのような彼が自然主義的なリアリズムに飽き足らず、モダニズムの技法に意識的だったのは当然である。

だが彼の描く物語が黒人人物たちの登場する物語であり、黒人の生活を舞台としたものである以上、そこに黒人の文化や歴史が色濃く反映されるのは必然であった。ではそれはどのように取り込まれ、自然主義を超克しているのだろうか。

2 自伝または自伝的作品と成長物語

先のジョイスの『若い芸術家の肖像』が、自伝ではないが「自伝的作品」であり、成長物語（ビルドゥングスロマン）であるように、『見えない人間』も一面的には「自伝的作品」、「成長物語」である。そもそも「自伝」ないし「伝記」は大衆文学の典型であり、とりわけアメリカ合衆国では伝記の出版・購読が盛んである。黒人文学においても同様であり、黒人文学における代表が「奴隷体験記」（スレイヴ・ナラティヴ）である。奴隷体験記の古典としてこの小説に関係するのが、フレデリック・ダグラスとブッカー・T・ワシントンのそれである。また一九三〇年代の雇用促進局（WPA）の元奴隷への聞き書きの刊行の影響のもとに誕生するフィクション、第二次世界大戦後のネオ・スレイヴ・ナラティヴは、アフリカ系アメリカ文学の主流となる。エリスンの小説は奴隷制を扱ったものではないが、元奴隷であった祖父が果たす重要な役割、ヴァナキュラーな語りなどに鑑みて、アーネスト・ゲインズの『ミス・ジェーン・ピットマンの自伝』（一九七一年）とともにネオ・スレイヴ・ナラティヴとして扱われることもある。

スレイヴ・ナラティヴとネオ・スレイヴ・ナラティヴの間にあるものが、例えばライトの『ブラック・ボーイ』（一九四五年）である。『ブラック・ボーイ』は、後に『アメリカの飢え』（『続・ブラック・ボーイ』）（一九七七年）として出版されたものと併せて完全版であるが、これはライトの自伝と言ってもいいような作品である。そうした作品としての性質から、当然のことながら一人の黒人少年の苦難と成長を比較的リアリズムの強い手法で描いたものということができるであろう。なおアメリカ共産党との出会いと決別を描く続編部分は、テーマ的にはエリスンの『見えない人間』と重なるところがあるのだが、全体が公刊されるのはずっと後のことなので、この部分がエリスンの執筆にどのような影響を与えたのかを検討することはできない。彼とライトとの交友関係からして、エリスンが未公開の部分も含めてライトが書いたものを目にした可能性は否定できない。よしんば目にしていないとしても、話には聞いて知っていたはずである。エリスンにとってもこのテーマは避けて通れないものであったが、彼のこのテーマへの対応は後で改めて検討することとしたい。

なお、自伝のテーマである「成長物語」の枠組みに関しては、アフリカ系アメリカ人の場合は、成長することが緩慢なるアイデンティティ崩壊につながることがしばしばであり、そのような考えが、小説の中の「タスキーギ教育の理想や、北部への大移動の夢、組織による政治的解決の希望、などの嘘を暴いている」（二〇九）とクローディン・レイノーは指摘している。また、この点に関してフォークロアの影響を指摘する者もあり、ニゲル・トーマスは、「私」の視点はブルース・シンガーから借用したもので、民族の集合体を代表するものだと述べている（一四一）。

3　フォークロアのモチーフ

ニゲル・トーマスが著書の「序論」においてその研究の歴史を包括的にまとめており、風呂本惇子が詳しく類型化し、実証しているように、フォークロアには多くの要素が含まれている。「動物ばなし」（ウサギどん、キツネどん、クマどんなど）、「ジョン（・ヘンリー）ばなし」、「なぜばなし」、「神と悪魔のはなし」、「ばかばなし・ほらばなし」、「説教師ばなし」、「怪奇ばなし・不思議ばなし」などの民話に加えて、スピリチュアル（霊歌）、ワークソング、ブルース、説教、まじない、諺などのさまざまな民間伝承がある。また、教会や学校、工場などの場所や、説教師、ブルース・シンガー、悪党などの人物、奴隷制や人種差別の象徴である人形や小物などフォークロアの指標となるものも多数ある。一方で、フォークロアは黒人の占有物というわけではなく、白人においてもとりわけ西部や南部を中心にした「南西部のフォークロア」があり、白人作家の作品にも取り入れられているのは言うまでもない。だが、黒人作家の作品においてとりわけ重要な役割を果たしているのは、「ヴァナキュラー」（黒人の日常生活を表す口語表現）と呼ばれる語り口である。

アメリカ黒人の経験について考える際に、最も基本的なことは奴隷としての経験であることは論を俟たない。奴隷たちは全く無権利のうちに過酷な生を強いられ、文字の読み書きを禁じられ、教育を受ける権利を奪われていた。文字による伝達の手段を持たないことが、口誦文化を発展させ、独自のコミュニケーションを発達させた。黒人の経験の根底にあるものは「抑圧」であり、根本的な課題が「生き延びること」だったが、それらについて、人々は「トーストや語り、ダズンズやブルース、霊歌や説教がちりばめられた」ヴァナキュラーな言語をやりとりするのだった（オミーリー　一六六）。黒人の経験を語る際には、このように、フォークロアがらみのヴァナキュラーな語りが不可欠なのだが、それがエリスンのモダニズムにおいては素朴な形で取り入れられているわけではない。その点を以下に具体的に見ていきたい。

先のトーマスは黒人文学に登場する主要なフォーク・ヒーローに着目し、「説教師、悪党黒人（バッド・ニガー）、黒人モーゼ、トリックスター」に大別し、『見えない人間』に登場する人物の多くがトリックスターであると指摘している。「アメリカで黒人であって生き延びるためにはトリックスターでなければならない。ウサギどんとジョンの民話は主にこのことを教示している」（八一）と彼は述べ、トゥルーブラッド、帰還兵、ブレドソー、ブルース・シンガー、ラインハートらはトリックスターであることを力説している。一方、大学の創立者は皮肉な黒人モーゼであり、ブラザーフッドのジョンは悪党黒人、主人公は「ジョン・ヘンリー」であると述べている。このように登場人物のほとんどがトリックスターに大別されるのだが、それは彼らのすべてがステレオタイプであるということではない。むしろエリスンはステレオタイプな人物たちが登場するリアリズム小説を嫌っており、「ステレオタイプが隠そうとする人間の複雑さを明らかにしなくてはいけない」（xxii）と述べている。作者が主張するように、トリックスターであると名指しされる人物たちはそれぞれに非常に個性的であり、小説のなかで、いくつかの印象的な逸話を生み出している。これに関連して、キース・バイヤーマンは、焼き芋売りの男、ブラザーフッドのタープ、トゥルーブラッドの三人の重要性を主張している。後述するように、焼き芋売り男は主人公に自分の出自を確認させるし、タープは奴隷の足かせやフレデリック・ダグラスの写真を通して自分の黒人性を確認させる。トゥルーブラッドはその巧みな話術で彼を感嘆させる。

『見えない人間』には個性の強い人物たちが登場し、強い印象を与えるエピソードがいくつも描かれる。それらのエピソードが次々とつながって、この小説にモダニズム的構成をもたらしている。そのエピソードとは、「トゥルーブラッド・エピソード」、「ゴールデン・ディにおける帰還兵のエピソード」、「大学におけるブレドソーのエピソード」、「ラインハート・エピソード」などである。これらのエピソードはそれぞれの人物を主要人物とする短編小説のようなまとまりを見せている。同様なことが主人公にまつわる出来事についても言うことができる。「バトル・ロイヤル」、「ペンキ工場での出来事」、「立ち退き阻止事件」、「ブラザーフッドでの活動」、「ハーレム暴動」、そしてプロローグとエピローグにあたる「地下室での生活」である。

なかでも、この小説のフォークロアのモチーフの代表的なものであり、ヴァナキュラーな語りの特質が表現されているものが、トゥルーブラッドの告白、説教師の説教、主人公の三つの演説である。とりわけ小説の第二章の中心をなすトゥルーブラッド・エピソードは、この小説のなかで物語の進行を決定づけるものであり、しばしば論議の的となる。最も代表的なのはヒューストン・A・ベイカー・ジュニアによるもので、ひとつの論文全体がこのエピソードの分析にあてられている。彼によればこのエピソード創出の過程でフォークロアと文学的手法の区別は溶解し、独自のものができている（一七五）。このエピソードにおいて、黒人の性的放縦という白人の思いこみが具現化されており、それが抑圧されていた自らの果たせなかった娘への近親姦の衝動をノートン氏によみがえらせるように、白人と黒人の性をめぐる葛藤の本音を暴くものとなっている。トゥルーブラッドは罪を冒して黒人共同体から非難されながらも、白人たちにその話を聞かせることによって却って経済的な援助を引き出している。このようなトゥルーブラッドを、ベイカーは「トリックスターと商売人の二役」(一七五)を演じている、「滑稽でありながらも反抗的なトリックスター」(一八四)と呼んでいる。この人物は「多くの点で、現代アメリカ社会における健全で禁欲的で法に従う理想的な人物の正反対である」(一九〇)。また妻ケイトと娘マッティ・ルーについても、単なる被害者としてでなく、実際的でしたたかな点を見出している。そして最後に、この作品には「書かれた小説、歌われたブルース、多音節の自伝、ヴァナキュラーな語り、キリスト教的な堕落と黒人トリックスターの逆立ちした勝利などの全てが壮大に編み込まれている」(一九八)と結論づけている。

このエピソードはある意味でこの小説全体の縮図とも言える。トゥルーブラッドの評価は表面的な否定的側面とともに隠された裏面のしたたかさに及ぶ必要がある。同様に、ケイトとマッティ・ルーに対する評価も、他の女性たちの評価と共に慎重に行われなければならない。カーリン・シルヴァンダーの「女性差別的で噴飯もの」(七八)という非難がある一方で、クローディア・テートは「黒人人物がそうであるように、黒人女性の場合も、隠された人間性を見つけ出さなくてはならない」(一六二)、女性は主人公の成長を手助けする「代理母」や「教師」の役割を果たしている、と積極的な見解を示している。このような対立する解釈を招く理由のひとつは、この小説の手本となるものがブルースであることに関係している。この点については、作品の方法論に関係することなので、後で改めて述べることとする。

主人公の経験に関するエピソードに入る前に、フォークロア的なものの代表として、バービー牧師の説教について見てみたい。そもそもこの小説はそれぞれの章の独立性が高く、章が変わるたびに話題とともに中心となる登場人物や主人公の語り口が変化するのだが、第五章の中心はバービー牧師の説教である。この時の主人公は、後にブレドソー氏との面談を控えていて、自分の冒した失敗のために放校処分を受けるかもしれないという悲観的な気分にとらわれている。そのせいもあってバービー牧師の説教を、冷めた目でやや皮肉な態度で受け止めている。教会を兼ねた講堂で行われるこの儀式を、「ホレイショ・アルジャー流の黒人の儀式」と呼び、学生聖歌隊の緊張した様子や霊歌を歌う女子学生の様子を冷静に観察し、ブレドソー博士の来歴や服装にまで言及している。また一度だけ自分がその壇上で行った短い「演説」を思い起こしてさえいる。この演説は、バトル・ロイヤルや他の機会の彼の演説同様に、華美なレトリックにいろどられたものだが、内容が伴っていない空疎なものである。これに続いてバービー牧師の説教が一六ページにわたって続けられる。それは牧師によれば、「含蓄豊かな実話であり、証明された栄光と、謙虚な中にも滲み出た気品の生きた寓話」（一二〇）であり、民を解放するモーゼのような「指導者」の物語である。創立者は「予言者」とも呼ばれ、その死の後に遺志を引き継いで学園を今日の隆盛に導いたのがブレドソー博士であるという、「美しい話」（一二三）、夢のような話で、何度も聞いてよく知っている話であった。それは聖歌やドボルザークの「新世界」までもが奏でられる、音楽とコール・アンド・レスポンスの掛け合いに満ちた説教で、まさに黒人教会の説教の再現のようである。このエピソードを通して、黒人教会の雰囲気とともに、この大学の設立と発展の経緯、創設者とあとを受け継いだ人々について語られる。実際にはこの学校はエリスン自身が学生時代を過ごしたタスキーギ学院をモデルとしており、創立者はブッカー・T・ワシントンであることはあきらかである。語り手がなぜこの大学を克明に描写し、バービー牧師の説教を通してブッカー・T・ワシントンの生涯を語らせているのか、作者の意図がそこにどのように反映されているのかは、考えなければいけないことのひとつである。いずれにしても黒人の歴史を語るうえで避けて通れない人物（その評価は賛否分かれるところであるが）と、著名な教育機関が、粉飾されて登場することによって、作品のリアリティが一定程度担保されることは間違いないであろう。その描かれ方は矛盾する点や、皮肉な視点もあり、同時に霧がかかったような、「夜・蛾・夢」のような非現実な描写が取り入れられることによってリアルな小説であることを避けてもいる。

主人公の演説は主なものが三つある。と言っても最初の演説はごく短いものである。その演説は第一章に登場するが、この章の中心的な出来事は「バトル・ロイヤル」というフォークロア的なエピソードである。少年たちが互いに目隠しをして白人たちの前でやみくもに殴り合いをするという場面であり、黒人たちの置かれた状態を象徴的に示すエピソードである。この乱闘の直後に、おまけのような形で示されるのが主人公少年の演説である。内容はブッカー・T・ワシントンの有名な「アトランタの妥協」の二番煎じである。むしろ主眼は彼が「社会的責任」というべきところを誤って「社会的平等」と言ってしまうところにある。そのことは不問に付され、彼は奨学金を与えられるのだが、その夜に「この黒人少年を走り続けさせよ」と書かれた手紙を見つける夢を見る。これは後に同様のことが実際に生起し、正夢だったことになる。このように人種隔離体制下において黒人は白人に体よく利用されるばかりである。

これに対して、元奴隷だった祖父は、「わしはお前に、ハイハイと言って連中が何も言えないようにし、にっこり笑いながら奴らの心を傷つけ、奴らの考えに合わせて、死と破滅へと追い込んでもらいたい。わざと飲み込まれて、連中がお前を吐き出すか、連中の腹が張り裂けるかするようにしむけてもらいたいんじゃ」（一六）という遺言を残し、生き残りのための戦略を伝授する。それは「ウサギどんとキツネどん」以来の黒人のサヴァイヴァル戦術というフォークロア的な知恵である。この小説は、ある意味では、主人公がそのような生き方に目覚め、そのように生きようと努力するが、うまくいかないという物語である。祖父の警告が素直に通用しないのは、敵が白人だけでないからである。

主人公の転機となり、ブラザーフッドへの入団のきっかけになるのが、第一三章のハーレムでの老夫婦の立ち退き場面での「演説」である。この章では最初に主人公は街角で焼き芋を売っている老人に出会い、焼き芋を食べることによって南部へのノスタルジアにふけるといういかにも南部黒人のフォークロア的なエピソードが示される。その後に老夫婦が立ち退きを迫られる場面に遭遇し、立ち退きを阻止するために演説を行う。この演説は次のように平易な言葉でなされ、人の情に訴えるたぐいのもので、具体的な事物や出来事を列挙することによって親近感をもたらすものである。

「あの人のキルトや履き古した靴を見てください。……バスケットの中を覗いた時、ノッキングボーンが僕の目にとまったのです。……このお爺さんの古びたブルースのレコードやお婆さんの植木鉢を見てください。この人たちは明らかに南部出身なんです。……『剥奪された』というけど、じゃあ、八七年間の末に何を奪われたんですか？この人たちは何も手に入れたことがないし、

何も手に入れることができません。何一つ手にいれなかったんですよ。それじゃ、誰が剥奪されたのですか?」(二七七―七九)

演説はコール・アンド・レスポンス式になされており、この演説によって人々が行動を起こす様子が効果的に描き出されている。彼の演説を目撃したブラザーフッドにより、入団を勧められ、彼の活動が開始されるが、組織の硬直した官僚的な行動方針や彼への個人的な妬みなどから次第に彼は孤立していく。彼が最も好意をいだいていたトッド・クリフトンが脱退して、殺されてしまい、その弔いの行進をする際、第二一章において彼の第三の演説がなされる。これは演説というよりは弔辞であり、クリフトンという若者がいかに立派な人物であったということを語りながら、自分もそのようになりたいという共感と願望に溢れた感動的なスピーチとなっている。マーチン・ルーサー・キングやマルカムXの演説に比するような具体的で平易で感動的な演説が小説のなかで語られることによって、小説の語りの立体性、多様性が増幅されている。このように説教や演説という、本来フォークロア的なものを作品中に効果的に用いることによって、小説のヴァナキュラーな特質を際立たせている。

4 音楽的手法と語りの技法

以上見てきたように、この小説ではフォークロアのモチーフが人物やエピソードを中心として、ヴァナキュラーな語り口によって表現されている。スティーヴン・トレイシーはこの小説を「ブルース・

ノヴェル」と呼んでおり、メアリー・エリスンは「究極のブルース小説」（一七七）と呼んでいる。ロバート・オミーリーは「エリスンの登場人物はブルースの悪い男と悪い女が下敷きとなっている」（一六六）と述べている。椿清文は、「貧しさゆえに自分の娘を犯してしまった素人ブルース・シンガーのトゥルーブラッドが、気がついてみると自分は結局ブルースを歌っていて、歌っているうちに自分に自信を取り戻し、家族の許へ帰る決心がつく場面に、最高のブルース・モーメントが見られる」（一二五）と述べているように、このトゥルーブラッド・エピソードは「トゥルーブラッドのブルース」と呼んでもいいものである。極言すれば、この小説自体が「見えない人間のブルース」なのである。ブルースは黒人の生活の中から生まれ、黒人の生活を歌う、黒人特有の音楽であった。やがて大移動による都市化の影響を受け、シカゴ・ブルースのような白人のブルースも登場してくるものの、基本的には黒人固有の文化の代表的なものである。その歌詞はしばしば男性の手前勝手な主張であったり、女性に騙された恨みや嘆きであったり、女性への甘えであったりするが、喜劇的な側面と悲劇的な側面が同時に歌われていることも多い。そのような性質のものであるブルースを手本にしたために、この小説が一見したところ矛盾する内容を含んでいるように思えるのである。

また黒人文化との関係では、もうひとつの音楽形式であるジャズの手法がふんだんに取り入れられていることにも注目しなくてはならない。作者自身が「ジャズ・ミュージシャンの即興の手法を用いる」（xxiii）と述べているし、多くの識者がそのことを指摘している。例えばマイケル・ボーシュクは、「エリスンの小説が一番似ているのはビバップだ」（九一）と述べ、ホレス・ポーターは、エリック・サンドクイストがエリスンの小説は歴史があたかもジャズの作曲か演奏であるかのように構成されていると書いていることを紹介しながら、この小説は「ジャズ・テクストだ」（七四）と主張している。メアリー・エリスンはこの作品の巧妙に手を加えられたブルースやジャズ風のフレージングを強調している（一七七）。ジャズはその誕生の始めから白人音楽と黒人音楽の融合したものと言われている。また黒人の民衆的な文化でありながらも、その特徴である楽器による競合や即興性（インプロヴィゼーション）は、非常にモダンなものである。それゆえに、ジャズの形式や要素を取り入れた本作品は、単なるヴァナキュラーなフォークロアの物語にとどまらず、モダニズムの小説に進化しているのである(1)。

これに関連して、この作品のモダニズム的特質をもたらしている手法について、バイヤーマンは、「意識の流れ、シュールリアリズム、アリュージョン」（一一）、「自己の概念についてフロイトやマルクスや実存主義の考えを用いている」ことを指摘している。これらのテクニックの顕著な特質は、「盲目、ヴェール、カーテン、夢、地下、封じ込め、戦争」などのイメージの多用によって幻想性が増していることである。一〇回以上にわたって言及されるヴェールやカーテンは、ヴェールは現実を半分隠し、半分かいま見させ、カーテンは現実を遮断するものとして用いられる。不可視性、盲目性を表すものとしては、文字通りの目隠しや、バービー牧師とラインハートさらには主人公自身が着用するサングラス、ジャックの義眼などが使用される。最も重要なモチーフは戦闘と閉塞である。現実世界は巧妙な白人支配、白人と黒人の戦闘であり、封じ込めであることが、一連の出来事やイメージによって何層にも描き出されている(2)。

この小説が、例えばフォークナーの『八月の光』（一九三二年）のように、複数の人物の物語の交錯、時間が解体され、現在と過去が入り混じっているような典型的なモダニズム作品と比べてみると、それほど断片性が際立っているわけではない。しかし多様な人物とエピソードの緩いつながり、象徴的な比喩、人物の意識と葛藤の描写など、モダニズム小説の特徴の多くを示している。モダニズム文学が二〇世紀の資本主義の発展の産物であるというフレドリック・ジェームスンの指摘を俟つまでもなく、すぐれて二〇世紀的・現代的な問題を描出する必然的な手法であるということは言うまでもないことである。そのような意味ではエリスンがこの小説をモダニズムの作品としたことは当然である。しかしここで留意すべきことは、モダニズムの政治性である。モダニズムは、解体を通して新たな創造を行うという目的と手段を有しているために、その手法が非政治性を標榜する場合がある。エリスンの場合がこれに当てはまらないだろうか。これに関連して、最後に、近年になって初めて明らかにされたこの作品の推敲の過程を明らかにしたバーバラ・フォーリーの研究を参照することによって、この作品の成立過程の検証と、その意義を考察することとしたい。

5　時代と添い寝をする――『左翼との格闘』が示すもの

筆者が『冷戦とアメリカ文学』にエリスン論を書いたのが二〇〇一年であり、その後二〇〇一年一一月に『見えない人間』出版五〇周年のカンファレンスが米国において開催され、二〇〇三年に雑誌『バウンダリー 2』三〇巻二号に「ラルフ・エリスン――次の五〇年」特集が掲載された。翌〇四年がエリスン生誕九〇年、没後二〇年であり、その後のアフリカ系男性作家への再注目の動きとともに、エリスン研究は活況を呈し、研究の深まりが顕著である。なかでも二〇一〇年に公刊されたバーバラ・フォーリーの『見えない人間』の改訂の過程を検証した『左翼との格闘』は、この作品に対して読後に抱くいくつかの疑問が氷解する新たな地平を切り開く画期的なものである。以下この研究書からの主要な情報を整理し、それが最終的に出版された形になることによって、作品がどのように変化したのを辿り、その意義を考察する。

この研究の基となったのは、ジョン・キャラハンが管財人を務めるエリスン財団の所有する「エリスン・ペーパー」である。自筆原稿、タイプ原稿などからなっており、それらを出版された決定稿と突き合わせることによって、どのような改訂がなされたのかを検証したものである。

エリスンは三〇年代にライトの勧めもあり、いくつかの短編を発表しているが、彼が小説の執筆に着手したのは一九四五年ころと言われている。それから五二年の出版までかなり長い時間をかけており、その間に多くの削除、加筆がなされている。何度も書き直された部分や出版直前になって挿入・変更された場面などもあり、執筆に要した七年の間に、最初に意図されていたと思われるものから随分な変化を遂げていることは確かである。

以下に見ていくようなエリスンの姿勢の変化をもたらした理由の主なものは、アメリカ共産党の方針（転換）に対する違和感（人種より階級を重視する、第二次大戦時のアメリカへの協力など）、幼時の貧困、自己保存の習性と孤立などから生まれたエリート意識の形成という伝記的なこと、冷戦イデオロギーの時代に向かい、潜在的に反共産主義的な読者層が形成されていたこと、編集者からの助言（クノップ社のハリー・フォード、ランダムハウス社のロバート・ハース）などであった。

またよく知られているように、出版後の彼の行動は、アメリカの中央情報局（ＣＩＡ：Central Intelligence Agency）に支持された反共主義的文化団体である文化自由会議（ＣＣＦ：Congress for Cultural Freedom）への参加や、公民権運動や黒人民族主義に対する批判など、黒人からの反感を買うものが見られ、全米図書賞の受賞や著名人扱いによる彼のエリート的振る舞いと孤高の立場への批判も跡を絶たなかった。

一番問題となる作品の成立に関して、削除や変更された出来事や人物の主要なものは概略次の通りである。

削除された人物の主なものはリロイ（黒人）、ルイーズ（白人女性）、フランクリン夫妻（黒人活動家）、スタイン（ユダヤ人）らである。初期の段階ではリロイは主人公の名前であったが途中から別な人物となる。彼の多人種な海員組合での労働経験や白人トレッドウェルとの人種を越えた友情など、彼に関する記述が全て削除される。彼の日記を主人公はカバンに入れて持ち歩いていたが、これも最終的に削除される。リロイとブラザーフッドの白人女性ルイーズは恋人であった時期があり、のちに主人公とルイーズが恋仲である（記述によっては結婚までしていた）ように描かれていたが、彼女の存在も削除される。ポスター・キャンペーンに登場するフランクリン夫妻は、ハーレムへの党の影響の証だったが、これも削除される。ブラザーフッドにスタインというユダヤ人がいて、黒人と白人の共同の証だったが、彼の存在も削除される。これらの削除によって、ブラザーフッドが白人と黒人の協力によって運営されていたことや、ハーレムの労働運動などに深くかかわっていたというような積極面が作品から取り除かれた。

描写が変更された人物や出来事の主なものは、クリフトン、ジャック、ラス、ラインハートらに関するこことである。クリフトンが組織を抜けた理由は結局明らかにされないし、サンボ人形を売っていたのは草稿では別の若者である。主人公に警告文を送った人物、義眼の人物は草稿ではジャックと特定されていない。出版本でそうすることによって、組織内の白人黒人の対立、権力争いを強調することになる。ラスとラインハートが登場するのは作品完成が近くなってからのことであり、実際にモデルとなる人物たちが存在したことによって、自由な人物造形がなされていない。この作品の登場人物たちのなかで、人物像とその行動が十分に描き切れていないと思われるのが特にクリフトン、ラス、ラインハートの三人だが、それにはこのような創作上の理由が関係していることが分かる。例えばラインハートの存在は中途半端で、主人公のダブルのようにも読めるので、例えば批評家のメアリー・エリスンはラインハートが主人公の分身であるとして作品論を展開している。

また全般的に女性の存在感が薄れており、削除されたルイーズは元より、メアリー・ランボーも当初はもっと重要な役割を与えられていたが、彼女に関するエピソードは別の短編として独立させられた。エマの役割も縮小されている。今一つ重要なことは、戦争を始めとする具体的な時代への言及がほとんどなされていないことである。最後のハーレム暴動は実際には一九三四年であるが、作品全体の時代性が希薄にされている。

これら一連の削除や修正によって、作品から労働者の歴史参加意識のリアリズムが薄められ、作品から貴重な友愛や愛がほとんど無くなり、人道的で反人種主義的な小説の性格が損なわれ、普遍主義を前提とした反共産主義的な作品になった。このようにフォーリーは結論づけている。

『見えない人間』と時代

『見えない人間』は五二年の出版以来、九一年の冷戦終結までの時期には、黒人文学というジャンルを超えて、アメリカ文学史上の傑作のひとつという高い評価を維持していた。しかし冷戦終結による文学史の見直しの中で、確かに完成度の高いモダニズム作品ではあるが、冷戦という時代の産物であるという再評価が進んだ。それが更により深い評価に進展するのは、八〇年代のゲイツやベイカーらによる黒人文学理論の発展に裏打ちされた二〇一一年末の出版五〇周年フォーラム以降である。とりわけバーバラ・フォーリーの「エリスン・ペーパー」の検証などのような綿密な研究によって、作品成立の事情を含む多角的な検討が進められ、作品の真の姿が見えてきたと言える。

フォーリーは、この作品が左翼イデオロギー色を薄めるためになされた改訂によって、作品の思想的な面が曖昧なものとされ、良質な作品ではなくなったと指摘している。フォーリーの検討は周到であり、彼女の批判には当を得た点が多々見受けられる。だが一連の改訂がなされない元のままのものであったとしたら、それはプロレタリア黒人小説としては優れたものになっていただろうが、時代の注目を浴びることにはならなかっただろう。この小説の思想的弱点については筆者も同意見であるが、モダニズム作品としての完成度の高さには一定の評価を与えたい。作品の手法についてもフォーリーは「現実逃避のヴァナキュラーな意識」と批判的であるが、黒人文化のヴァナキュラーな性格には肯定的側面もある。それを存分に取り入れ、白人のハイモダニズムとは一味違うブラック・モダニズムの作品として『見えない人間』は特質を打ち出している。この作品への挑戦と超克がその後のポストモダン・アフリカ系アメリカ文学の隆盛を産み出したことも考慮に入れれば、エリスンの投じた一石はそれなりに意義あるものであったと言えるだろう。

＊本稿は大阪市立大学四四回英文学会総会（二〇一六年一一月二六日）における講演「アメリカン・ブラック・モダニズムの系譜――ラルフ・エリスンを中心として」を基にして加筆したものである。

注

＊英文の日本語訳に際して、邦訳のあるものを適宜参照し、必要に応じて改訳した。

（1）例えばどの場面や描写がブルースやジャズの影響であるかについては、風呂本の第五章に詳しい。

（2）更に詳しいモダニズム技法の実例は、『冷戦とアメリカ文学』所収の拙論を参照されたい。

引用文献

Baker, Jr., Houston A. *Blues, Ideology, and Afro-American Literature: A Vernacular Theory*. Chicago: U of Chicago P, 1984.（松本昇他訳『ブルースの文学――奴隷の経済学とヴァナキュラー』法政大学出版局、二〇一五年。）

Borshuk, Michael. *Swinging the Vernacular: Jazz and African American Modernist Literature*. New York: Routledge, 2006.

Byerman, Keith E. *Fingering the Jagged Grain: Tradition and Form in Recent Black Fiction*. Athens: U of Georgia P, 1985.

Ellison, Mary. *Extensions of the Blues*. London: John Calder, 1989.

Ellison, Ralph. *Invisible Man*. New York: Vintage, 1990.（松本昇訳『見えない人間（I）、（II）』南雲堂フェニックス、二〇〇四年。）

—. *Shadow and Act*. New York: Vintage, 1995. 行方均他訳『影と行為』南雲堂フェニックス、二〇〇九年。

Foley, Barbara. *Wrestling with the Left: The Making of Ralph Ellison's* Invisible Man. Durham: Duke UP, 2010.

Gates, Jr., Henry Louis. *The Signifying Monkey: A Theory of African-American Literary Criticism*. Oxford: Oxford UP, 1988.（松本昇他訳『シグニファイング・モンキー——もの騙る猿／アフロ・アメリカン文学批評理論』南雲堂フェニックス、二〇〇九年。）

Graham, Maryemma. *The Cambridge Companion to the African American Novel*. Cambridge: Cambridge UP, 2004.

Judy, Ronald A. T., and Jonathan Arac, eds. *Ralph Ellison: The Next Fifty Years*. Spec. Issue of *boundary 2*. 30.2, Duke UP, 2003.

O'Meally, Robert G. "Riffs and Rituals: Folklore in the Works of Ralph Ellison," *Afro-American Literature: The Reconstruction of Instruction*. Ed. Dexter Fisher and Roberto B. Steptoe New York: MLA, 1979. 153-69.

Porter, Horace A. *Jazz Country: Ralph Ellison in America*. Iowa City: U of Iowa P, 2001.

Raynaud, Claudine. "Coming of Age in the African American Novel." Graham 106-21.

Sylvander, Carlyn W. "Ralph Ellison's *Invisible Man* and Female Stereotypes," *Negro American Literature Forum* 9.3 (1975): 77-79.

Tate, Claudia. "Notes on the Invisible Women in Ralph Ellison's *Invisible Man*." *Speaking For You: The Vision of Ralph Ellison*. Ed. Kimberly W. Benston. Washington D. C.: Howard UP, 1987. 163-72.

Thomas, H. Nigel. *From Folklore to Fiction: A Study of Folk Heroes and Rituals in the Black American Novel*. Westport, CT: Greenwood, 1988.

Tracy, Steven C. "The blues novel." Graham 122-38.

Wells, H. G. *The Invisible Man*. Oxford: Oxford UP, 2017.

Wright, Richard. *Black Boy*. New York: Vintage, 2000.（高橋正雄訳『ブラック・ボーイ』講談社、一九七八年。）

—. *American Hunger*. New York: Harper and Row, 1977.（高橋正雄訳『アメリカの飢え』講談社、一九七八年。）

椿清文「アメリカ文学とブルース――ラルフ・エリソンの世界」飯野友幸編著『ブルースに囚われて――アメリカのルーツ音楽を探る』信山社、二〇〇二年。

風呂本惇子『アメリカ黒人文学とフォークロア』山口書店、一九八六年。

山下昇編著『冷戦とアメリカ文学――二一世紀からの再検証』世界思想社、二〇〇一年、第五章「冷戦とアフリカ系アメリカ人――ラルフ・エリスン」

あとがき

本書は、二〇一六年五月に開催された、九州アメリカ文学会第六二回大会（於九州大学）のシンポジウム「アメリカ大衆文学とモダニズム」をきっかけに編まれた論集である。ここ十数年の間に、これまでの文学史で不当に低く評価され、無視されてきた作家とその作品の存在を意識しつつ、代表的なモダニズム作家たちの大衆市場に向けての戦略と、有名人をもてはやすセレブリティ・ジャーナリズムとの関係を考察する研究が相次いで出版されてきた。この動向を踏まえて、アメリカにおける大衆文学とモダニズム作家の関係を改めて検証することにも意味があるのではないかというのが、シンポジウムの当初の趣旨であった。幸いにもシンポジウムは好評であったため、できればこのシンポジウムの示した可能性をさらに発展させたいとの思いから、新たな執筆陣を加え、『アメリカン・モダニズムと大衆文学』と題して刊行することとなったのが本書である。

モダニズムの時代から数世代を隔てた私たちは、より広い視野をもって、二〇世紀前半の文学的動向を捉える機会に恵まれている。これまでであれば、作品の価値とはあまり関係がないと思われていた世俗的な広報活動や作家たちのスキャンダラスな言動、あるいはヘミングウェイ、スコット・フィッツジェラルド、そしてフォークナーといったモダニズム文学の中心をなすと考えられる作家の創作活動の周縁に追いやられてきた人々の文学生産への献身にも研究の光が当てられ、それらが文学の価値を支える重要な要素であることも明らかになってきた。この論集では、モダニズム文学の成立に多大な寄与をなした作家のアメリカでの市場戦略、その創作活動がほとんど無視された作家の妻、高い芸術性を目指す文学に見られるメロドラマ的な要素、テクストにあからさまに示される優生学と軍隊と大戦の関係、時代をよく表しながらも文学史上からは消えていった大衆文学、批評家と高等教育の連携にもとづく文学作品の価値判断、人々の目を大衆に向けさせた全米作家計画における複製芸術と作家の関わり、文学生産に大きな影響を与えた読書愛好家団体、そして黒人文学とフォークロアとの関係といったトピックに目が向けられたが、二〇世紀前半のモダニズム文学とそれ以降の文学活動がこれらの要素ともかかわりながら成立したことを意識するのは、それぞれの作品の意義と解釈を考えるさいにも必要なことだろう。本書の論考が、各作家とその作品の価値の再考に役立つことができれば幸いである。

この論集に収められた論文のうち、千代田氏、中村氏、塚田氏、藤野の各論は、九州アメリカ文学会でのシンポジウムの発表に基づいている。また、この論集の趣旨に賛同していただき、論文を寄稿していただいた早瀬氏、高橋氏、樋渡氏、永尾氏、山下氏には、深く感謝申し上げる。それぞれの論文により、二〇世紀の前半から中盤にかけての文学生産の状況がさらに明らかになることを願いたい。

最後に、金星堂の佐藤氏には編集についてさまざまなご助力をいただき、論集の企画を最後まで導いていただいた。こころより謝意を表す次第です。

二〇一九年三月

編　者

執筆者一覧

高橋　美知子　福岡大学准教授
千代田　夏夫　鹿児島大学准教授
塚田　幸光　関西学院大学教授
永尾　悟　熊本大学准教授
中村　嘉雄　北九州工業高等専門学校准教授
早瀬　博範　佐賀大学教授
樋渡　真理子　福岡大学准教授
藤野　功一　西南学院大学教授
山下　昇　相愛大学名誉教授

ロック、アレン　Alain Locke　*238, 251*
ロレンツ、ペア　Pare Lorentz　*205*
　『平原を拓く鋤』*The Plow That Broke the Plains*　*205*

ワ

ワイルダー、ソーントン　Thornton Wilder　*49*
　『サン・ルイス・レイの橋』*The Bridge of San Luis Rey*　*49*
ワシントン、ブッカー・T　Booker T. Washington　*256, 263*
ワトキンス、T・H　T. H. Watkins　*222*

『アウトサイダー』*The Outsider*　*246*
『アメリカの息子』*Native Son*　*3, 17, 231, 233, 236, 244, 253, 255*
『アメリカの飢え』*American Hunger*　*227-30, 232-33, 236-37, 239, 244-48, 257*
『アンクル・トムの子供たち』*Uncle Tom's Children*　*230, 233, 245*
「世界と私の間に」"Between the World and Me"　*227-29*
『千二百万人の黒人の声』*12 Million Black Voices*　*18, 223, 230*
『ひでえぜ今日は！』*Lawd Today!*　*230, 234*
『ブラック・ボーイ』*Black Boy*　*22, 227-30, 233, 235-39, 244-48, 253, 257*
『ライフ』*Life*　*32, 205, 210, 223*
ラング、ドロシア Dorothea Lange　*208, 222-23*
『移動農民の母』*Migrant Mother*　*208-10, 223*

リ

リー、ラッセル Russell Lee　*208*
『リトル・レビュー』*The Little Review*　*14, 32*
リバライト、ホレイス Horace Liveright　*1*

ル

ルアーク、コンスタンス Constance Rourke　*219-20*
ルース、アニータ Anita Loos　*13*
ルース、ヘンリー Henry Luce　*210*
ルーズヴェルト、フランクリン・D Franklin Delano Roosevelt　*44, 204-05, 207, 210, 221-22*
ルーツ、ジェーン・マリー Jean Marie Lutes　*150-51*
『第一面を飾った女性記者たち』*Front-Page Girls*　*150*

レ

冷戦　*268-69, 272-73*
レスター、シェリル Cheryl Lester　*199*
連邦美術計画 FAP: Federal Art Project　*3, 17*

ロ

ロウターバック、プレストン Preston Lauterbach　*156, 158, 160*
ロスカム、エドウィン Edwin Rosskam　*223, 230*
ロススタイン、アーサー Arthur Rothstein　*208*

マ

マイナー・ヴォイス *62*
マオ、ダグラスとレベッカ・L・ワルコウィッツ Douglas Mao and Rebecca L. Walkowitz *5, 16, 22*
「ニュー・モダニスト・スタディーズ」"The New Modernist Studies" *5*
マクリーシュ、アーチボルト Archibald MacLeish *223*
『妖精の国』*Land of the Fee* *223*
マクルーハン、マーシャル Marshall McLuhan *159-60*
マシュレー、ピエール Pierre Macherey *19, 23*
マティス、アンリ Henri Matisse *27, 32, 39*
マルクス、カール Karl Marx *8-9, 267*
マンジョーネ、ジェレ Jerre Mangione *224*

ミ

『ミシシッピ・ガイド』*The Mississippi Guide* *219*
『ミッド・ウィーク・ピクトリアル』Midweek Pictorial *209*
ミルバーン、ジョージ George Milburn *174*

メ

メッセンジャー、クリス Chris Messenger *96*
メンケン、H・L H. L. Mencken *3, 88, 102, 144, 166, 169, 170, 228, 242-43*

モ

モダニズム *1-6, 9-16, 19-23, 27-32, 34-38, 40, 42-47, 50-52, 54, 56, 60-61, 63, 67, 79, 85, 88-89, 101, 110, 148-49, 168-69, 197-98, 210, 229, 238, 243, 251-52, 254-56, 259-60, 267-68, 272-73, 276-77*
モリスン、トニ Toni Morrison *67, 137*
「レシタティフ」"Recitatif" *67*

ユ

『U・S・カメラ』*U.S. Camera* *209*

ラ

ライト、リチャード Richard Wright *2-3, 17-19, 22, 223, 227-39, 241-42, 244-48, 253-55, 257, 269*

ヘ

ベイカー・ジュニア、ヒューストン・A Houston A. Baker, Jr. *109, 238-39, 243, 248, 260-61, 272*
米国現代語学文学協会 MLA: Modern Language Association *219*
ヘイズ、ウィル Will H. Hays *223*
ベスト、マーシャル Marshall Best *181-182, 184*
ヘミングウェイ、アーネスト Ernest Hemingway *2, 15-16, 21, 27, 36-37, 39, 67, 94, 108-113, 115, 119-20, 123-26, 134-38, 178-80, 186, 189, 193, 201-02, 244, 251, 255, 276*
「インディアン・キャンプ」"Indian Camp" *123-24*
『エデンの園』*The Garden of Eden* *110*
『午後の死』*Death in the Afternoon* *110*
「三発の銃声」"Three Shots" *124*
『日はまた昇る』*The Sun Also Rises* *21, 126, 131-34, 136*
『ワレラノ時代ニ』(1924) *in our time* *111, 134, 138*
『われらの時代に』(1925) *In Our Time* *21, 111, 119-20, 123-24, 126, 134, 139*
ベロー、ソール Saul Bellow *219*
ペンカウワー、モンティ・ノーム Monty Norm Penkower *224*
ベンヤミン、ヴァルター Walter Benjamin *7-8, 10*
「複製技術の時代における芸術作品」"The Work of Art in the Age of Its Technological Reproducibility" *7*

ホ

ボーイスカウト・オブ・アメリカ *125*
ホール、ステュアート Stuart Hall *234, 247*
ボールドウィン、ジェイムズ James Baldwin *233*
ポストモダニズム *67*
ポドーレツ、ノーマン Norman Podhoretz *196-97*
ボトキン、ベンジャミン Benjamin Botkin *219-20*
ポピュラー・モダニズム *52*
ホルクハイマー、マックスとテオドール・アドルノ Max Horkheimer and Theodor Adorno *7-8*
『啓蒙の弁証法』*Dialectic of Enlightment* *7*

「百万長者の娘」"A Millionaire's Girl"　*60, 63-69, 72, 77-81*
『ワルツは私と』*Save Me the Waltz*　*60-61, 81-82*
フーヴァー、ハーバート Herbert Hoover　*206*
フォークナー、ウィリアム William Faulkner　*2-4, 16, 21-22, 36, 63, 94, 144-49, 155-56, 158, 161, 165, 167-70, 173-96, 198-202, 219-20, 223, 251, 267, 276*
『アブサロム、アブサロム！』*Absalom, Absalom!*　*176, 220*
『行け、モーセ』*Go Down, Moses*　*220*
『サートリス』*Sartoris*　*175*
『サンクチュアリ』*Sanctuary*　*21, 144-47, 149, 155-56, 158, 162, 163, 165-70, 175, 180, 183, 187*
『死の床に横たわりて』*As I Lay Dying*　*167, 175*
『征服されざる人々』*The Unvanquished*　*220*
『尼僧への鎮魂歌』*Requiem for a Nun*　*219*
『八月の光』*Light in August*　*175-76, 183, 267*
『響きと怒り』*The Sound and the Fury*　*167, 175-76, 183-84, 201*
『緑の大枝』*The Green Bough*　*180*
『村』*The Hamlet*　*180, 220*
フォークロア　*205, 218-21, 244, 257-60, 262-65, 267*
『フォーチュン』*Fortune*　*210-11*
フォーリー、バーバラ Barbara Foley　*268-69, 271-72*
『左翼との格闘』*Wrestling with the Left*　*268-69*
ブラック・モダニズム　*22, 251, 272*
『ブラック・マスク』*Black Mask*　*3*
フラッパー　*60, 63, 74-76*
ブリーン、ジョゼフ Joseph Breen　*208, 223*
ブリストル、ホレス Horace Bristol　*223*
ブルース　*257-59, 261, 264-67, 273*
ブルック、ルパート Rupert Brooke　*101-02, 104*
ブルックス、クリアンス Cleanth Brooks　*160, 194-95*
ブルッコリ、マシュー Matthew Bruccoli　*61, 64, 77, 81-82, 86*
ブレイカスタン、アンドレ André Bleikasten　*175*
ブロットナー、ジョーゼフ Joseph Blotner　*156, 169, 201*
プロパガンダ映画　*205*
プロレタリアート　*219*

ヒ

フ

特定できない語り手　*64-65, 78*
ドストエフスキー、フョードル Feodor Dostoevsky　*148, 254-55*
　『地下室の手記』*Notes from Underground*　*254*
ドライサー、シオドア Theodore Dreiser　*197, 228, 242*
トリックスター　*259, 261*
奴隷体験記（スレイヴ・ナラティヴ）　*256-57*

ナ

ナショナリズム　*205, 218, 221, 222*

ニ

ニューディール　*4, 17, 20, 204-10, 218-221, 223*
『ニューヨーカー』*The New Yorker*　*14, 173*
『ニューヨーク・タイムズ・ブック・レビュー』*New York Times Book Review*　*33, 174, 189-90, 192*
『ニュー・リパブリック』*New Republic*　*189-90, 192*

ネ

ネイサン、ジョージ・ジーン George Jean Nathan　*3, 169*
ネオ・スレイヴ・ナラティヴ　*256-57*

ノ

農業調整法　*207*
農村安定局 FSA: Farm Security Administration　*205, 207-11, 218-23*
ノーリン、マイケル Michael Nowlin　*87-88, 93, 102*

ハ

パーカー、ドロシー Dorothy Parker　*13*
パーキンズ、マクスウェル Maxwell Perkins　*1, 87-88*
バーク＝ホワイト、マーガレット Margaret Bourke-White　*210, 216*
　『フォート・ペック・ダム』*Fort Peck Dam*　*210*
ハーコート、アルフレッド Alfred Harcourt　*11*
ハーストン、ゾラ・ニール Zora Neale Hurston　*17, 19, 251*
ハーディング、ウォレン Warren Harding　*206*
バーナウ、エリック Erik Barnouw　*222*
ハーレイ、フォレスト・ジャック Forrest Jack Hurley　*222*
ハーレム・ルネッサンス　*18-20, 247-48, 251*

タ

テ

ト

ス

セ

ソ

サ

シ

223
『我らが有名人を讃えよう』*Let Us Now Praise Famous Men*　*3, 18, 22, 206, 210, 212-13, 215-16, 218, 223*
エヴァンズ、ウォーカー　Walker Evans　*3, 18, 206, 208, 210-17, 220*
『アリー・メイ・バーローズ』*Allie Mae Burroughs*　*212*
『キッチン・コーナー』*Kitchen Corner*　*214*
『洗面台とキッチン』*Washstand and Kitchen*　*213*
『フィールズ家の台所の壁』*Kitchen Wall in the Fields House*　*214*
『フロイド・バーローズ』*Floyd Burroughs*　*213*
『ルーシール・バーローズ』*Lucille Burroughs*　*213*
エーリック、マシュー・C と ジョー・サルツマン　Matthew C. Ehrlich and Joe Saltzman　*150, 153*
『ヒーローと悪党』*Heroes and Scoundrels*　*150*
『エスクァイア』*Esquire*　*14, 138*
『エラリー・クイーンズ・ミステリー・マガジン』*Ellery Queen's Mystery Magazine*　*176, 201*
エリオット、T・S　T. S. Eliot　*29, 35-36, 39, 43, 45, 61, 88, 102, 168, 198, 201, 244, 255*
エリスン、ラルフ　Ralph Ellison　*2-5, 17, 19, 22, 219, 251-73*
『見えない人間』*Invisible Man*　*3, 5, 22, 251-52, 254, 256-57, 259-60, 266, 268-69, 272*

オ

オズボーン、H・F　H.F. Osborne　*116*

カ

カーティス、ジェームズ　James Curtis　*222*
カウリー、マルカム　Malcolm Cowley　*92, 174, 177-91, 193, 196-202*
『亡命者の帰還――1920 年代の文学的オデッセイ』*Exile's Return: A Literary Odyssey of the 1920s*　*92, 179*
『ポータブル・フォークナー』*The Portable Faulkner*　*22, 178-90, 192-95, 198-202*
『ポータブル・ヘミングウェイ』*The Portable Hemingway*　*179-80, 186, 189, 202*
カフカ、フランツ　Franz Kafka　*63*
『狩人の夜』*The Night of the Hunter*　*224*
ギャロウ、ティモシー・W　Timothy W. Galow　*4, 13, 85-86*

索　引

ア

アイロニー　*21, 86-91, 100-03*
アヴァンギャルド　*79*
『アフリカの女王』*The African Queen*　*224*
アメリカ外征軍　*113, 115, 139*
『アメリカのユーモア』*American Humor*　*220*
『アメリカン・マーキュリー』*The American Mercury*　*3, 14, 144-45, 169, 242*
アメリカン・モダニズム　*2, 21-22, 29, 32, 52*
アンダスン、シャーウッド Sherwood Anderson　*31, 228, 244*

イ

イーザー、ウォルフガング Wolfgang Iser　*78*
イェイツ、W・B W.B. Yeats　*36, 45*

ウ

ヴァイキング・プレス社 Viking Press　*179-82, 184, 186, 190, 198*
ヴァナキュラー　*256, 258-61, 265, 267, 272*
『ヴァニティ・フェア』*Vanity Fair*　*13-14, 32*
ヴィラーズ、アラン Alan Villiers　*147*
ウィルソン、エドマンド Edmund Wilson　*29, 31, 87, 103, 112, 197*
　『アクセルの城』*Axel's Castle*　*29*
上西哲雄　*104*
ウォートン、イーディス Edith Wharton　*91*
　『戦うフランス　ダンケルクからベルフォールへ』*Fighting France: From Dunkerque to Belfort*　*91*
　『マルヌ』*The Marne*　*91*
ウォレン、ロバート・ペン Robert Penn Warren　*189-92*
　『オール・ザ・キングス・メン』*All the King's Men*　*190*
失われた世代　*4, 168*

エ

エイジー、ジェイムズ James Agee　*2-3, 18, 22, 206, 210-12, 215-20,*

編者紹介

藤野　功一（ふじの　こういち）

西南学院大学教授。早稲田大学大学院修士課程修了（1997）、Indiana University of Pennsylvania, Ph.D.（2015）。著書に *Studying and Teaching W.C. Falkner, William Faulkner, and Digital Literacy: Personal Democracy in Social Combination* (Lexington Books, 2018)、共著に『ホワイトネスとアメリカ文学』（開文社出版）、論文に「モダン・アメリカの陰影――現代の観客にとっての『国民の創生』の意味」、「翼の上を歩く人《ウィングウォーカー》の宙返り――フォークナーの短編『名誉』における命がけの行為について」、「ラルフ・エリスンの『見えない人間』における不定形の働き」など。

アメリカン・モダニズムと大衆文学
―時代の欲望／表象をとらえた作家たち―

2019年3月31日　初版第1刷発行

編著者　藤野　功一
発行者　福岡　正人
発行所　株式会社　金星堂
（〒101-0051）東京都千代田区神田神保町3-21
Tel. (03) 3263-3828（営業部）
(03) 3263-3997（編集部）
Fax (03) 3263-0716
http://www.kinsei-do.co.jp

装幀・本文組版／ザイン
印刷所／モリモト印刷　製本所／牧製本

2019, Printed in Japan

ISBN978-4-7647-1189-1 C1098